나는 행복한 공학자

나는 행복한 공학자

초판 1쇄 발행 2017년 7월 15일

지 은 이 이동녕
발 행 인 권선복
편   집 권보송
디 자 인 김소영
전 자 책 천훈민
기록정리 한영미
발 행 처 행복한에너지
출판등록 제315-2011-000035호
주   소 (07679) 서울특별시 강서구 화곡로 232
전   화 0505-666-5555
팩   스 0303-0799-1560
홈페이지 www.happybook.or.kr
이 메 일 ksbdata@daum.net

값 20,000원
ISBN 979-11-86673-87-4   (03810)

행복한에너지는 독자 여러분의 아이디어와 원고 투고를 기다립니다. 책으로 만들기를 원하는
콘텐츠가 있으신 분은 이메일이나 홈페이지를 통해 간단한 기획서와 기획의도, 연락처 등을
보내주십시오. 행복한에너지의 문은 언제나 활짝 열려 있습니다.

나는
행복한
공학자

이동녕 지음

행복한에너지

서문

　노벨평화상 수상자 마틴 루터 킹은 "누구나 위대한 사람이 될 수 있다. 왜냐하면 누구나 남에게 필요한 존재가 될 수 있기 때문이다."라고 말했다.

　사실 나는 평생을 공부에만 빠져 산 사람이라서 전공분야를 벗어난 글을 써본 경험이 거의 없다. 하다못해 지금도 제자로부터 주례 부탁을 받게 되면 2~3분 낭독 분량의 원고를 쓰기 위해 여러 시간을 소비해야 할 정도로 글재주가 없다. 더욱이 나 자신이 그렇게 기구한 삶을 살아온 것도 아니고, 사람들의 특별한 관심의 대상도 못 되는데 내 글이 무슨 흥밋거리가 된단 말인가. 이 때문에 내 이름을 내건 자전적 에세이를 출간하게 되리라고는 생각해 본 적이 없다. 정년퇴임은 했어도 현재까지 서울대학교 신소재 공동연구소로 거의 매일 출근하여 공부하는 사람으로서 자신의 보잘것없는 얘기를 늘어놓는 것은 낯간지러운 일이고 또 앞으로 큰 부담이 될 수도 있는 일이다. 그런데도 불구하고 내가 책을 출간하기로 마음먹은 것은 한 가지 이유 때문이었다. 마틴 루터 킹의 말처럼 누구나 남에게 필요한 존재가 될 수 있고, 작은 것이라도 내가 가진 것을 나누어 타인에게 도움을 줄 수 있다면 그 또한 내 몫이라고 생각한 것이다.

무엇보다 부끄럽지만 과장하지 않고 진솔하게 써 내려간 나의 자전적 이야기들을 통해 어려운 환경에 처한 학생들, 특히 나처럼 시골에서 태어나 서울 구경 한 번 제대로 못 해 본 가난한 학생들에게 용기와 위안을 주고 싶었다. 함안 촌놈인 내가 맨손으로 이루어 낸 것처럼, 그들도 자신의 자리에서 불평하지 않고 긍정적인 마음가짐으로 열심히 노력하다 보면 얼마든지 나처럼, 아니 나 이상이 될 수 있음을 알려주고 싶었다.

이 책을 쓰면서 새삼 가난했지만 행복했던 어린 시절, 부모님의 끝없는 사랑, 어려웠던 학창시절, 조국에 대한 사랑 등이 강하게 느껴졌다. 나는 우리나라가 가장 어려웠던 시절에 태어나 유년기와 청·장년기를 보냈다. 함안 촌놈인 내가 서울대학교에 들어가게 되고, 달랑 32달러만 가지고 미국으로 유학을 갔었다. 그리고 가난한 조국을 위해 귀국을 감행하여 KIST와 서울대학교에 몸담게 되었다. 서울대학교 공과대학 금속공학과 교수로 정년퇴임할 때까지 나는 공부에 미쳐 살았고, 적어도 내 분야에서만큼은 다른 나라 사람들에게 뒤지지 않기 위해 최선을 다했다. 다행히 그 결과가 나쁘지 않았다. 내가 쓴 논문들이 그 방증이다.

지난날들을 찬찬히 되돌아보니 신기하게도 내 의지대로 된 것보다는 불가항력적으로 된 것이 더 많았다. 피할 수 없는 상황에 직면할 때마다 우리 어머니 아버지가 내 뒤에서 코치하는 것이 아닌가 싶을 정도로 위기가 어느새 기회로 변해 있었다. 마치 내가 어떤 상황에서도 포기하지 않게끔 언제나 나를 지켜주시고 돌봐주시는 듯했다. 이런 느낌은 나이가 들어서도 마찬가지였다. 그렇지 않고서야 내가 경험한 일들을 설명할 방법이 없다. 그저 신비롭고 기적의 연속 같다. 성경에 기적이란 말이 더러 나오는데, 거기에 나오는 기적이나 내가 경험한 기적이나 별로 다를 게 없다고 생각될 정도이다.

시련은 나를 쓰러뜨리지 못했다. 행복한 학자로서의 내 삶 또한 방해하지 못했다. 그렇다고 내게 시련을 이겨낼 특별한 무기 같은 것이 있었던 것은 아니다. 다만 한 가지 남들과 조금 다른 것이 있었다면, 스스로 원하는 대로 되지 않아도 실망하지 않았다는 점이다. 무언가 잘못되어도 나는 오히려 이것 때문에 더 좋아지게 될 것이라고 생각할 때가 많았다. 즉 모든 사물을 긍정적 시각으로 바라본 것이다. 꿈이 있는 사람은 인생을 즐길 수 있다고 한다. 어려움이 닥쳐도 기꺼이 과정으로 받아들이기 때문이다. 나에게는 공부가, 그리고 그 속에서 스스로 이루어 내는 소소한 성취감들이 나의 꿈인 동시에 행복이었다.

아무쪼록 이 땅의 젊은이들이 각자의 꿈에 한 걸음 더 다가서는데 이 책 『나는 행복한 공학자』가 자그마한 도움이라도 된다면, 부끄러움을 무릅쓴 필자에게는 그보다 큰 보람도 없을 것이다. 시대가 어지러울수록 미래에 대한 꿈과 희망 그리고 긍정과 의지야말로 행복한 성공의 출발점임을 우리 모두 꼭 기억하기 바란다.

2017년 여름 이 동 녕

추천사

허 진 규 일진그룹 회장

　내가 본 사람 중 가장 청빈하고 기술개발에 몰두하는 심지 곧은 사람. 이동녕 교수는 그런 사람이다. 한평생 기술 연구에 헌신한 그가 자서전을 낼 예정이니 추천사를 부탁한다는 말에 흔쾌히 승낙했다.

　이동녕 교수와의 인연은 40여 년 전인 1970년대 초로 거슬러 올라간다. 이동녕 교수의 서울대학교 금속공학과 동기 소개로 그를 알게 됐다. 처음 만난 30대 중반 연구자의 눈빛과 언행에서 기술개발에 대한 열정을 피부로 느낄 수 있었다. 특히 본인의 연구 과제를 꼭 성공시켜 낙후된 국내 산업발전에 이바지하겠다는 신념은 내 가슴에 큰 울림을 주었다. 그 과제가 바로 동복강선이다.

　서울대학교 금속공학과 2년 선배였던 그는 미국에서 박사학위를 받은 후 귀국해 KIST에서 연구를 하고 있었다. 미국 유학 시절 미국인

지도교수가 이동녕 교수의 우수함을 인정해 이 교수의 귀국을 강력히 만류한 것으로 알고 있다. 그러나 이 교수는 자신이 배운 기술과 지식을 고국의 발전을 위해 공헌해야 한다는 신념으로 귀국했다는 것이다.

동복강선은 그의 신념이 녹아 있는 연구과제다. 쉬운 프로젝트를 마다하고, 당시 국내 큰 전선회사들이 수년간 연구해도 성공하지 못한 과제에 도전장을 낸 것이다. '한번 개발하기로 마음먹은 기술은 절대 포기하지 않는다'는 신념으로 도전하는 그의 모습에 믿음과 신뢰를 가질 수 있었다.

이렇게 노력하는 이동녕 교수와 함께라면 성공할 수 있겠다는 자신감도 생겼다. 당시 회사 자본금과 맞먹는 금액인 3천만 원 투자를 결정한 것도 이런 이유에서다. 학계, 산업계로 각자 몸담은 곳은 달랐지만 그의 집념은 40여 년이 지난 지금도 회사 경영의 이정표 역할을 하고 있다.

서로의 신뢰 속에 공동 연구개발에 착수한 지 2년, 전 세계 4개국만이 제조하던 동복강선 신기술을 우리 손으로 이루어냈다. 동복강선은 일반 구리선보다 훨씬 강도가 높아 70년대 농어촌 근대화 사업에 큰 역할을 했고, 개발과 동시에 이란에 500만 달러를 수출했다. 기초실험부터 제품화, 수출까지 이루어낸 산학협동의 첫 성공사례인 만큼 동복강선은 나와 이동녕 교수에게 특별한 것이었다. 당시 KIST 홍보 동영상 첫머리에 "동복강선 개발에 빛나는 한국과학기술연구원"을 힘주어 말하던 성우의 목소리가 귓가에 생생하다.

누구보다 산학 협동의 중요성을 강조했던 이동녕 교수의 제안으로 나는 1990년 서울대학교에 '신소재공동연구소'를 기증했다. 동복강선 등 산학 협동의 결실로 성장한 일진그룹이 국립대학인 서울대에 최초의 민간 기증 연구동을 기증한 것은 나에게도, 이동녕 교수에게도 큰 의미가 있다. 신소재공동연구소를 계기로 산업 신소재 연구가 더욱 활성화되었고, 기업에서 기증한 연구동이 서울대 캠퍼스에 속속 들어서는 효시가 되었다. 이동녕 교수는 고맙게도 연구소에 내 아호를 붙여 '덕명기념관'이라는 이름을 지어주었다.

　나는 이동녕 교수를 '하늘이 맺어준 인연'이라 생각한다. 경남 함안 산골 출신인 이 교수와 전북 부안 농촌이 고향인 나는 시골 벽촌 출신이란 면에서 닮은 점이 많다. 미국에서 박사학위를 취득하고 좋은 환경과 훌륭한 연구시설, 좋은 일자리를 마다하고 고국을 위해 귀국한 이 교수와 당시로서는 선망의 대상인 미국유학을 포기하고 열악한 국내공업을 발전시켜야겠다는 열망 속에 국내산업에 뛰어든 나와는 너무나 닮은 점이 많다.

　지금도 여든에 가까운 고령임에도 매일같이 자신이 공들인 신소재공동연구소에 출근해 연구를 거듭하는 이 교수를 볼 때마다 저절로 머리가 숙여지고 존경심이 싹튼다. 이곳에서 제2, 제3의 이동녕 교수 같은 공학자가 배출되고, 노벨상을 수상하는 후배들이 나왔으면 좋겠다.

나는 1960년대 중반 육군본부 병기감실 군 생활 시절, 총포, 탄약, 차량 등 군 장비를 국산화하는 임무를 받아 전국의 산업현장을 돌아볼 기회가 있었다. 당시 취약하고 낙후된 국내 산업환경에 큰 충격을 받았다. 유학은 사치라 생각하고, 산업발전에 도움이 되는 일을 반드시 해야겠다는 결심을 했다. 우리의 힘과 실력으로 기술을 개발하고 수입에 의존하는 수입상품을 국산화시키는 것이 진정한 엔지니어의 사명이라 생각했다.

1968년 집 앞마당에 흑연 도가니를 걸어두고 직원 두 명과 함께 창업을 했다. 오늘날 말하는 벤처기업이다. 당시 외국에서 전량 수입하던 변전용·배전용 금구류 국산화를 시작으로 실패를 두려워하지 않고 PCB용 일렉포일Elecfoil, 공업용 합성다이아몬드 등 남들이 하지 않는 어려운 소재기술에 도전하고 정진한 것도 이런 이유에서다.

이동녕 교수는 난관에도 굴하지 않고 끝까지 성공적인 결과를 만들어낸 집념과 열의를 가진 공학자이다. 이 책 『나는 행복한 공학자』에는 그의 삶이 그대로 녹아 있다.

함안 시골에서 상경해 가난했던 학창시절, 단돈 32달러를 손에 쥐고 미국 유학길에 오른 이야기, 자신의 행복보다 조국에 헌신하겠다는 마음으로 귀국했고, KIST에서 서울대까지 연구자와 학자의 본분을 지키며 묵묵히 책임을 다해온 이동녕 교수의 모습이 오롯이 이 책에 담겨 있다.

나는 그의 모습에서 루스벨트 미국 대통령이 말한 '위대한 사람'을 떠올린다. 루스벨트는 "진실로 위대한 사람은 비판하는 사람이 아니다. 일터에서 먼지와 피땀으로 열심히 노력하며, 그 과정에서 무수히 실수하고 실패하는 사람, 의욕과 헌신으로 가치 있는 일에 몸을 바칠 줄도 알고 성공의 기쁨도 아는 사람이 진정 위대한 사람이다."라고 말했다.

이동녕 교수는 진정 위대한 연구가다.

그는 젊은 시절부터 시간을 아껴가며 연구에 매진했고, 실패를 경험해도 긍정적으로 끝까지 매달렸다. 자신보다 조국의 발전을 위해 헌신해 왔다. 선진국 학자들도 해결하지 못한 산업의 실타래를 풀어냈고, 성공을 토대로 또 다른 연구에 박차를 가하였다.

『나는 행복한 공학자』를 읽는 모든 분들이, 이동녕 교수처럼 어려움을 이겨내고 묵묵히 책임을 다하는 위대한 사람이 되기를 기대한다.

또한 이동녕 교수 같은 훌륭한 공학자가 많이 나와 대한민국이 퀀텀점프 하기를 기대해 본다.

CONTENTS

Chapter 4 **서울대학교와의 소중한 인연**

Chapter 5 **나는 행복한 공학자**

함안 촌놈의
당당한 긍지

내 고향 함안

나는 1938년 경남 함안에서 태어났다. 내 고향 함안은 군청과 면사무소 직원과 초등학교 교사를 제외하고는 모두 땅을 갈아 생계를 유지하며 살아가는 산골에 가까운 농촌이었다. 비록 산간벽촌에 불과한 함안이었으나 옛날 이 나라의 수도가 될 뻔했다는 전설 덕분에 어릴 때부터 어깨가 으쓱했고, 부친이 군청 면행정계장직을 맡고 있다는 사실도 늘 자랑스러웠다.

내 대부분의 생을 서울에서 보냈고 함안에서는 초등학교밖에 안 다녔지만, 고향이 어디냐고 물어오면 나는 1초의 망설임도 없이 함안이라고 대답한다. 서울에서 오래 살았어도 특별한 감정이 안 생기는 데 반해, 내 유년 시절을 보냈던 함안에 대해서는 늘 그리움이 간절하다.

이러한 마음이 어디 사람뿐이랴. 연어도 죽을 때가 되면 죽음을 무릅쓰고 강을 거슬러 자기가 태어난 곳을 찾아가고, 수구초심首丘初心이라 하여 여우도 죽을 때는 머리를 자기가 살던 굴 쪽으로 둔다고 하지 않던가. 동물이든 사람이든 고향을 그리워하는 마음은 같은 것이다.

고향이란 것은 참 신비롭다. 오랫동안 산 서울보다 고작 13년 산 함안에 대해서는 어릴 때 친구들과 싸운 것부터 동네에서 말썽을 피운 것들까지, 이렇듯 세월이 많이 흘렀어도 그 어느 것 하나 잊어버리지 않고 있으니 말이다.

그중에서도 유독 매미를 잡던 추억만큼 생생한 것이 또 없다. 내가 초등학교에 다닐 무렵 우리 집에는 감나무가 다섯 그루 정도 있었다. 그 감나무들과 가장 큰 대추나무에서 매미를 잡는 것이 내 유년 시절의 전부라 할 만큼 재미있었다.

얼마 전 대전 자연사 박물관에 간 적이 있었다. 때마침 매미를 전시해 놓고 있어 흥미롭게 감상했는데 안타깝게도 그곳에는 참매미만 있을 뿐 왕매미는 전시되어 있지 않았다. 자연스럽게 어릴 적 추억이 떠올라서 매미 전시회 담당자에게 "아니, 여기 매미 표본들이 이렇게 많은데 어찌 왕매미만 없습니까?"라고 물었다. "너무 희귀한 것이라서 구할 수 없었다."라는 대답이 돌아왔다. 아쉬운 마음에 나는 담당자에게 왕매미를 잡는 나만의 노하우를 직접 알려주고 왔다.

매미 중에서도 참매미는 사람이 가까이 가도 도망가지 않지만 왕매미는 사정이 다르다. 참매미보다 훨씬 크고 표면도 딱딱하고 굉장히 예민한 데다 소리도 아주 우렁차다. 이런 왕매미를 내 손으로 잡는 것이 어릴 적 내 소원이었다.

매미는 주로 수놈이 우는데, 그 울음소리를 듣고 거짓말처럼 암놈이 날아온다. 나는 왕매미 수놈이 울기 시작하면 그때부터 미리 나무 위로 올라가서 왕매미를 잡기 위한 만반의 준비를 하곤 했다. 어디선가 날아온 암매미가 수놈 쪽으로 기어오면, 그 기회를 놓치지 않고 수놈이 암놈 등 위로 올라가 교배를 시작한다. 왕매미 두 마리는 내 어린 손으로 잡기 어려울 만큼 컸지만 이때만큼은 내가 다가가도 도망을 치지 못한다.

나는 특히 왕매미 암놈보다 수놈에 관심이 많았는데, 매미 집을 만들어서 잡은 수매미를 넣어놓고 그 우렁찬 울음소리를 듣기 위해서였다. 어른들이 집에 안 계실 때 나무 위에서 수매미의 울음소리가 들릴라치면, 재빨리 나무 위로 올라가 암매미가 날아오기만을 기다리던 기억이 아직도 생생하다.

매미에 대한 좋은 추억만 있는 것은 아니다. 하루는 매미를 잡으러 감나무와 대추나무에 올라가다가 대추나무 가지가 부러지는 바람에 순식간에 땅바닥으로 곤두박질치고 말았다. 나는 바닥에 엎어진 채로 꼼짝달싹할 수 없었다. 너무 놀라고 아파서 숨도 안 쉬어지고 울음조차 나오지 않았다. 어린 마음에도 이대로 죽는구나 싶었다.

바로 그때 어머니가 쏜살같이 달려와 내 등을 찰싹 때리셨다. 뒤에 안 일이지만 내가 꽤 높은 데서 떨어졌는데도 불구하고 울지도 않고 움직이지도 못하는 것을 본 어머니가 버선발로 뛰어와 내 등을 때려 숨을 쉬도록 해주신 것이다. 또 하루는 집에 아무도 없을 때 감나무에서 울고 있는 매미를 잡으러 올라가다가 중심을 잃고 그대로 떨어져 우물의 콘크리트 바닥에 엉덩방아를 찧은 적도 있다. 위치가 조금이라도 벗어났다면 아마 나는 우물 테에 정통으로 부딪혀 어찌 되었을지 모를 일이다. 그나마 어머니가 외출 중일 때여서 꾸중을 듣지 않은 것이 다행이었다. 그 후 한동안 그 여파로 다리를 절었는데, 어머니가 보이는 데를 지나갈 때는 들키지 않으려고 매우 조심스레 걸어 다니곤 했다.

이러한 사고를 당하고 나서는 나 스스로 매미 잡는 것을 삼갔다. 하긴 지금 내 손주들이 그런다고 하면 나 역시 위험하다고 뜯어말릴 것이다.

옛 추억을 떠올리다 보니 내 자식들을 키울 때도 그랬지만 손주들이 성장하는 환경을 지켜보다 보면 아이들이 참 불행하다는 생각이 든다. 아이들이라면 자고로 내가 어릴 때처럼 들로 산으로 막 뛰어놀고 뒹굴고 해야 하는데, 요즘 현실은 그렇지 못하지 않은가.

나는 어릴 때에도 산에 가서 나무를 해오곤 했다. 나무를 지고 내려올 때 자칫 지게 목발이 땅에 잘못 닿으면 그대로 넘어지기 일쑤였다. 그럴 때마다 나무는 나무대로 우르르 쏟아지고 나는 나대로 흙바닥에 뒹굴곤 했다. 그래도 크게 다친 적은 한 번도 없었다. 그렇게 13살까지의 기억들이 아름답고 소중한 추억으로만 남아 있는 것이다.

우리 집 아이들도 그렇고 서울이나 큰 도시에서 태어난 아이들은 자연을 쉽게 접할 기회도 없고, 하라는 것이라고는 오직 공부밖에 없으니 그렇게 재미없는 유년기를 보낸다는 것이 불쌍하게만 느껴진다.

내가 자랄 때는 나라 자체가 가난하고 고생을 많이 하긴 했어도, 지금처럼 정서가 피폐하지는 않았다. 어릴 때부터 제일 많이 들어온 이야기 또한 "젊어서 고생은 사서 한다."였다. 그 덕분일까. 나만 해도 살아오면서 고생하는 것을 절대 어려운 것으로 여기지 않았고, 그것이 밑거름이 되어 어떤 시련이 닥쳐도 주눅 드는 대신 함안 촌놈의 당당한 긍지를 가질 수 있었다.

아버지께서는 내가 초등학교 저학년 때부터 족보를 보여주시며 몇 대 할아버지는 어떤 일을 하시고 또 몇 대 할아버지는 이러이러한 분이셨다고 설명해 주시곤 했다. 그때마다 "우리 할아버님들 중 나쁜 짓을 하신 분은 단 한 분도 안 계신다. 그러니 너 역시 양반의 자손답게 그에 걸맞게 행동해야 한다."라는 말씀을 꼭 덧붙이셨다.

우리 조상들은 고려 말에는 벼슬을 지냈는데, 이씨 조선이 들어서면서 '출사를 하면 나쁜 놈'이라 해서 출사 요청을 거절했다고 한다. 족보에도 그렇게 씌어 있다. 어린 나이에도 우리 조상들이 사리사욕을 위해 출사를 하지 않았다는 사실이 늘 자랑스럽게 여겨졌었다.

그런데 아뿔싸! 몇 년 전 먼 인척 되는 형님이 서울대에 있는 조선실록을 다 뒤져서 우리 조상들의 역사를 면밀히 조사한 적이 있었다. 그 결과 내가 알고 있던 것과는 정반대의 사실을 알아냈다. 어떻게 된 일인지, 조선시대에도 우리 조상들이 출사한 사실을 발견하게 된 것이다. 무슨 벼슬인지는 확실히 몰라도 조선실록에 오를 정도니

틀림없는 것이다. 이 때문에 어릴 적부터 자랑으로 삼던 한 가지 사실이 깨지는 웃지 못할 일도 있었다.

그러나 아버지 말씀만큼은 맞았다. 우리 조상들 중 나쁜 짓을 한 사람은 한 명도 없었다. 아버지께서 자식들 교육을 그런 식으로 시키셨기 때문에 나 또한 나쁜 짓을 할 수 없었다. 지금까지 잘 지켜온 가문의 명예를 내가 처음으로 더럽힐 수는 없는 노릇 아닌가.

조상들 중에서도 특히 우리 할머님은 대단한 분이셨다. 여자들이 초등학교도 거의 안 다닐 시절에 할머니께서는 고향에서 처녀들에게 한글을 가르치셨다. 그뿐만 아니라 두루마리에 세로로 죽 "유세차~~~"로 시작하는 제문을 직접 쓰시기도 했다. 나를 비롯한 동생들은 할머니가 제문을 쓰실 때마다 옆에서 조용히 먹을 가는 게 그 당시 일과 중 하나였다.

그런데 우리 어머니는 내색하지는 않으셔도 그런 할머니를 못마땅하게 여기시는 듯했다. 할머니께서 집안일을 좀 도와주시면 어머니가 한결 편할 텐데, 바깥으로만 도셨으니 자연스럽게 그런 생각이 드실 만도 하다.

그 무렵 아버지께서는 우리 형제자매들을 한자리에 불러놓고 "너희는 본관이 여주고 파는 삼열당파이다."라고 가르쳐주시면서 종친의 역사를 달달 외우게 하셨다. 우리 파의 사람들이 제일 많이 사는 곳은 수원이다. 박지성 선수가 나온 수원공고가 우리 종친에서 세운 학교이다. 여주가 본이지만 여주에는 그리 많이 살지 않고, 밀양과 경상도 쪽에 조금씩 분포되어 있다.

어릴 때는 왜 이런 것을 가르치실까 의아하기만 했다. 세월이 지나 그 시절을 이해하면서 비로소 깨닫게 되었다. 아버지께서는 나라가 망하고 전쟁이 나서 피난이라도 가게 되면 가족들이 뿔뿔이 헤어질 수밖에 없는 상황까지 예측한 것이다. 그런 비상시국에는 우리 형제들 각자 자기 이름과 뿌리를 제대로 알고 있어야만 길을 잃어도 가족을 찾아갈 수 있을 것이라고 생각하셨던 것이다. 참으로 현명하신 가르침이었다.

외가 친척들과(맨 뒷줄 얼굴만 빼꼼 내밀고 있는 아이가 필자)

인생의
나침반이 되어주신 부모님

가끔 '오늘의 나를 있게 한 분이 누구일까?' 자문하게 된다. 아무래도 우리 부모님을 생각하지 않을 수 없다.

두 분 역시 모두 함안 사람이시다. 그래도 함안에서는 우리 집이 꽤 괜찮은 집안에 속했다. 그 당시 동네에서 기와집이라곤 고작 몇 채에 불과했는데 외가가 그중 한 집이었다. 곡식을 쌓아놓는 광이 있을 정도여서 시골동네에서는 부자라 불릴 만했다.

더군다나 아버지 어머니 두 분 다 일본에서 중학교를 나오셨다. 특히 어머니는 여자 중에서도 인텔리에 속했다. 그 시절만 해도 여자가 일본으로 유학을 간다는 건 상상도 할 수 없는 일이었는데 어머니는 초등학교 때부터 죽 1등을 하실 만큼 머리가 좋았다고 한다.

나는 어머니가 엄청 위대한 사람이라 생각한다. 어머니 말씀으로는 일본에서 유학하실 때 자그마한 사립학교에 다니셨는데 여자 교장선생님이 직접 가르치는 학교였다고 한다. 교장선생님의 남편은 하와이에 살고 계셔서 일본에서는 교장선생님 혼자 지내셨단다. 그런 교장선생님 이마에 꽤 커다란 상처 자국이 있었다고 한다. 그런데 교장선생님은 여자이면서도 그 이마의 상처를 전혀 부끄러워하지 않으셨고, 남편한테 사진을 보낼 때에도 오히려 그 상처가 뚜렷이 나타나게 찍어 보내셨다는 얘기를 들은 적이 있다.

공교롭게도 나 또한 어릴 때 마루에서 떨어져 시멘트 대신 깔아놓은 돌에 부딪히는 바람에 이마에 깊게 상처가 났고, 지금까지 그대로 흉터로 남아 있다. 어른이 돼 머리를 기르게 되자마자 가르마를 이용해서 이마의 흉터를 덮을까 말까 잠시 고민한 적이 있을 정도이다. 그때마다 어머니께서 해주신 말씀이 떠올랐다. 그 여자 교장선생님처럼 "내 허물을 감추려고 하지 말고 오히려 드러내야 한다."라는 것이었다. 어머니의 뜻깊은 가르침 덕분에 나는 더 이상 흉터에 신경을 쓰지 않기로 했고, 지금도 이마의 흉터를 가리지 않고 있다.

이와 관련된 재밌는 얘기가 있다. 나는 훗날 미국으로 유학 가서 결혼을 하고 2년간 살다가 가족들과 함께 귀국하게 되었다. 그런데 신기하게도 집사람은 결혼 후에도 내 이마에 흉터가 있는 것을 한 번도 본 적이 없다고 했다. 그런데 귀국해서 처가댁에 인사차 들렀을 때였다. 장모님께서 첫눈에 내 이마의 흉터를 찾아내시고선 "이서방은 어릴 때 되게 개구졌나 보다."라고 말씀하시는 것이 아닌가? 아내도 몰랐던 흉터를 장모님께서는 단번에 알아보신 것이다.

지금도 거울을 보다가 이마의 흉터를 확인하게 될 때면 자연스레 어머니가 떠오른다. 어머니께서 평상시 그런 가르침을 주지 않으셨다면 나는 사는 내내 흉터를 가리는 데만 급급했을 것이다. 어릴 때 교육이라는 것이 얼마나 중요한 것인지 다시 한 번 뼈저리게 느끼게 되는 대목이다.

어릴 적 어머니는 자애로운 분이라기보다는 엄하고 무서운 분이었다. 잘못하는 일이 있으면 무섭게 꾸중하시고 회초리로 장딴지를 몹시 아프게 때리셨다. 물론 맨손으로 때리신 적은 한 번도 없었다.

어느 날 우리 집에 온 손님이 인사치레로 나에 대해 물었다. 그때 우연히 어머니께서 나를 몹시 칭찬하시는 것을 듣게 되었다. 평상시 꾸중만 듣고 칭찬을 잘 듣지 못했기 때문에 큰아들이 못마땅하신 줄로만 알았는데, 정작 손님에게 나를 칭찬하시는 말씀을 듣게 되니 무척 기쁘고 한편으로는 너무나 부끄러웠다. 그 후부터는 어머님 말씀이 거짓이 되지 않도록 내 스스로 노력해야겠다고 다짐했다.

또한 어머니께서는 내게 공부하라는 말씀을 먼저 하신 적이 없었다. 그러나 내가 자진해서 공부를 하는 동안에는 다른 일을 시키기를 삼가셨다. 반대로 내가 놀고 있는 것을 아시게 되면 "방 청소해라." "마루 닦아라." "마당 쓸어라." 등등의 일을 명하셨다.

정말이지 겨울철에 마루 닦고 마당 쓰는 일은 곤욕이었다. 마루는 물걸레로 닦자마자 얼어붙었고, 차디찬 대나무 빗자루로 마당을 쓸려면 왜 그렇게도 마당이 넓게 느껴졌던지. 이런 일들이 정말 하기 싫어서 나는 일부로 어머니 들으시라고 큰 소리를 내 책을 읽곤 했다.

아버지께서는 우리들에게 이래라 저래라 하시는 일이 거의 없는 분이었다. 더욱이 어머니를 두려워하지 않는 유일한 분이셨기 때문에 어릴 때는 나도 어서 커서 아버지 같은 분이 되고 싶다는 생각을 했다.

말수가 유독 없으셨던 탓에 중학교 입시가 가까워 올 때까지 내게 별 잔소리를 하지 않으셨다. 가끔 밤늦게 귀가하셔서 자는 나를 깨운 후 어디선가 가지고 온 산술 문제를 풀게 하셨을 뿐이다. 결과를 보고 흡족한 눈치셨으나 그럴 때에도 결코 칭찬을 하시지는 않았다.

그런 아버지께서 하루는 얼큰하게 취하셔서는 나를 붙잡고 "합격하면 내 신세가 낭패고 떨어지면 네 신세가 낭패다."라는 말씀을 하시는 것이 아닌가. 그 시절 가난했던 우리 집 형편에 딱 맞는 말이어서 철없던 시절인데도 가슴에 와서 박혔던 기억이 난다.

어쨌든 너 나 할 것 없이 어렵던 시절에 부모님이 두 분 다 일본으로 유학을 가신 것은 엄청난 사건이었다.

사실 일본이 처음 우리나라를 점령했을 때는 주로 착취하는 일을 했다고 한다. 3·1운동이 일어나고 난 뒤에야 착취만 해서는 안 된다는 것을 깨달은 듯한데, 그 롤 모델이 영국이었다. 영국은 다른 나라를 침략해서도 그 나라의 풍속을 그대로 내버려두었다. 예를 들어 인도의 경우 카스트 제도를 내버려둔 것. 그러니까 반항이라는 것 자체가 별로 없었다.

내 생각에는 일본도 영국의 그러한 점을 배워 3·1운동 뒤에 공부시킬 사람으로 인재들을 찾아내기 시작한 것이 아닐까 싶다. 안 그랬으면 우리 어머니 아버지가 어떻게 유학을 갔을 것인가? 어머니는 공부를 무척 잘했기 때문에 일본 학교에 가서도 조선 사람인데도 불구하고 연극 주인공을 맡았다고 한다. 그때 어머니께서 연극 무대에서 인사하는 사진을 아직도 갖고 있다.

아버지 또한 동네에서 소문난 똑똑한 청년이었기 때문에 일본에서 데려간 것이다. 아버지 말씀으로는 대학도 다니고 싶었는데 형편상 도저히 안 되겠다 싶어 깨끗이 포기한 것이라고 한다. 일본에서도 학비와 생활비 때문에 그 어린 나이에도 아르바이트 같은 걸 하신 듯싶다.

그런데 요즘 와서 우리 집안에 대해 의문을 갖게 되는 점이 있다.

'어떻게 해서 우리 집이 함안에서 큰 집에 속하게 됐을까? 워낙 산악지대라 농토가 많지도 않았는데 어떻게 함안에 집을 지을 수 있었을까?'

아버지는 왜정 때부터 군청에 다니셨다. 공무원 신분이어서 농토를 안 갖는 것이 좋다고 생각하여 우리 집은 농사도 짓지 않았다. 아무리 생각해도 이상한 일이었다. 추측건대 아무래도 아버지가 일본에서 중학교를 나왔기 때문에 그 당시 상당히 잘살던 외가에서 아버지의 학벌을 본 것이 아닐까 싶다. 외가와 가까운 거리에 있어서 집을 가질 능력이 없는 아버지 대신 외가에서 지어준 것이 아닌가 하는 생각이 든다.

어쨌든 부모님 모두 강건하고 올곧은 성품의 소유자셨다. 어릴 때부터 그런 두 분을 보고 자란 덕분에 우리 가족들 또한 부모님에 대한 긍지는 물론이요, 우리 집안에 대한 자긍심도 가질 수 있었다. 이 때문에 나는 어릴 때부터 유독 자존심이 강했는데, 그것이 훗날 열악한 상황에서 유학을 가서도 서양 사람들에게 기죽지 않고 당당하게 공부할 수 있었던 토대가 된 것이라고 믿는다.

6·25와 선생님

나는 6·25전쟁을 함안에서 맞았다. 시골에는 6·25 전부터 빨치산 활동이 무척 심했다. 낮에는 산에 숨어 있다가 밤이 되면 빨치산들이 산에서 내려와 반장이나 동장 같은 사람들을 죽창으로 공격해서 죽였다. 우리 아버지도 공무원이어서 그런 공격의 대상이 됐기 때문에 한시도 마음 편할 날이 없었다.

가끔 빨치산을 소탕하기 위해 군인들이 오게 되면 교전이 일어나곤 했는데, 야광탄이어서 총알이 어디로 가는지 눈으로 보일 정도였다. 교전이 시작되면 온 가족이 모두 담 밑으로 기어가서 웅크리고 앉아 몸을 숨겼다. "다다다닷!" 하는 총소리가 들려오는 급박한 상황에서도 귀가 어두우신 할머니께서 "얘들아, 왜 밤에 깨를 볶니?"라는 웃지 못할 말씀을 하셨던 기억이 난다.

얼마 후 실제로 6·25가 터졌을 때 우리 집은 정작 어느 쪽으로 피난을 가야 할지를 알 수 없었다. 만약 북한군이 북쪽에서 내려오면 남쪽으로 가야 하고, 남쪽에서 올라오면 북쪽으로 가야 하기 때문에, 이불을 진 채로 이쪽으로 갔다 저쪽으로 갔다 우왕좌왕했던 것이다.

그러던 와중에 갑작스럽게 피난 결정이 내려져서 우리 가족은 채 준비할 틈도 없이 조그마한 봇짐들만 꾸린 채 피난길에 나서게 되었다. 열차를 타고 정해진 피난처로 가게 돼 있었는데, 막냇동생은 태어나기도 전이었고 그 위 누이동생은 걸음마도 제대로 못 뗀 상태였다. 그러니 식구들이 얼마나 힘이 들었겠는가. 4~5킬로미터를 걸어서 함안역까지 가서 거기에서 밤을 새웠다. 사진이나 영화에서 보던 6·25의 참상을 피부로 경험한 것이다.

더욱이 아버지가 공무원 중 제일 상급자여서 피난민을 피난지까지 인솔해 가야 하는 책임을 지고 있었다. 워낙 담배를 좋아하셨던 아버지는 노천에 앉아서 밤을 지새울 때도 담배를 피우셨다. 사실 밤에 불을 켜면 적의 공격대상이 되는 것이어서 가능하면 참으셔야 했다. 아니나 다를까, 하필이면 그 순간 헌병에게 발각이 되었는데 곧바로 헌병이 달려와서는 아버지 뺨을 그대로 후려쳤다.

아버지는 나한테는 하나님과 마찬가지인데 그런 아버지의 뺨을 새파랗게 어린 헌병이 후려치는 광경을 목격하게 됐으니, 그때 내 심정이 어떠했겠는가. '내가 지금보다 조금만 더 컸어도 저 헌병을 그냥 죽여 버릴 텐데…' 하는 생각이 들 정도였다. 그 사건이 피난 당시 가장 처참했던 기억으로 남아 있다.

갈대로 만든 임시숙소에서 잠시 지내다가 아버지 직위 덕분에 민간인 집에 며칠 머물게 되었다. 그러다가 얼마 후 다시 돌아와 보니 함안은 이미 잿더미가 되어 있었다. 양식 같은 것들이 남아 있으면 적군에게 도움이 될 수 있어 아군들이 철수하면서 집을 태워버린 것이다. 대부분의 집들이 미리 피난을 간다고 했으면 준비라도 했을 것인데 갑자기 나가라 해서 빈손으로 나갔다가 집마저 다 타버렸으니 먹을 것이 남아 있을 리 없었다. 그때의 처참한 상황은 글로는 표현할 길이 없다. 그나마 우리 집은 마을에서 좀 멀리 떨어져 있어서 불에 타지는 않은 상태였다.

그런 일을 실제로 보고 겪었기 때문에 나는 한 번도 군대에 안 가겠다는 생각을 한 적이 없다. 그때만 해도 체격이 장대하면 나이도 물어보지 않고 무조건 트럭에 싣고 훈련소로 데려갔다. 훈련소라고 해봐야 기껏 방아쇠 당기는 훈련만 시켜서 그대로 전방으로 보내버렸으니, 백이면 백 가자마자 전부 죽어버릴 수밖에. 그래서 나는 나중에 군대에 가게 되면 적어도 총 쏘는 것만큼은 제대로 배워야 한다고 생각했다. 그래야 조금이라도 살 확률이 높아질 것이 아닌가. 아마 지금 젊은 세대로서는 상상도 할 수 없는 일일 것이다.

나는 어릴 때 초등학교 선생님이 되는 것이 꿈이었다. 그때는 나뿐 아니라 선생님이 꿈인 아이들이 대부분이었다. 당시만 해도 사범학교에 들어가는 것 자체가 하늘의 별 따기였다. 내가 다닌 함안초등학교만 해도 기껏 1년에 한 명 들어가는 것이 다였다. 소위 시골의 수재들만 가는 곳이어서 사범학교를 나온 교사들은 최고의 인텔

리인 동시에 존경의 대상이었다.

초등학교 5~6학년 때의 나의 담임이셨던 이규섭 선생님이 바로 진주사범학교 출신으로서 모든 아이들의 선망과 존경의 대상이 된 분이었다. 이규섭 선생님은 절대적인 권위를 가진 정말 무서운 분이셨다. 선생님의 손에는 항상 회초리가 쥐여 있었으며 아차 하면 손바닥이나 장딴지에 일격이 가해졌다.

한번은 학교에서 본 시험 성적이 담임선생님의 기대에 못 미친다고 반 전체 아이들이 다 매를 맞았다. 그런데 아무도 기분 나빠하지 않았을 뿐 아니라 오히려 매를 맞는 것을 선생님의 우리에 대한 열성과 애정으로 여겼다. 다른 반 친구들과 얘기할 때도 서로 자기 담임이 많이 때린다고 우기면서 그걸 자랑스럽게 생각했다.

선생님은 적당한 선에서 주로 손바닥이나 장딴지를 때리셨는데 개인보다 단체를 때리실 때가 훨씬 많았다. 지금으로서는 상상도 할 수 없는 일이지만 그 시절에는 아이들도 선생님이 때리시는 것이 다 우리를 잘되게 하기 위해서임을 느끼고 있었다. 우리 반이 단연 다른 반에 비해 성적이 좋은 것은 이러한 선생님의 열성 때문이었고 지금까지도 감사하게 생각한다.

중학교 때는 '에프'라는 별명이 붙은 영어 선생님이 계셨다. 학교에서 제일 무서웠던 선생님이셨는데 학생들에게 차례로 교과서를 읽고 해석하게 하고 못할 경우에는 큰 매로 한 대씩 때리셨다. 내 차례가 오면 맞지 않는 경우보다 맞는 경우가 훨씬 많았다.

당시에는 이런 매에 특별한 이름이 없었지만 요즘 학교 체벌이 사회적 문제가 되면서 '사랑의 매'라는 말을 하곤 한다. 내가 맞은 매가

'사랑의 매'인 셈이다. 지금 학생들이나 학부모들은 잘 이해할 수 없 겠지만 어찌 보면 우리의 경우는 참 행복했다고 할 수 있다. 선생님 에게 맞는 매를 자랑으로 여길 정도였으니 말이다.

　내가 전공하는 금속에도 이에 비유할 만한 성질이 있다. 금속을 적 당히 때리면 강해지지만 그 도가 지나치면 부러진다. 사람에게 가해 지는 매도 적당하면 사람을 강하고 훌륭하게 만들지만, 지나치면 해 가 될 수 있다. 내 선생님들은 정도를 아는 모두 훌륭한 교육자셨다.

함안초등학교

촌놈의 뚝심으로

"아부지께 진주중학이 아니면 학교 안 당긴다 캐라. 알긋나?"

낮은 목소리로 나를 잡아 앉히신 어머니의 얼굴은 자못 단호했다. 경남 함안의 작은 산골에 묻혀 8남매를 키우고 있었지만 어릴 때 일본에서 중학교를 나온 어머니는 무지렁이 시골 아낙만은 아니었다. 아무리 살림이 어려워도 장남인 나를 도시로 보내 공부시키겠다는 것이 어머니의 확고한 의지였다.

그 당시에는 함안에 중학교가 딱 하나 있었다. 함안중학교. 그나마 집에서 거리도 멀고 교통수단이 없어 걸어 다녀야만 했다. 일단 나는 함안중학교와 진주중학교 두 군데 다 시험을 쳤는데, 어머니가 아버지에게 진주중학이 아니면 학교 안 가겠다고 말씀드리라고 했던 것이다.

어머니의 교육열은 정말로 대단하셨다. 어머니 덕분에 나는 진주중학교로 진학할 수 있었다. 집안의 형편을 볼 때 당시 8남매의 장남인 나를 진주로 보낸다는 것은 참으로 모진 결심이었다.

나는 초등학교 다닐 때만 해도 함안이 우리나라의 중심지인 줄 알았다. 중학교를 다니기 위해 진주에 가서야 내가 진짜 촌놈이었다는 것을 절실하게 느낄 수 있었다. 상가에도 하나같이 번쩍번쩍 빛이 나는 유리창이 끼워져 있었고, 길도 넓었다. 함안에서는 아직도 왜정 때 만든 2차선이 안 되는 길을 한길(큰길)이라 부르고 있는데 말이다.

하긴 옛날에는 길이라고 해봤자 소가 끄는 달구지가 교차할 수 있을 정도의 넓이면 족했다. 길을 넓힌다는 것은 농토를 줄인다는 것을 의미하기 때문에 그 시절에는 큰 길 자체를 상상하기 힘들었다. 아스팔트도 없어서 자갈을 깔아놓았는데 달구지의 쇠바퀴가 지나다니면 돌이 깨져 버려서 사람들이 직접 돌을 날라다가 다시 깔곤 했던 기억이 난다. 더군다나 6·25를 겪은 지 얼마 안 된 때라 나라 자체가 엉망이었다. 함안에서 마산까지는 50리, 함안에서 진주까지는 100리였다.

그 당시 버스는 없고 열차만 있었는데, 열차라는 것도 석탄을 때서 가는 것이었다. 우리나라가 산악지대이기 때문에 비탈길이 많아 충분히 가열되지 않으면 열차가 그대로 서버린다. 그렇게 되면 그 자리에서 다시 갈 수가 없어 경사가 낮은 지역까지 후퇴했다가 거기서부터 다시 시작해 올라가야 했다. 열차가 낡아서이기도 했지만 함안에서 진주에 갈 때에도 여러 번 설 수밖에 없었다. 도중에 한 번씩

서게 되면 20분 정도 늦게 되는 바람에 함안에서 진주까지 가는 데 2시간이나 걸렸다. 그 때문에 거의 모든 열차가 연착을 했다.

이런 상태였으니 함안 촌놈이 진주에 도착했을 때 큰 도시의 번화함에 얼마나 놀랐겠는가. 난생 처음 보는 큰 길과 투명한 유리창이 있는 큰 상점, 덩치 큰 건물의 화려한 간판들과 불빛들, 어깨를 부딪치며 바삐 가는 수많은 사람들…. 나는 그때의 충격적인 기억들이 오래도록 잊히지 않았다. 나에게는 지금의 학생들이 미국으로 유학을 가는 것만큼이나 커다란 문화적 변화였다.

진주에서 나는 이모님 댁에서 학교에 다녔다. 이모부는 진주농업학교 교사였고 작은 농장을 경영하고 있었다. 집에서는 내 하숙비로 쌀 한 말 정도를 보내주었다. 이모님 댁이라 좀 무리한 기식을 한 셈이다. 어린 생각에도 죄송한 마음이 들어서 나는 학교를 마치자마자 가방만 던져놓고 일손이 아쉬운 이모네 농장으로 나가 일을 도왔는데, 의복이 토마토 잎으로 검푸르게 물들고 어둑어둑 해질녘이 되어서야 흙을 털고 돌아왔다.

2년 후 동생까지 진주로 유학을 오게 되자, 그때는 둘이서 자취를 시작했다. 그렇게 중3 때부터 고등학교 졸업할 때까지 자취를 하게 되었고, 그때 밥하는 기술을 터득했다. 훨씬 나중에 결혼을 한 후 집사람에게 "당신은 시집 올 때 밥도 할 줄 모르지 않았냐?"라는 농담을 건넸을 정도다.

동생과 나를 진주에서 공부시키기에는 집안 형편이 너무 옹색했다. 나는 학창 시절 내내 참고서란 것을 사본 적이 없었다. 교과서도 선배들이 쓰던 중고 책을 사서 썼다. 점심도 거의 먹어본 적이 없다. 수업료 역시 한 번도 제때에 납입하지 못했다. 이 때문에 실제로는 결석이 아니지만, 고교 3년간 내 출석부는 거의 100퍼센트 결석으로 기록되어 있다. 전쟁을 겪은 지 얼마 안 된 때여서 나라도 학교도 가난했다. 학교를 유지하려면 돈이 필요한데 나라에 돈이 없으니 학생들 수업료로만 운영될 수밖에 없었다.

그때는 나처럼 수업료를 제때 내지 못하는 학생들이 부지기수였다. 수업료를 내지 못하게 되면 출석부에 '등교 정지'라는 도장이 꽉 찍힌다. 나는 3년 내내 등교 정지를 당했고 학과 점수에 가산되던 출석 점수는 늘 빵점이었다. 학교도 재정 형편이 어려웠기 때문에 그나마 기록상으로만 결석일 뿐, 그나마 나를 교실 밖으로 쫓아내지 않은 것에 감사했다. 수업료를 내지 않고 듣는 것이니까 요즘 말로 하면 도강을 한 셈이다. 모두가 어려웠던 시절이었지만 인정이란 것이 살아 있었던 것이다.

그 무렵 등교 정지나 출석 점수가 있었다는 것을 부모님이 아셨다면 참으로 가슴이 아파하셨을 것이다. 나이는 어렸어도 그때 철은 꽤 들어 있었던 것 같다. 학교에서 받은 '등교 정지' 공문을 한 번도 부모님께 보여 드리지 않았다. 어려운 집안 형편을 뻔히 아는 데다 가끔씩 돈 때문에 부모님이 다투시는 모습을 보게 되니 더더욱 입을 뗄 수 없었다. 납입 기한을 몇 번이나 넘긴 후 제적을 당할 것이라는 최후통첩을 받고서야 마지못해 말씀을 드리곤 했다.

그때뿐 아니라 나는 부모님이 돌아가실 때까지 두 분이 마음 아파하실까 봐 내 어려운 형편 같은 것을 티 내 본 적이 없다. 스스로 또한 아무리 열악한 환경에서도 쉽게 낙담하거나 좌절한 적이 없다. 어쨌든 가난한 함안 촌놈이 진주로 유학을 간 셈이고, 그 사실만으로도 엄청난 혜택이었기 때문이다.

그때만 해도 중학교에 진학하는 학생 수가 한 반에서 10퍼센트도 안 됐다. 그런 탓에 중학교에 진학하면 동네사람들이 "이건 출세할 놈이다!"라고 떠들어 댈 정도였다. 나는 또래에서 키가 제일 작은 축에 속했다. 그런데도 중학교 모자를 딱 쓰면 어른들이 반말 대신 존대를 해주었다. 그럴 정도로 중학생이 된다는 것이 엄청난 대우를 받는 것인데 그것만으로도 감사하고 만족할 만한 일이었다.

낯선 도시생활에서 내가 끝내 주저앉지 않은 것은 고향 함안에서 다져진 패기 때문이었다. 가당치 않은 자존심이었다고 해도 그것을 내게 심어준 부모님께 다시금 감사드리고 싶은 심정이다. 그 촌놈의 긍지가 오늘날까지 당당한 버팀목이 되어주었고, 돈에 쪼들려 어려웠던 하루하루가 오히려 나를 튼튼하게 키워냈다. 그렇게 궁핍한 생활 속에서 자식에게 쏟아 붓던 필사적인 교육열이야말로 두 분의 깊고 깊은 사랑이었고, 나는 그 사랑을 뜨거운 가슴으로 느끼고 있었다.

공무원보다는 학자

　지금도 가끔 "왜 금속공학을 택했는가?"라는 질문을 받을 때가 있다. 그럴 때마다 나는 허허 웃으면서 "금속과에 합격했기 때문이다."라는 실없는 대답을 한다. 사실 시골 촌놈이 금속공학이 무엇인지 알 턱이 있었겠는가. 나는 중학교 때까지만 해도 법대를 가리라 맘먹었다.

　군청에 다니시던 아버지께서 한 번도 무엇이 되라는 말씀은 안 하셨지만, 누구누구가 판검사가 되었다고 부러워하실 적이면 나도 고시에 합격해서 부친을 기쁘게 해드리고 싶었다. 그 무렵엔 고시를 칠 때 대학을 나올 필요가 없었다. 그래서 조그마한 헌법집을 들고 다니면서 달달 외우곤 했다.

　그런데 중학교 때까지는 잘 알지 못했으나 고등학교에 가보니 내 두뇌가 어느 한쪽으로 기울어졌다는 것을 깨닫게 되었다. 외우는 두

뇌는 없었기 때문에 암기 과목은 질색이었는데 그에 비해 수학이나 물리, 화학 등에는 재미를 느껴서 내 적성에 더 맞는 듯했다. 특히 며칠씩 끙끙대며 기하학 같은 것을 내 힘으로 풀고 나면 그 기쁨이 굉장했다. '와, 이 문제를 내 힘으로 풀었다!'라는 뿌듯함이랄까. 어차피 참고서가 없었기 때문에 혼자서 풀고 났을 때의 기쁨이 배가 되었던 것 같다.

이러한 것에 재미를 느끼는 것은 학자가 되어서도 마찬가지다. 실험은 주로 서양 사람들이 많이 하지만 그들이 설명 못 한 것을 내 이론으로 설명할 수 있게 되면 그렇게 기분이 좋을 수가 없다. 그 덕분에 논문에서 내 이론을 여러 개 만들 수 있었다. 만약 내 힘으로 풀지 못하는 문제가 있으면, 급하게 서둘기보다는 시간이 얼마가 흐르든 끝까지 스스로 풀어야 발 뻗고 잘 수 있었다. 이렇게 해야 자꾸 새로운 이론도 만들게 되는 것이다.

'다른 사람이 못 푼 문제들은 내가 풀어야지.'라는 생각이 어릴 때부터 자연스럽게 형성된 것 같다. 오히려 중고등학교 때 참고서조차 없어 어렵게 공부했던 것이 어떤 문제든 겁내지 않고 스스로 공부하고 생각하고 해결하는 능력을 양성시켜 준 것이리라.

고교시절에 나는 절대로 공무원만큼은 되지 않을 것을 결심했다. 조선조의 당쟁사화를 보고 염증을 느꼈기 때문이다. 그중에서도 내게 큰 영향을 준 인물은 조선시대의 조광조趙光祖였다. 30대에 대사헌大司憲 자리에 올랐던 조광조는 학문이 출중했다. '사림파士林派'의 학자들이 바르게 살아보자고 이상적인 개혁을 펼쳐 나갔지만 정치에 능한 '훈구파訓舊派'를 당해낼 수가 없었다. 결국 주초위왕走肖爲王의 모함으로 개혁에 실패하고 말았던 것이다. 조광조가 꾸준히 학문에만 정진했다면 역사에 빛날 학자가 되지 않았을까 하는 안타까움이 컸다.

내가 공부에 능한지 어떤지는 확신할 수 없어도 공부를 즐기는 성격임에는 틀림없으니, 나한테는 복잡한 정치공무원보다는 단순하고 합리적인 사고능력에 적합한 학자의 길이 더 맞을 것 같았다. 그래서 막연하게나마 평소 재미를 느꼈던 수학이나 물리, 화학 분야의 학자가 되었으면 좋겠다고 생각했다.

그러나 솔직히 나에게 학자가 될 자질이 충분한지 자신할 수도 없었고, 어려운 집안 형편을 나 몰라라 할 수도 없었기에, 계속 공부한다는 것 자체가 사치스러운 일이었다. 그래도 만약 대학에 갈 수 있다고 하면 '내 전공은 자연계다.'라는 생각을 했다.

그때나 지금이나 많은 수험생들이 의대를 목표로 했지만 내 입장에서는 1년이라도 빨리 졸업해 취직을 해야 하는데 군이 경비도 많이 들고 6년제인 의대를 갈 필요가 없었다. 나는 고심 끝에 공과대학 쪽이 적합하다는 결론에 도달했다. 졸업 후에 취직의 길이 넓고, 혹 가정형편이 나아지면 대학원에 진학해서 학자의 꿈을 이뤄볼 수도 있으리라는 심산이었다.

그러던 중 왜정 때 일본 중앙대를 나오신 외삼촌이 나를 찾아오셔서 물으셨다.

"진로는 정했느냐?"

"네, 공과대학 쪽으로 가려고 합니다."

"왜 공과대를 가느냐? 그러지 말고 약대를 가라. 약대도 자연과학 아니냐."

외삼촌 말씀을 듣고 나니 또 고민이 되었다. 그러나 약대에 가려면 생물을 잘해야 하는데 생물도 내가 싫어하는 암기 과목이 아닌가. 평생을 내가 싫어하는 공부를 하면서 살 수는 없을 것 같았다. 결국 내 선택은 공과대였다.

사실 외삼촌이 내게 약대를 권하신 데에는 충분한 이유가 있었다. 전에 폐결핵을 앓으셨기 때문에 약이라는 것을 항상 염두에 두고 계셨던 것이다. 후에 나 대신 당신 아들을 약대에 보내셨으니 다행스러운 일이다.

결론은 공과대학 쪽으로 나 있는 상태였지만 당시 우리 집 형편상 내가 대학을 가는 것은 거의 불가능한 일이었다. 8남매의 장남인 나로서는 고등학교를 졸업하면 어떻게든 생계에 보탬이 되는 일을 해서 부모님을 도와드려야 했다. 진주에서 학교에 다닐 때에도 주말에 집에 가게 되면 산에 가서 나무 한 짐은 꼭 해다 드렸다. 그것 말고는 내가 부모님을 도울 만한 일이 딱히 없었기 때문이다.

지금 생각해도 신기한 것은 그렇게 가난한 생활인데도 내가 불만스럽다는 생각을 한 번도 해본 적이 없다는 것이다. 오히려 나는 '훌륭하신 부모님을 만나서 운이 참 좋은 사람'이라고 생각했다. 그리고 초등학교에 비해 다소 뒤처진 성적에도 크게 신경 쓰지 않았다. '나도 환경만 좋으면 공부 그까짓 거 얼마든지 잘할 수 있다.'고 생각했다. 또 꼭 대학에 가는 것보다는 부모님 가르침대로 '먼저 사람이 돼야지.' 라고 마음을 다잡았다. 직업에 귀천이 어디 있겠는가, 어차피 태어났으니 죽을 때까지는 뭐라도 할 것 아닌가. 이 덕분에 다른 친구들에 비해 대학진학에 대한 부담감은 좀 적었던 듯싶다. 순리대로 하겠다는 마음가짐으로 형편이 정 안 되면 할 수 없고, 그냥 이 기회에 내 실력이나 테스트해보겠다는 심산으로 진학시험에 응한 것이다.

진주고등학교 3학년 재학시절

눈물 어린 돈뭉치

다행히 대학에 합격은 했지만, 시골 함안의 가난한 가정에서 서울의 대학에 보낸다는 것은 쉬운 일이 아니었다. 도저히 등록금을 낼 형편이 안 되었다.

당시 군청에 다니시던 부친은 함안군의 10개 면을 통괄하는 군행정계장이었다. 그런 아버지가 아들의 등록금을 구하기 위해 10개 면을 돌아다니면서 동냥 아닌 동냥을 다니셨다. 내 아들이 서울대에 합격했으니 돈 좀 융통해 달라는 것이었다. 장남을 위해 당신의 자존심을 내려놓은 아버지의 모습에 마음이 갈기갈기 찢어졌다.

그러던 어느 날 아버지께서 꽤 두꺼워 보이는 돈뭉치를 건네주셨다. 면을 돌아다니시며 여러 사람에게 꾼 소액권을 차곡차곡 모아오신 것이다. 한동안 목이 메어 아무 말도 할 수 없었다. 나는 그렇게 아버지와 나의 눈물이 어려 있는 돈뭉치를 등록금으로 해서 가까스로 대학에 다니게 되었다.

옛날에는 서울대학교 공과대학이 상계동 서울과기대 자리에 있었다. 그때는 상계동이 서울시에 속한 것이 아니라서 경기도 상계리라 불렸다.

왜정 때 일본은 섬나라라는 입지적 조건 때문에 대륙으로 진출하기가 쉽지 않았다. 그 때문에 대륙 진출을 위해 서울에 본거지를 만들었는데, 서울대 공과대학도 그중 하나였다. 아시아의 MIT를 만들겠다는 것이 일본의 계획이었다. 원래는 총 5개 건물로 계획되었는데 해방이 좀 늦게 됐더라면 5개 건물이 모두 완성됐을지도 모를 일이다. 어쨌든 서울대 공과대학이 그 당시 대학 건물로는 제일 컸다.

나는 학교를 다니기 위해 중계리에서 하숙을 시작했다. 등록금은 아버지가 건네주신 눈물 어린 돈뭉치로 해결할 수 있었지만, 매달 들어가는 하숙비는 달리 융통할 방법이 없었다. 결국 중고등학교 때처럼 하숙비를 제때 못 내게 됐는데 월말에 내거나 두 달 치를 한꺼번에 월초에 내곤 했다.

제때 하숙비를 못 내게 되면 자연히 찬밥신세가 될 수밖에 없다. 그냥 하는 말이 아니라, 실제로 하숙집에서 더운밥을 안 주는 것이다. 그 당시 나는 찬밥이라도 주면 고맙게 먹었다. 돈을 제대로 못 냈는데 불평을 해서 무엇 하겠는가. 소위 말하는 '찬밥신세'라는 것이 어떤 것인지 몸으로 체험하던 시절이었다.

그렇게 겨우겨우 한 학기를 마치고 또다시 새 학기가 다가오니 정신이 아득해졌다. 지난번처럼 아버지께서 동냥을 하시게 놔둘 수는 없었다. 어떻게 해서든지 내 힘으로 돈을 마련해야 했다. 그때 마침 선배 한 사람이 귀한 정보를 알려 주었다.

"동녕아, 영남장학회라고 있는데 거기 한번 신청해 봐라. 너도 함안 사람이니까 가능할 거야."

'영남장학회嶺南獎學會'는 효성그룹 창업자인 조홍제 씨가 자신의 고향인 함안 출신 중에서 1년에 한두 명을 뽑아, 등록금 전액과 생활비 혜택을 주던 장학재단이었다. 정확한 장학금 액수는 잊어버렸지만 당시로서는 엄청 큰 금액이었다.

나는 지푸라기라도 잡는 심정으로 장학금 신청을 해놓고 시골로 내려갔다. 그러나 방학 내내 아무리 기다려도 연락이 오지 않았다. 방학이 끝날 무렵에는 '이건 안 된 모양이다.'라고 체념하고, 그동안 생각해 놓았던 것을 아버지께 말씀드렸다.

"아버지, 서울 왕복 여비만 마련해 주십시오. 그 뒤는 제가 알아서 하겠습니다."

내 생각은 두 가지였다. 만약 장학생이 됐으면 그 장학금으로 등록금과 한 달 생활비를 충당할 수 있을 것이고, 장학생이 안 됐으면 더 이상 학교를 다닐 수 없으니 고향에 돌아갈 여비 정도는 있어야 할 것 아닌가.

나는 아버지께 왕복 여비만 받은 채 서울로 향하는 기차를 탔다. 서울역에 내리자마자 장학재단으로 찾아가서는 담당자에게 다짜고짜 어떻게 됐느냐고 물었다. 그때만 해도 체신 체계가 엉망인 상태라서 산골마을에는 우편사고가 많았다. 장학회에서는 이미 우편으로 장학생으로 선발되었다는 통지서를 보냈다고 했다. 나는 그것도 모르고 방학 내내 애만 태우고 있었던 것이다. 어쨌든 장학생이 되었다는 얘기였다.

그 얘기를 듣는 순간 머리가 띵해졌다. 기쁘기도 했지만 실감이 나지 않았다. 사실 노심초사하며 기다는 동안 '앞으로 대학은 못 다니겠구나…'라고 거의 자포자기하고 있었다. 그래도 혹시나 하는 마음으로 재단에 들렀던 것인데 생각 외로 좋은 결과를 듣게 되니 어리둥절해서 "고맙습니다!"라는 말도 제대로 못 하고 나왔다.

재단에서 나오자마자 그 길로 동숭동으로 가서 등록할 서류를 받아서 새 학기 등록을 했다. 시골로 안 내려가도 되게 된 것이다. 하숙비도 충분했다. 장학금 덕분에 진주에서 중고등학교 다닐 때는 먹어본 적 없는 점심을 대학에 와서는 먹을 수 있었다. 수업료도 내지 못해 출석부에 등교 정지 도장이 찍혔던 중고등학교 시절에 비하면 떳떳하게 등록도 할 수 있고 밥도 굶지 않게 됐으니 엄청 발전한 셈이었다.

그러나 그것도 잠시, 이후 동생이 성균관대학교를 다니게 되어 대학생이 2명이나 되니 집안형편이 더 안 좋아질 수밖에 없었다. 나는 대학 2학년 때부터 입주 가정교사를 시작하여 동생의 학비를 보조했다. 그 후 대학을 졸업하고 유학 가기 전까지, 심지어는 군대에 있을 때에도 초등학교 5학년에서 고3 학생에 이르기까지 전부 가르쳐 봤는데, 한 집에서 오래 있을 수가 없어서 여러 집을 돌아다니면서 가정교사 노릇을 했다.

여유 있는 학생들이야 경험삼아 과외지도를 하겠지만, 시골에서 올라온 가난한 학생들에게 있어 입주 가정교사란 절박한 생활수단이었으므로 모멸감을 감내해야 할 때도 있었다. 그때 나는 내 자식은 절대로 가정교사를 시키지 않을 것이며, 자식들에게 가정교사를 두지도 않으리라 마음먹었다. 그 결심대로 이제까지 자식들 과외공부를 시켜보지는 않았지만 대학에 다니던 자식 놈이 아르바이트로 과외지도를 한 적은 있다.

내 경험과는 판이하게 요즘은 오히려 가정교사에게 지나치게 보수를 많이 주어서 학생들의 씀씀이가 커지는 것이 영 마땅치 않다. 학생 때는 조금쯤 어렵게 지내보고 주위의 다른 어려운 친구들도 이해하는 것이 좋을 것 같다는 것이 내 지론인데 요즘 사람들이 들으면 촌놈철학이라고 뭐라고 할지도 모르겠다. 그렇지만 나는 이 순박한 촌놈철학이 좋다.

서울대학교 1학년 때, 공릉동 공대1호관 앞에서

촌놈은 촌놈 방식대로 살아간다

양변기와 바나나

함안 촌놈이 진주에서 중학교를 다니게 됐을 때도 엄청난 충격을 받았는데, 하물며 서울에서 대학을 다니게 됐을 때는 말해 무엇 하겠는가. 그야말로 서울은 별천지였다. 생전 처음 보는 것들도 많고 처음 먹어본 것도 많았다.

내가 대학을 다니던 시절은 우리나라가 경제적으로 매우 어려웠고 정치적으로도 격동의 시기였다. 그만큼 달콤했던 일보다는 쓴 일이 더 많았다. 그러나 젊은 날에 겪은 일은 아픈 것이든 기쁜 것이든 나이를 먹은 후에는 대부분 아름다운 추억으로 승화되는 법이다. 그래서인가, 어느새 40여 년이 흘렀지만 이 글을 쓰는 순간에도 그 시절이 눈물겹게 그리워지곤 한다.

대학을 다니게 되면서 가장 잊히지 않는 추억 중 하나는 내가 태어나서 처음으로 양변기라는 것을 접하게 되었을 때이다. 요즘은 보편화되어 있지만 내가 대학생일 무렵에는 양변기란 것 자체가 거의 없었다.

대학 입학 후 처음으로 큰일을 보러 화장실 문을 열었을 때 나는 몹시 당황하고 말았다. 큰 항아리 같은 것에 물이 고여 있는데, 재래식 화장실과는 너무 다른 모습에 '이거 내가 잘못 온 것 아닌가?' 하고 고개를 갸우뚱하게 되었다. 잠시 망설이다가 평소에 하던 습관대로 양변기 위로 올라가려고 발을 대는 순간, 갑자기 물이 쏴아 하고 나오는 것이 아닌가. 깜짝 놀라 올렸던 발을 도로 내리고 숨죽이며 쳐다보고 있었다. 나는 볼일이 급해 선택의 여지가 없던 터라 내내 시끄러운 가운데서도 볼일은 봐야겠다고 용기를 내어 두 발을 다시 올려놓았다. 신기하게도 내가 변기에 올라서는 순간 쏴아 하고 나오던 물이 멈추고 잠잠해졌다. 참으로 다행이라 생각되었다.

그렇게 어정쩡한 자세로 용변을 보는 내내 '왜 발을 올려놓는 자리를 발바닥 폭보다 좁고 볼록하게 만들어 이렇게 불편한 자세를 취하게 했을까? 물자절약을 위하여 이렇게 만들었을까?'라는 의문이 들었다. 혹시 용도가 다른 것인지도 모르겠다는 생각이 들면서 이윽고 용변 후 배설물을 어떻게 처리할지 걱정이 되기 시작했다.

'끝난 후 디딤판을 살짝 눌러 물을 흐르게 하여 배설물도 같이 흘려보내면 되지 않을까? 그런데 만일 고체라 같이 흐르지 못하고 구멍이 막혀 오물이 넘쳐 나올 경우가 생기면 어떻게 할까?'

걱정이 꼬리에 꼬리를 물었다. 이렇게 불안한 시간이 흐르는 사이

속은 시원해지고, 두 발을 내려놓는 순간 예상치도 않은 물이 또 쏴아 하고 나와서 오물을 깨끗이 청소하는 것이었다. 그 순간 모든 근심걱정이 다 사라졌다.

그 후부터는 마음의 여유가 생겨 물 나오는 원리가 궁금하여 시험을 해보기로 했다. 발 디딤판이 스프링의 힘으로 아래의 사기 용기로부터 약간 들려 있었다. 누르는 순간 밸브가 열려 물이 나오고 완전히 눌려져 있는 동안에는 잠겨 있다가, 누르는 압력이 제거되어 디딤판이 다시 약간 들리는 사이 또 밸브가 열려 물이 흐르는 것이었다. 참으로 훌륭한 발명품이란 생각이 들었다. 그때 얼마나 기쁘고 흐뭇했던지, 큰 것을 배웠다고 입가에 미소가 절로 새겨졌다.

그런데 한 가지 궁금한 것은 '발판을 왜 그렇게 불안하게 만들었을까?' 하는 점이었다. 아무래도 용법이 틀렸을 것이라는 생각이 들었다. 그 다음날 똑같은 화장실에 들어가 이번에는 발판에 발 대신 엉덩이를 대고 앉았다. 예의 물이 흐르고 정말 편안함을 알았다. 엉덩이를 치켜듦과 동시에 또 청소 물이 흘렀음은 물론이다.

이러한 자세의 편안함 외에도 또 다른 장점도 있었다. 위에 발을 올려놓고 쪼그리고 앉을 때는 수면과 오물의 출구와의 거리가 길어, 힘 있게 떨어질 경우 물이 튀어 엉덩이를 오염시킬 우려가 있고 배탈이 났을 경우는 더 심각한 문제가 생길 수 있으나, 판 위에 앉은 경우에는 이러한 걱정과 문제가 다 없어졌다. 이렇게 많은 시간과 걱정과 연구(?)를 통하여 그 발판이 앉음판便座임을 알았을 때의 희열을 어찌 필설로 표현할 수 있으리오.

'세계에서 가장 가난한 나라에 어떻게 이러한 최첨단 제품이 있었을까?'

나중에야 6·25전쟁 중 미군이 주둔하면서 양변기를 설치했다는 사실을 알게 되었다.

나는 1998년 러시아 예카테린부르크(옐친이 다닌 공과대학교가 있고 러시아 마지막 황제인 니콜라이 2세가 처형된 곳)에서 열린 한 집합조직 심포지엄에 참가했다가 돌아오는 길에 모스크바를 구경할 기회가 있었다.

구경 도중 화장실을 찾게 되었다. 수행한 러시아 교수가 전에 살던 아파트로 안내했는데 밖에서는 매우 아름다운 건물이었다. 아파트 관리인인 한 여인에게서 화장지를 받아 화장실로 들어갔는데 어떻게 된 일인지 변기에 변좌가 없는 게 아닌가. 나는 소련이 붕괴된 후 경제가 어려워서 고장이 나도 고치지 못하기 때문이라고 생각했다. 우리나라가 세계에서 가장 가난했던 대학 1학년 때인 1957년에 이미 경험한 바가 있기 때문에 나는 용기의 좁은 테 위에 올라 앉아 여러 상념에 빠졌다.

미국으로 유학을 가서 밴더빌트 대학교에 다닐 때에도 웃지 못할 에피소드가 있었다. 도서관에서 공부를 하다 급하게 화장실로 들어가 일을 보고 있는데 여학생들이 얘기를 나누는 소리가 들려왔다. 그제야 여자 화장실임을 알았다. 속절없이 포로가 된 기분이었다. 이러지도 저러지도 못하고 한참 동안 갇혀 있다가 인기척이 없는 틈을 타서 번개같이 빠져나왔다. 내가 누군데 들켰겠는가!

양변기와 더불어 지금은 흔한 바나나 역시 내 대학생 시절에는 책에서만 볼 수 있는 것이었다. 대학 2학년 때인 1958년 그 진귀한 바나나를 처음 보았을 뿐 아니라 먹어볼 수 있는 기회까지 찾아왔다. 내가 초등학생의 가정교사를 할 때였다. 학생 어머니께서 바나나 두 송이를 가지고 오셨다. 하나는 학생용, 또 하나는 선생인 내 몫이었다. 그런데 이게 웬일! 어떻게 먹는지를 몰라 학생이 먹는 것을 보고 따라 먹으려고 했는데, 학생이 먹기 싫다는 바람에 나도 그만 먹지 못하고 말았다. 선생 체면 살리려다가 귀한 기회를 놓치고 만 것이다.

이와 같이 내 생애 첫 바나나는 구경만 한 채 끝나 버렸고, 그 다음으로 바나나를 접할 수 있게 된 것은 거의 10년이 지난 후인 1966년 미국 유학 때였다.

전차와 창경원

　요즘은 시골 소년이 서울에 오면 가장 먼저 경험하고 싶은 것이 무엇일까? 내가 서울에 상경하여 제일 하고 싶은 일 중 하나는 전차를 타보는 것이었다. 버스와 기차(디젤기관차가 아닌 증기기관차가 끄는 열차)는 타보았으나 전차는 서울에서만 타볼 수 있는 명물 중의 명물이었기 때문이다.

　서울공대가 그때는 경기도 양주 상계리에 위치하고 있었기 때문에 막상 내가 서울에 가는 경우는 그리 잦지 않았다. 가끔씩 서울 나들이를 하게 돼도, 신호에 걸린 경우를 제외하고는 전차가 정지하고 있는 것을 거의 보지 못했다. 이런 이유로 나는 한동안 전차도 기차처럼 시내에서는 사람을 태우지 않는다고 생각했다.

　하루는 동숭동에 위치한 대학본부에 갔다가 대학병원을 가로질러 창경궁이 있는 원남동 쪽 문으로 나오다가 정지하고 있는 전차를 발견하였다. 때마침 몇 사람이 타는지라 나도 얼씨구나 하고 달려가서 전차에 올랐다. 사실 그때까지 나는 전차를 어떻게 타야 하는 것인지도 몰랐다. 괜히 촌놈 티를 낼까봐 창피해서 친구한테 묻지도 못했다.

당시 시내버스는 항상 콩나물 버스였는데 전차는 빈자리도 많고 깨끗했다. 자리에 앉자마자 차장 겸 기사가 다가와 뭘 달라고 하는데 제대로 알아듣지를 못해 "뭐요?" 하고 되물었다. 표를 달라는 것이었다. 당황한 내가 표가 없다고 하니 그럼 돈을 달라고 했다. 시내버스는 내릴 때 요금을 지불했기 때문에 전차도 그러할 것으로 생각하고 당당히 앉아 있었던 것이다.

잔뜩 주눅이 들어서 얼마냐고 물었다. 내 예상과는 달리 시내버스 요금보다도 쌌다. 요금을 내고 약간의 거스름돈을 받아야 하는데, 잔돈이 없다고 해서 호기롭게 됐다고 했다. 그토록 타고 싶던 전차를 타본 것만으로도 기분 좋은 일인데 그까짓 거스름돈쯤이야.

집에 돌아와 신이 나서 친구에게 전차 탄 얘기를 해주었더니, 원래는 표를 사서 타야 하는 것이라고 알려주었다. 그 얘기를 듣고는 얼굴이 화끈거렸다. 서울대학교 교복을 입은 학생이 진짜 촌놈처럼 행동했으니 그런 나를 보며 차장과 승객들은 어떻게 생각했을까?

전차 이야기를 하다 보니 젊은 혈기에 열차와 경주하던 일도 생각난다. 서울에서 상계리 공대 근처 하숙집까지 가려면 시내버스를 타고 가다가 중랑리 종점에서 갈아타야 했다. 그런데 중랑리에서 서울공대까지 가는 버스 텀이 길어서 종종 걸어가는 편을 택하기도 했다. 걸어가다 보면 도중에 철로를 건너야 하는데, 건널목에는 경고 신호등만 있고 정지 빗장이 없었다.

그날도 천천히 걷다가 건널목에 다다랐는데 우연히 신공덕역에서 달려오고 있는 열차가 눈에 들어왔다. 그 순간 뜬금없이 달려오는 열차와 시합을 해보고 싶다는 생각이 들었다. 나는 누가 말릴 새도 없이 냅다 뛰기 시작했다. 내가 건널목을 막 지나자마자 열차가 휙 지나갔다. 정말 간발의 차이였다.

온몸에 소름이 돋으면서 언젠가 어린이 잡지에서 읽었던 사자 이야기가 생각났다. 황야의 왕 사자가 갑자기 자기 영토에서 전에는 본 적 없는 거대한 물체가 달리는 것을 보고 달려들었다가 즉사한 이야기였다. 거대한 물체가 바로 열차였다. 그 후 무모한 짓을 하고 싶은 유혹이 생길 때면 이날의 열차와의 경주 생각을 하며 자제하고 있다.

내 학생 시절 서울의 유원지 중 가장 유명한 곳은 창경원(현재의 창경궁)이었다. 지금의 창경궁에는 가보지 못하여 비교할 수는 없으나, 그 무렵 창경원은 고궁보다는 동물원으로 더 알려져 있었다. 그것도 우리나라에서 가장 큰 동물원이었기에 내가 제일 가보고 싶은 곳이었다.

마침내 대학 2학년 때인 1958년, 창경원에 가볼 기회가 생겼다. 마침 가정교사 월급을 받아 여유가 있던 터라, 당시 공휴일로 기념하던 이승만 전 대통령 생신일에 가르치던 초등학생을 데리고 기념행사가 열린 동대문 운동장으로 구경을 가게 되었다. 그러다가 그곳에서 멀지 않은 창경원도 가보자고 해서 동대문에서 전차를 탔다. 그런데 전차가 초만원이었다. 조그만 몸집 때문에 괴로워하는 학생을 데리고 겨우 내려서 창경원 입구에 막 다다랐을 때였다.

입장권을 사려고 호주머니에 손을 넣는 순간, 소매치기 당했다는 사실을 알게 되었다. 이것이 내가 지금까지 당한 유일한 소매치기였다. 그 당시에는 유독 소매치기들이 기승을 부렸다. 때문에 혼잡한 장소에서는 항상 정신을 바짝 차려야 했다.

할 수 없이 소매치기 당했다는 것을 학생이 눈치채지 못하게 혼잡함을 핑계 삼아 집으로 돌아가기로 했다. 그렇게 가보고 싶던 곳을 눈앞에서 포기하고 돌아서야 했으니 그때 내 심정이 어떠했겠는가. 게다가 그 달 내내 어렵게 지내야 했을 뿐 아니라, 멍청하게 소매치기까지 당했다는 사실이 창피해서 어쩔 줄을 몰랐다.

소매치기 하니까 1986년 4월에 대만의 칭화대학교에서 열린 〈The 2nd ROC-ROK Joint Workshop on Fracture of Metals〉에 참가했을 때의 일이 생각난다. 한국 측 참가자 중 한 사람인 천성순 박사(당시 한국과학기술원 교수, 별세)의 미국 유학 당시 친구였던 대만 국방관련 연구소 소장이 옛 친구를 위하여 관광안내에 나섰다. 밤에만 열리는 홍등가와 뱀 내장 등을 거래하는 이색지를 안내하면서 이곳은 소매치기가 빈발하는 곳이므로 각별히 지갑을 조심하라는 주의를 주었다. 그런데 한 가지 웃긴 것은 정작 주의를 준 당사자만이 소매치기를 당했다는 사실이다.

또 한 가지 잊을 수 없는 에피소드는 목욕탕과 관련된 것이다. 서울공대 주변에는 공중목욕탕이 없어서 목욕을 한 번 하려면 청량리 시장까지 가야 했다. 그때만 해도 엄청 먼 거리였다. 서울 길을 잘 몰랐던 내가 버스에서 내려 표식으로 삼는 것은 굴뚝에 새겨진 온천 마크였다.

어느 날 청량리에서 목욕을 마치고 돌아오려는데, 갑자기 어느 방향으로 가서 공대 쪽 버스를 타야 할지 헷갈리기 시작했다. 목욕탕을 찾아갈 때는 높은 굴뚝이 있어서 쉽게 찾았지만, 돌아올 때는 때마침 날도 흐려서 동서남북을 구분하기 힘들었다. 당황한 마음에 같은 길을 여러 번 왔다 갔다 해야 했다. 공대 배지(당시 공대생은 서울대 배지 대신 [工S大]형의 배지를 선호했는데, 이는 공대생의 긍지가 그만큼 컸기 때문이다)를 단 학생이 학교 가는 길을 몰라서 사람들에게 묻는다는 것 자체가 창피해 죽을 것 같았다. 한참 헤매고 있으려니, 사람들이 혹시라도 여러 번 같은 길을 다니는 것을 수상하게 생각할까 봐 상점에 들어가 아령 한 조를 샀다. 일부러 물건을 사러 돌아다닌 것처럼 보이기 위해서였다.

얼마나 시간이 흘렀을까. 문득 어느 쪽 버스를 타든 맞을 확률이 50%라는 생각이 들어 아무 버스나 타기로 했다. 막상 버스를 타서는 마음 졸이며 밖을 주시하고 있는데, 결국 걱정이 현실이 되었다. 내 시야에 공대가 아닌 사범대학이 나타난 것이다. 반대 방향으로 가고 있는 버스였다. 그 후로 흐린 날에는 다시 목욕탕에 가지 않게 되었다.

그때는 내가 참 순진했든지 머리가 안 돌았든지, 둘 중 하나였던 것 같다. 공대 배지만 떼고 사람들한테 물었으면 간단히 해결되었을 일인데 말이다. 변명 같지만 사실 시골에서는 길이 단순해서 방향을 잃을 일이 거의 없었다. 그런데 곰곰 생각해 보니 진주에서 중학교 시험을 칠 때도 길을 잃는 바람에 이모 집을 힘들게 찾아갔던 적이 있었다. 그래서 그 이후부터는 항상 지도를 들고 다녔다.

시간이 한참 지난 후 우연히 어떤 영화를 보게 되었다. 갓 결혼한 신부가 외출을 했다가 집으로 돌아가려 하는데, 길을 잃는 바람에 자기 집 대신 친정집으로 가게 되는 장면이 나왔다. 이 영화를 보고 서야 나는 주인공 여자처럼 선천적인 길치가 있다는 사실을 알게 되었다. 구구절절 변명할 필요 없이 나 역시 길치였던 것이다.

역사의 소용돌이 속에서
- 4·19와 5·16

이승만 자유당 정권의 종말을 가져온 1960년 4월 19일 학생 시위는 내가 4학년 때 일어났기 때문에, 이와 관련된 일화가 없을 수 없다. 공과대학은 서울 도심에서 멀리 떨어져 있었으므로 교통도 불편하고 지금처럼 통신도 발달하지 못하여 항상 소식이 늦었다.

4월 19일 공대 1호관의 강당에서 공대 학생총회가 열렸다. 강당을 가득 메운 학생들이 당장 데모에 가담하자고 주장했다. 당시 학생대표는 전 학생들의 투표로 선출된 학도호국단장인 토목과의 서립규 동문(현 토목과 동창회장)이었다. 그의 "지금 서울에서 일어나고 있는 학생들의 데모는 질서도 없이 오합지졸과 같다. 우리 공과대학생들은 그렇게 할 수 없다. 계획을 잘 세워 내일 질서 정연하게 해보자."라는 발언에, 장내는 조용해졌으며 결연하게 다음 날을 기약하고 헤어졌다. 나는 이때 서립규 동문의 지도력에 큰 인상을 받았다.

대학 뒷산 너머에 있는 하숙집(당시는 중계리였음)에 돌아와서 다음날에 있을 데모 준비로 운동화의 해진 부분을 꿰매고 있을 때였다. 서울에 다녀온 주인아저씨가 나를 보더니 "서울 시내는 총소리가 요란하고 피 흘리고 죽어가는 사람들로 엉망이니 제발 데모에 참가하지 말라."고 당부했다.

아저씨의 만류에도 불구하고 다음 날(20일) 데모할 준비를 하고 학교에 가보니, 예상과는 달리 학생들이 거의 없었다. 등교생들은 대부분 주위의 하숙생이었다. 누군가가 신문(동아일보로 기억)을 갖고 왔는데, 신문 활자가 완전히 뭉개져 있어 내용을 알 수 없었다. 그 와중에 한 친구가 이미 계엄령이 선포되었고 탱크가 길을 막아 사람들의 통행이 통제되고 있다는 소식을 전해주어, 그제야 비로소 큰일이 벌어졌음을 알게 되었다.

참고로 우리나라 건국 후 탄생한 공식 학생단체인 학도호국단은 4·19혁명으로 없어지고 자치회인 오늘날의 학생회가 탄생되었다. 학생회의 첫 회장은 화공과의 이태섭 동문(58학번, 당시 3학년, 후에 국회의원과 과기처 장관 역임)이 되었으며 서울대 총학생회장, 전국학생회장으로도 활약했다.

이태섭 학생회장 때의 일이 한 가지 생각난다. 이 회장이 공과대학생과 이화여자대학교 음악대학생의 음악감상회(공식 명칭은 기억나지 않는다)를 마련한 적이 있었다. 당시는 남녀 학생의 사교가 극히 제한적일 때이므로 이러한 모임은 가히 파격적인 것이었다. 그런데 음대생 수와 공대생 수의 균형을 맞추기 위하여 공대생 수를 제한할 수밖에 없었다. 금속과 4학년에 2~3명이 참석하게끔 배당된 것으로 기억한다. 각자 자기 이름을 쓴 쪽지를 상자에 모아 강의시간에 교수님께 3장을 뽑도록 부탁드려 선발했다. 이때 약 10대 1의 경쟁률을 뚫고 내가 행운을 얻게 되어, 친구들로부터 부러움을 사게 된 것은 말할 것도 없다.

음악감상실에 들어갈 때 좌석권을 받아 지정된 장소에 앉게 되면 이대 음대생과 마주 앉게 되어 있었다. 운 좋게도 내 앞자리 여학생은 정말 미인이었다. 처음으로 여대생과 마주 앉게 되어 부끄럽기도 하고 불편하기도 했으나 한편으론 행운이 겹쳤다고 생각했다. 그런데 후배로 보이는 한 학생(교복의 빛바랜 정도로 학년을 추측할 수 있다)이 내 쪽으로 오더니 자리를 바꾸자고 했다. 앞의 학생과 나 사이에 특별한 관계가 없었으므로 순순히 응해 주었는데 이미 후회해도 때는 늦은 법. 새 자리의 맞은편 학생을 보고서야 자리를 바꾸자고 한 이유를 알았다. 격변의 시기였지만 대학가에는 순수한 낭만 같은 것들이 살아 있던 시절이었다.

내가 대학을 졸업한 1961년의 우리나라는 세계에서 다섯 번째로 가난한 나라였다. 1961년은 5월 16일 군사정변이 일어난 해이기도 하다. 당시 어떻게 하면 가난을 벗어날 수 있을지 고민 안 해본 대학생이 없었을 것이다.

영남장학금과 입주 가정교사로 근근이 대학은 다닐 수 있었지만, 내 형편상 대학원은 꿈도 꿀 수 없는 일이었다. 8남매의 맏이인 나로서는 하루빨리 졸업하여 취직하는 것이 급선무였다. 현실적으로는 대학원의 꿈은 접어야 하는 것이 타당했다. 그런데 한 가지 사실 만큼은 확인해 보고 싶었다. '내가 대학원에 갈 실력이 되느냐? 안 되느냐?'가 바로 그것이었다. 즉 진학한다기보다 실력 검정용으로 대학원 입시를 본 것이다. 그 당시 대학원생은 지금과 달리 학생의 20% 정도만 정원으로 정해져 있었다.

경쟁률이 높았던 만큼 기대 반 포기 반이었는데, 막상 합격자 발표 날에 확인해 보니 '합격'이었다. 기뻤지만 마냥 기뻐할 수만도 없었다. 합격까지 하고 보니 자꾸 대학원 진학에 대한 미련이 생기면서 앞으로 어떻게 해야 할지 진지하게 고민하게 되었다.

그러던 차에 때마침 국방과학연구소에서 연구원을 모집한다는 공고문이 눈에 들어왔다. 공고문에 의하면 군 복무를 필하지 않아도 되었고, 대학원생은 일주일에 3일간 학교에 보내주고, 군복무 기간 3년 중 1년 반은 사병연구원으로, 1년 반이 지나면 문관으로 복무하는 조건이었다. 문관은 장교에 해당되는 월급을 받으므로 굉장히 좋은 조건이었다.

당시만 해도 정변을 거치면서 군 복무를 하지 않은 사람들은 취직이 되었어도 다 내쫓겼다. 정변이 일어나면 제일 먼저 해야 할 일이 민심을 얻는 것이다. 당시 우리나라 사회에서 제일 부패한 층은 군대였다. 그 가장 큰 이유는 전쟁을 겪었기 때문인데, 더욱이 전쟁이 또 언제 일어날지도 모르는 상황이었다.

내가 어렸을 때 우리 마을에서는 군대 간 사람들 중 살아 돌아온 사람이 한 명도 없었다. 6·25 때는 총 들고 움직일 수 있는 사람이라면 한 명도 빠짐없이 트럭에 싣고 갔다. 그러니 당연히 훈련소에 가서 체계적인 훈련을 받을 시간조차 없었고, 총 쏘는 것만 겨우 배워 전장에 투입되었던 것이다. 이런 형편에 어떻게 살아 돌아온단 말인가. 그 때문에 군대를 간다는 것은 곧 죽으러 간다는 생각이 어른들 사이에 팽배해 있었고, 어떻게 해서든 자식을 군대에 보내지 않으려고 했다. 수단방법을 가리지 않다 보니 그만큼 부정도 많이 생길 수밖에 없었다.

그 시절 대개 군대를 안 가는 방법은 무엇인가? 바로 신체검사에서 불합격하는 것이다. 갑·을·병 중 병을 얻기 위해 신체검사 시 군의관한테 뇌물을 줘서 병이 있는 것처럼 속인다든지, 폐결핵 환자처럼 보이기 위해 간장을 한 사발 마시고 엑스레이를 찍는다든지, 그것도 모자라 어떤 사람은 방아쇠를 당기지 못하게 멀쩡한 손가락을 잘라버리기까지 했다.

군대 가서 안 사실인데, 우리 학교를 졸업하고 한국은행에 취업한 3년 선배 이야기였다. 선배는 실제로 안경알 두께가 1센티미터일 정도로 눈이 나빠서 신체검사에 불합격하는 바람에 군대에 가지 못했다고 한다. 그런데 한국은행에서 군 복무 안 한 사람은 파면시킨다는 소리에 다시 신체검사를 받고 합격하기 위해 자기 1년치 월급을 뇌물로 썼다는 것이다.

그럴 정도로 군 부정이 사회에 널리 퍼져 있었다. 이런 이유로 5·16이 일어난 후로는 군 복무를 하지 않은 사람은 아예 취직을 못하도록 했고, 이미 취직을 한 사람도 군 복무를 필하지 않은 사람은 직장에서 파면시켜 버렸다. 군 비리부터 없애서 민심을 얻으려고 한 것이다. 특히 나처럼 군 복무를 안 하고 대학을 졸업한 학생들은 취직이 돼도 언제 잘릴지 모르는 상황이었다. 그러므로 국방과학연구소의 모집조건은 엄청난 혜택이었다. 나는 대학원 시험에 이어 한번 더 시험을 쳐보자고 마음먹고 국방과학연구소 시험에 응했다. 만약 합격만 하게 되면 숙식문제까지 저절로 해결되지 않는가. 망설일 이유가 없었다.

국방과학연구소는 노량진 사육신묘 바로 옆에 있는 조그만 건물이었다. 말이 국방과학연구소이지 설비도 형편없었고 연구도 제대로 할 수 없는 환경이었다. 그 당시 우리나라가 그랬다. 그렇다면 이렇게 열악한 상황에서도 '왜 국방과학연구소를 만들었는가?' 하는 의문이 생길 것이다.

일설에는 왜정 때 자연과학대학 출신자들을 보호하기 위해 군부대에 연구소를 만들어 그곳에 근무하게 하고, 군 복무기간이 지나면 군 복무한 것으로 인정해 주었다고 한다. 우리나라 사람으로 왜정 때 이공계 교육, 특히 공과대 교육을 받은 사람은 극히 적었다. 금속의 경우 남북한 합쳐 대학교육을 받은 사람이 5명도 채 안 되었다. 금속이나 기계 같은 것은 무기 만드는 것과 관계가 있었기 때문이다.

한국인이 그쪽 계통으로 진학하려고 하면 졸업하고 취직 못 한다는 식으로 일본인들이 진학지도를 해서 아예 학교 진학을 못 하도록 했다. 그러니까 사람 수가 적을 수밖에. 더욱이 6·25전쟁이 나서 끌려가기라도 하면 얼마 안 되는 사람마저 죽게 되었을 것이고. 사실인지 아닌지 확인할 순 없어도, 자연과학대학 출신자들을 보호해 주기 위해 국방과학연구소를 지었다는 얘기를 들은 적이 있다.

일본에서도 전쟁통에 자연계에 있는 사람은 군인으로 선발하지 않았다고 한다. 그럴 정도로 과학 하는 사람들을 보호했고, 미국도 마찬가지였다. 훗날 내가 미국에 유학 갔을 때는 한창 월남전 중이었는데 이공계 대학원생들은 아예 군대에서 데려가지 않았다. 선진 국에서는 과학기술을 일으키기 위한 노력을 이런 식으로 굉장히 많이 했다고 한다. 하물며 우리나라는 그런 사람들이 몇 되지 않았으니 보호 안 할 수 없었을 것이다.

내가 알고 있던 교수님들도 연구소의 연구원이었다. 연구원들은 매년 뽑지 않고 2년이나 3년 만에 뽑았다고 한다. 그렇지만 실제로 장비나 설비가 형편없어 연구는 불가능했을 것이다.

어쨌든 나는 연구소에 합격하면 대학원도 욕심내 볼 수 있을 것 같았다. 반대로 떨어지면 대학원은 깨끗이 포기할 수밖에 없었다. 만약 합격한다면 가정교사와 함안 사람이 설립자인 D고교 야간학교에서 수학선생을 병행하면서 대학원 학비를 충당할 수 있을 듯했다. 이때부터 연구소에 합격만 하면 빚을 내서라도 대학원에 등록해야 겠다는 결심을 하게 되었다.

그러나 하필이면 대학원 등록기한 마지막 날이 연구소 합격자 발표 하루 전날이었다. 연구소 합격 여부를 알 수 없었으므로 나는 이러지도 저러지도 못하고 있었다. 그러던 중 등록기한을 하루 앞두고 우연히 먼 친척 집에 들르게 되었다. 내가 한때 가정교사를 하던 집이기도 했다. 내 얼굴빛이 안 좋았는지 나를 보자마자 아주머니께서 물었다.

"도련님, 어디 편찮으세요?"
"아뇨….."
"근데 얼굴빛이 왜 그래요?"

잠시 고민 끝에 사실은 내가 이러이러한 일이 있었다고 말했다.

"연구소에 합격만 한다면 빚을 내서라도 대학원에 가겠는데, 합격 못 하면 군대에 가야 하지 않아요? 그래서 제 얼굴빛이 안 좋았나 봐요."

가만히 듣고 있던 아주머니께서 뜻밖의 말씀을 하셨다.

"도련님이야 뭐 합격하겠죠. 마침 계꾼들이 여행 가려고 모아놓은 돈이 있으니 그 돈으로 일단 등록하세요."

나는 깜짝 놀라 그날은 아무 대답도 못 하고 집으로 돌아왔다. 아니, 연구소에 합격할지 안 할지도 모르는데 어떻게 덜컥 남의 돈을 받아쓰겠는가. 그러다가 떨어지기라도 하면…….

밤새 잠을 못 이루고 뒤척거렸다. 고민에 고민을 거듭한 끝에 이

틀날 아주머니를 찾아가 염치없지만 등록하겠다고 말씀드렸다. 그러고는 그 돈으로 가까스로 등록기한 마지막 날에 대학원 등록을 하게 되었다. 그러나 아직 큰 문제가 남아 있었다. 연구소 시험에서 불합격되면 정말 큰일이 아닐 수 없었다. 다행히 걱정과는 달리 그 다음 날 국방과학연구소에 합격할 수 있었고, 그제야 비로소 내가 계획한 대로 학자의 길이 열리는 듯했다.

　바로 그 무렵 5·16군사정변이 일어났다. 군 기관에서 혁명이 일어났으니 국방과학연구소에 합격된 것이 모두 무효가 되는 건 아닌지 또 다른 걱정에 휩싸이기 시작했다.

국방과학연구소

내가 시험을 치던 해에는 국방과학연구소 합격자가 총 15명이었다. 합격자 중 1명만 한양대 대학원 전기과 학생이고, 나머지 14명은 모두 서울대 대학원 학생들이었다. 주로 과학, 문리 전공의 공대생들이었는데 그중 제일 많은 과는 화공과로 3명이었고, 그 다음이 나를 포함한 금속과 2명, 나머지는 각 과에 1명씩 정도였다. 인문사회 계통으로 따지면 고시에 준할 정도로 경쟁이 굉장히 치열했고 어려운 시험이었다.

나는 어릴 때 특별한 환경(남들은 가난한 환경이라 하지만) 속에서 자랐으나, 그렇다고 나쁘기만 한 건 아니었다. 나름대로 왜정 때 중학교를 나오신 부모님에 대해 굉장한 긍지를 가지고 있어서 그렇게 생각할 수 있었던 것 같다. 누군가 내게 "되고 싶은 사람이 누구인가?"라고 물으면 나는 서슴지 않고 "아버지!"라고 대답했다. 그리고 만약에 내가 결혼을 한다고 하면 우리 어머니 같은 여자를 택할 것이라고 생각해왔다. 그렇게 어려운 환경 속에서도 죽 집안에 대한 자긍심을 갖고 있었기 때문에 어디를 가도 꿀리지 않을 수 있었다.

앞에서도 잠시 언급했지만 막상 처음으로 타지생활을 하게 된 진주에 가보니까, 내가 알고 있던 세상과는 전혀 다른 세상이었다. 내 고향에서는 우리 부모님이 최고라는 생각을 갖고 있었는데 그 생각이 허물어질 정도였다. 거기서 또다시 서울로 와보니까 최고인 줄 알았던 진주고등학교도 최고가 아니었다. 서울 아이들과는 백그라운드 자체가 비교가 안 되었다.

하긴 지금도 서울대학교 교수의 3분의 1이 옛날 경기고등학교 출신인 것을 보면 예전과 크게 다르지 않은 것 같다. 여담이지만 내가 공과대학에 입학했을 때 학생 수가 375명이었는데 그중 과반수가 경기고등학교 출신이었다. 당시 이공계는 취직이 잘되었기 때문에 공과대학의 경쟁률이 셌다. 그중에서도 화공과에 사람이 제일 몰렸는데, 그 이유는 명확했다. 우리나라가 농업국인 데다 그 당시 청주비료공장이라든지 해서 일상생활에 가장 필요한 것들이 전부 화학 아닌가? 그러니 취직이 잘될 수밖에 없었다.

어쨌든 경기 출신 학생들은 대개 집안이 좋았다. 나는 대학 2학년 때부터 가정교사 노릇을 해왔지만 그때 내 주 임무는 가르치는 학생을 경기중학교에 보내는 것이었다. 소위 말하는 상류층 집에서 가정교사를 했고, 그런 부류의 사람들은 우리 같은 지방 촌놈은 사람으로 취급하지도 않았다. 정말이지 나하고는 하늘과 땅 차이였다.

입주 가정교사를 할 때마다 나는 내 공부는 제쳐두고 어떻게 해서든 맡고 있는 학생의 성적을 올리기 위해 시간 전부를 소비했다. 한 편으로는 '왜 이런 세상인가?' 하는 생각도 들었다. 공부를 진짜 해야 할 사람은 나 같은 대학생인데, 신나게 뛰어놀아야 할 초등학생들이 대학생보다 더 많이 공부하고 있으니….

우리 기수에는 서울대 전체에서 천재가 3명 있었다. 한 명은 서울사대부고 출신으로 보통학생보다 4년 빠른 18세에 공과대학을 졸업한 학생이었고, 다른 한 명은 경기고등학교 1학년 때 검정고시를 봐서 물리과에 합격한 학생이었다. 나머지 한 명은 문과 계통 학생이었다. 그 3명의 천재 중 2명이 국방과학연구소에 들어온 것이다.

연구소 합격자가 총 15명이어서 숫자도 많지 않고 해서 서로들 친하게 지냈다. 그런데 하루는 경기고등학교 출신 학생이 "나는 경기고등학교 학생이 아니면 학생으로 생각하지 않았다."라는 말을 해서 상당히 놀랐던 기억이 난다. 그럴 정도로 경기고 출신 학생들의 자부심이 대단한 듯했지만 한편으론 무척 씁쓸한 일이었다.

갑작스런 5·16군사정변으로 걱정에 휩싸여 있었으나 5월 말쯤 되니 영장이 나왔다. 국방과학연구소에서 일단 집합한 후, 행정실장이 합격자 15명과 전 연구소 근무자 3명까지 총 18명을 인솔해서 논산훈련소로 갔다. 우리들은 그곳에서 신체검사를 받고 군번을 받았다. 6월 1일자로 군번 받은 날부터 군 복무가 시작된 것이다. 그런데 1명이 폐결핵이라는 진단이 나왔다. 다행히 담당책임자였던 중령이 "이 사람들은 정식 군인이 아니니 그냥 합격시켜라."라고 밀어붙여 불합격을 면할 수 있었다.

이후에는 예정대로 연구소 연구원이 되기 위한 6주간의 훈련에 들어갔다. 그러던 중 마른 하늘에 날벼락처럼 국방과학연구소 해체라는 소식이 들려왔다. 조금 더 있으니까 연구소가 해체되고 그 후속 조치로 육군기술연구소로 축소·조정되었다는 소식이 날아왔다. 즉 우리가 국방과학연구소 대신 육군기술연구소로 가야 할 상황이 된 것이다. 그 당시 국방과학연구소 소장은 장군(별1개 정도)인데 육군 연구소 소장은 대령이었으니, 한 격이 떨어진 셈이다.

그래도 희망을 놓지 않고 6주 훈련을 받았다. 훈련을 다 마치고 나서 국방과학연구소 행정실장 인솔하에 서울로 올라갔다. 당연히 육군기술연구소가 있는 노량진으로 갈 것이라고 예상했는데, 우리를 데려간 곳은 삼각지에 있는 육군본부였다.

육군본부에 도착하고 나서야 연구소에 가지 못하게 된 것을 알게 되었다. 군 복무를 필하지 않은 사병은 연구원이 될 수 없다는 결정이 난 것이다. 그러니까 국방과학연구소 합격은 완전 무효가 된 것이었다. 거기에 따른 혜택 또한 받지 못하는 것도 당연했다. 나는 이제 학자가 되리라는 꿈이 다 사라져 버렸다고 생각했다.

도착한 육군본부에서는 우리에게 조직도를 보여주며 "너희 가고 싶은 데로 가라."고 했다. 군대에 대해 아는 것이 없었던 우리들은 당황할 수밖에 없었다. 그래서 기계과 나온 친구는 공병감실, 화학과 출신은 화학감실, 이런 식으로 결정했다. 나는 친구가 병기감실에 간다고 해서 같이 지원하게 되었다.

결국 나는 연구소에는 입소조차 못 하고 34개월간 육군본부 병기감실에서 사병으로 복무했다. 재밌는 것은 그곳에선 어디로 가든지 전부 행정병이었다는 점이다. 군용어로는 부관이라고 한다. 원래 그런 역할을 하려면 훈련을 더 받아야 했다. 전공 분야에 따라서 교육도 더 받고 부관학교에 가서 공부도 더 한 후 그 다음에야 행정 쪽 일을 할 수 있는 것인데, 우리는 그런 것 없이 그냥 자기가 가고 싶은 데로 간 것이다.

그런데 상황이 이렇다 보니 내가 대학원 입학금으로 친척 아주머니께 진 빚을 갚을 길이 막막해져 버렸다. 물론 먹고 자는 것은 군부대 내에서 하는 것이라 돈이 안 들지만, 군대에서 받는 월급(그 당시 150원) 가지고는 빚을 갚을 수 없게 돼 늘 마음에 걸리었다.

군대 제대하고 나서도 나는 내 밑의 동생들을 건사하느라 여유가 없었고, 결국 빚을 죽 갚지 못하는 사이 아주머니께서 돌아가시고 말았다. 그렇게 세월이 흐른 후 한 5년 전쯤 아주머니 막내딸이 암으로 입원을 했다는 소식을 듣게 되었다. 그 당시 내가 썼던 대학원 등록금이 지금은 한 500만 원 정도 되겠다 싶어, 그제야 비로소 아주머니 막내딸에게 병원비에 보태 쓰라고 500만 원을 돌려줄 수 있었다. 수십 년이 지나서야 빚을 갚은 셈이지만 그때의 감사함만큼은 지금도 잊지 않고 있다.

극빈자가 된 식구들

군복무 기간 중 아버지는 5·16군사정변 후의 기관 통폐합으로 수리조합 이사직을 잃었다. 아버지는 고지식한 공무원이었기에 재직 당시에 논 한 마지기도 마련해 놓지 못해서 하루아침에 식구들은 극빈자가 되었다. 배급된 옥수수 가루로 연명하는 지경에 이르게 된 것이다. 집안이 더 어려워지다 보니 군복무 기간 중 집에 다녀오면 늘 가슴이 아팠다.

이대로는 도저히 안 되겠다 싶어 휴가를 마치고 돌아온 날 작정을 하고 육군참모총장에게 눈물로 진정서를 썼다. "휴가를 가보니 집이 너무 어렵습니다. 일과 끝나고 가정교사를 해서 집에 도움을 주면 좋겠으니 부디 허락해 주십시오."라는 내용이었다.

그러나 아무리 기다려도 답이 전혀 없었다. 어차피 공식적으로는 허락을 받을 수 없을 것 같아 포기하고, 나는 일과가 끝나는 대로 무단이탈을 하여 가정교사를 했다. 퇴근시간에 몰래 나갔다가 새벽에 돌아온 것이다. 그렇게 번 돈은 전부 집으로 송금했다.

꼬리가 길면 잡힌다고 했던가. 결국 새벽마다 뿌연 안개 사이로 숨어 들어오다가 헌병에게 걸려 호되게 기합을 받게 되었다. 육본 소속 헌병들은 딱 보면 귀신같이 무단이탈자인 줄 알아차렸다. 사실 나뿐 아니라 그런 사람들이 너무 많았다.

일단 잡혀가면 몸통 바쳐 벌을 주고 청소를 하라고 시켰다. 그러고 나서 걸린 사병 이름을 행정실에 보고하는데, 행정실에서는 그냥 묵살해 버렸다. 나를 비롯한 많은 사람들이 돈을 벌기 위해 그런 것이지, 악의를 가지고 무단이탈한 것이 아니라는 것을 알고 있었기 때문이다. 그나마 오점으로 군 기록에 남지 않은 것은 고마운 일이었다.

그런데 이상하게 그 당시 육군본부에 있는 사병들은 좀 못된 편이었다. 워낙 높은 사람들과 같이 지내다 보니 장교를 깔보는 측면이 있었던 듯싶다. 나는 사병들이 함부로 행동하는 광경을 목격할 때마다 기분이 나빴다. 주로 심한 짓을 하는 것은 감당번이었다. 감당번이란 병기감 등의 밑에서 심부름하는 사람을 말한다. 이 사람이 마치 자기가 감인 것처럼 장교에게 대하는 태도가 영 불손했다. 나는 속으로 '저놈을 한번 혼내줘야겠다.'라고 생각했다.

단단히 벼르고 있던 차에 하루는 그 감당번이 내게 감실에 있는 잔뜩 그을린 난로를 청소하라고 시키는 것이 아닌가. 기다렸다는 듯이 내가 "그 일은 당신 일인데, 왜 나에게 하라고 하느냐?"라고 되받아 쳤다. 본때를 보여주고 싶었던 것이다. 내 대답에 엄청 기분이 상한 감당번이 곧바로 웃통을 벗어젖히더니 한판 붙자고 했다. 나도 참지 못하고 대들어서 진짜 서로 주먹질을 하게 되었다. 사실 나는 초등학교 이후로는 싸워본 적이 한 번도 없었다. 그러니 당연히 일방적으로 맞을 수밖에. 그나마 주위 사병들이 뜯어말려서 다행이었다.

싸움이 끝나자 감당번은 행정실장에게 쪼르르 달려가 보고를 했다. 불려간 내게 행정실장이 무슨 일이냐고 물었지만, 나는 "그냥 그렇게 됐습니다."라고만 대답하고 변명은 하지 않았다. 내가 서울대 대학원생인 데다 일부러 나쁜 짓 할 사람이 아니라는 걸 알고 있었던 것일까? 하늘이 도운 탓에 그 사건은 그대로 넘어갈 수 있었다.

또 한 가지 군복무 시절 중 잊을 수 없는 사건이 있다. 별 2개짜리 장군이 지나가는데 내가 인사를 제대로 하지 않은 것이다. 내게는 나름 타당한 이유가 있긴 했다. 사실 육군본부에는 장교들이 너무 많아서 일일이 인사를 했다간 손을 계속 떼지 못하고 들고 있어야 할 정도였다. 그래서 무의식중에 인사를 하지 않은 것인데, "야!" 하는 소리에 정신이 번쩍 들었다. "장교 녀석들이 못돼놓으니까 사병까지 이 모양이군."이라고 하면서 화를 내는데, 명백히 내가 잘못한 것이니 가만히 있을 수밖에 없었다.

그 일이 있은 지 얼마 안 돼 군 동료가 내게 "너 당번 안 할래?"라고 물어왔다. 당번을 하면 편하게 군 생활을 할 수 있었다. 지키고만 있으면 되는 일인 데다 내가 좋아하는 책도 읽을 수 있었다. 내가 솔깃하여 "누군데?" 하고 물었다. 그런데 아뿔싸, 바로 얼마 전에 내게 호통을 쳤던 장교여서 나는 대번에 싫다고 대답했다.

이뿐 아니라 군대에 있을 때 나는 참 바보 같은 짓을 많이도 했다. 군인의 용모에 관심이 없었던 탓에 맨날 구두를 반질반질 안 닦는다고 혼이 나고, 호주머니에 책을 넣고 다닌다고 지적당하고, 허리띠 버클이 반짝거리지 않는다고 기합도 참 여러 번 받았다.

그것도 모자라서 누가 면회를 왔다고 해서 면회소로 가는 중 똑같은 잘못을 되풀이했다. 한 장교가 쓱 지나가는데 인사를 또 안 한 것이다. 이번에는 옆에서 지켜보고 있던 헌병한테 딱 걸렸다. 왜 장교를 보고도 인사를 안 하냐며 호통을 치더니, 내게 육군본부 입구에 있는 큰 거울에 대고 계속 인사를 하라고 시켰다. 아, 그때 얼마나 창피하고 부끄럽던지 아직도 그 생각만 하면 얼굴이 빨개진다. 돌이켜 보니 그런 기억마저 없었다면 군복무 3년이 무척 지루했을 것 같다. 그리고 이상하게 유독 이렇게 바보짓 한 것들만 기억에 남아 있다.

군복무 내내 나는 기회만 있으면 책을 읽었다. 특히 내무반에 있을 때 많이 읽을 수 있었다. 제대하기 1년 전쯤 대학 동기가 나에게 "대학원에 1주일에 3일 정도 보내달라고 얘기해 봐. 만약 허락이 떨어지면 대학원 말고 금속·연료 종합연구소(나중에 한국과학기술연구원에 병합됨)에 다니는 게 어때? 여긴 고작 월급이 150원이지만 거기 가면 연구생 월급이 2,000원이야."라고 귀띔해 주었다.

나는 곧바로 행정실장한테 달려가 제대가 얼마 안 남았으니 1주일에 3일 대학원에 다니도록 허락해 달라고 부탁드렸다. 다행히 "네 요령껏 알아서 해라."라는 반허락이 떨어졌다. 나는 그렇게 해서 대학원 대신 통의동에 있는 조그마한 3층 건물인 금속·연료종합연구소에 다니게 되었다. 그러나 정식 발령이 나지 않는 바람에 1년 동안 눈치를 보고 다녀야 해서 그것이 무척 힘들었다.

당시 연구소 소장 위의 이사로 계시던 분이 바로 우리나라 과학기술 행정의 기틀을 세운 과학자 최형섭 박사였다. 원자력연구소 소장이면서 그 연구소의 실제 책임자였다. 내 친구는 최형섭 박사 밑의 연구생이었고, 나는 서울대 교수이면서 위촉책임연구원인 분 밑에 있었다.

1년이 지나 3월 18일이면 제대일인데, 이게 웬걸! 3월 1일부로 발령이 나고 말았다. 나는 제대하면 취직하여 가족을 도와야 하는 실정이었으므로 그야말로 벼락을 맞은 꼴이 되었다. 요즘은 어떤지 모르지만 그때만 해도 선생님께 "제대하면 3일은 대학원에 보내주는데 제가 3월 18일에 제대여서 제대 후에는 취직을 해야겠습니다."라는 말을 하지 못했다.

연구생이 되면 월급이 그동안 올라서 3천 원을 받을 수 있었고, 연구원이면 6천 원이었다. 결국 나는 대학원 학비는 가정교사를 해서 벌기로 마음먹고, 집에 가서 아버지께 허락을 받았다.

"제가 취직을 한다 해도 한 달에 6천 원밖에 못 받을 텐데, 그중 객지생활을 해야 하니 3천 원은 쓰고 집에 보내드리는 건 3천 원밖에 안 될 것입니다. 그런데 연구소에서 받는 돈도 3천 원이니까 그건 집에 보내드리고, 학비는 제가 마련해서 대학원에 다니겠습니다."

그렇게 34개월의 군 복무를 마치고 1964년 대학원에 복학함으로써 학자의 길 문턱에 서게 된 셈이다. 따지고 보면 금속·연료종합연구소의 연구생 제도(대학원생으로서 논문 연구를 하면서 대학에서 강의를 들을 수 있고, 연구원 초임 월급의 반에 해당하는 월급을 받음)가 나를 대학원에 다닐 수 있게 해준 것이다.

서울대학교 졸업식 때
동숭동 문리대에서

친구 김회정과 함께

공부에 미치다

생각하면 나는 인생의 고비 고비마다 운이 좋은 편이었다. 고마운 이들의 도움도 과분하게 받으며 살아왔다. 그러나 주위 분들과 친척들은 나를 두고 많은 욕을 했다. 집 식구들이 극빈자로 배급을 받아 살아가는 지경에 장남이 공부에 집착한다는 것이 그들을 화나게 한 것이다. 공부에 미치지 않고서는 그럴 수가 없다는 것이었다.

욕먹을 일이 어디 그뿐인가. 나는 대학 친구 백영현의 권고로 대학원에서 한 걸음 더 나아가 미국 유학을 꿈꾸고 있었다. 사실 대학에 다닐 때는 내 처지에 유학이란 것은 꿈도 꾸지 못했다. 그러다가 친구들이 석사학위를 취득한 후 유학 가는 것을 보고 조금씩 유학에 대한 관심을 갖게 되었다. 특히 친구들 중에서도 1965년 먼저 미국으로 유학 간 백영현이 보내온 편지 한 통이, 내가 유학이라는 새로운 가능성에 눈을 뜰 수 있게 해주었다.

"동녕아, 그렇게 한국에서 병아리(가정교사로서 가르치던 아이들) 가지고 고생하지 말고, 미국에서 장학금 받아 공부할 수 있게 되면 망설이지 말고 와라."

내 인생을 한 단계 업그레이드하는 데 지대한 영향력을 미친 고마운 친구였다. 미국으로 유학을 오라고 한 것도, 내가 돈이 없어서 350달러만 빌려달라니까 선뜻 전보로 보내온 것도 다 그 친구였다.

당시에는 유학을 가려면 영어, 국사 두 가지의 유학자격 시험을 쳐야 했다. 그 시험을 보기 위해선 입학원서가 있어야 되는데, 이 또한 백영현 친구가 여분으로 있던 것을 나한테 보내주었다. 그 덕분에 연습 삼아 치른 유학시험과 토플, 한미재단 시험 등을 모두 통과할 수 있었다.

내 유학 실현의 가장 큰 관건은 장학금 여부였다. 그때만 해도 지금과는 달리 장학금을 받는다는 것이 굉장히 어려웠다. 미국이 월남전을 하고 있을 때였고, 소련하고 우주경쟁이 한창일 때였다. 주로 자연과학계통 대학원 학생에게는 연구비가 많이 지급되었고 졸업할 때까지 군대병역을 유예시켜 주고 있었다. 장학금 혜택을 많이 받게 되니 자연히 대부분의 학생들이 월남전에 가는 대신 대학원에 진학하려고 했다. 이렇게 자국 내에서도 대학원 지원학생이 많은데 굳이 외국학생을 입학시킬 필요가 없었다. 그만큼 실제로 외국인이 장학금을 받고 미국으로 유학 가는 게 어려운 시절이었다.

그래도 나는 장학금을 전액 받을 수 있다면 무리를 해서라도 유학을 가리라 결심했다. 그때 나에게는 국제 우푯값도 아까운 돈이었다. 지금처럼 복사기가 있는 것도 아니어서 학교에서 성적표를 떼서 내가 직접 타이핑을 했다. 초지를 몇 장 겹쳐서 치면 한 번에 몇 부씩 찍을 수 있었다. 물론 정식 서류는 아니었지만, 실제로 지원할 때 진짜 서류를 보내면 되니까 별 문제가 없었다. 그걸 동봉해서 편지를 쓰면서 내가 장학금을 받을 수 있으면 응시지원서를 보내달라고 했다. 총 7군데에서 지원서를 보내왔다.

그런데 이 중 원서접수비Application fee 5달러를 요구하는 학교는 일단 제외시켰다. 우푯값도 아까운 판에 5달러를 내고 지원하는 것은 무리였다. 접수비가 들지 않는 3군데 대학만 골라 지원했다. 그중 워싱턴 대학교University of Washington에서 매달 300달러의 장학금을 지급한다는 조건으로 입학허가서가 왔다. 300달러란 금액은 당시 우리나라로 치면 연봉에 해당하는 큰돈이었다. 300달러 중 수업료 Resident fee 40달러를 제하면 실제 수령금액은 260달러였다. 이제 편도片道 항공료만 있으면 유학을 갈 수 있게 된 것이다.

그런데 또 한 번 난관에 봉착했다. 워싱턴 대학교가 있는 시애틀까지 가는 데 필요한 항공료가 318달러였다. 거기에 우리나라에서 가져갈 수 있는 최고 액수가 50달러였다. 그 돈이 있을 리 만무했던 나는 또 한 번 친구에게 신세를 졌다. 350달러를 보내달라고 한 것이다.

그 돈을 받고 나서야 비로소 미국으로 향하는 비행기에 오를 수 있었다. 이때 친구에게 빌렸던 350달러는 감사의 표시로 10달러를 더 보태서 미국 간 지 3개월 만에 다 갚았다. 360달러를 건네주자 친구가 했던 말이 아직도 기억에 생생하다. "너 정말 지독한 놈이야."

고향 함안에서는 걱정했던 대로 내가 유학을 간다 하니까 시골어른들 사이에서 으레 '공부에 미친 놈'이라는 말이 나왔다. 집안이 이렇게 어려운데 유학을 간다고 하니 어쩌면 당연한 일이었다. 면목이 없었지만 나는 아버지께 허락을 구했다.

"제가 우리나라에서 직장을 다녀도 월급이 30달러 정도일 것입니다. 그 30달러를 유학 가서도 매달 보내드리겠습니다."

내가 생각해도 정말 공부에 미치지 않고서는 가능한 일이 아니었다. 다행히 아버지의 허락이 떨어져서 마침내 경남 함안 촌놈이 꿈조차 꾸지 못했던 미국 유학을 떠날 수 있게 된 것이다. 나는 대학원을 1966년 2월에 졸업하고 그해 8월에 워싱턴 대학교에서 장학금을 받게 되어 유학길에 올랐다.

공부 말고는
해본 것이 없다

32달러가 내가 가진 전부
– 촌놈의 해외유학

미국에 첫발을 디뎠을 때 내 손에는 달랑 32달러가 남아 있었다. 친구에게 빌린 350달러에서 항공료 318달러를 제외한 금액이었다.

여담이지만 최근에 유학 갈 때 가지고 갔던 여권을 다시 꺼내봤다. 그런데 내가 수십 년간 32달러라고 생각해 왔던 것이 틀렸음을 알게 되었다. 그때는 은행에서 돈을 줄 때 아예 여권에 표시를 해주었다. 그런데 거기에 32달러가 아닌 31달러로 표시돼 있는 것이 아닌가. 아무리 생각을 더듬어 봐도 도대체 왜 1달러가 차이가 나는지 모를 일이다.

여하간 당시 한 달 생활비가 50달러쯤 들었다. 32달러가 내가 가진 전부였지만 장학생은 당장 100달러를 학교에서 빌릴 수가 있었다. 덕분에 132달러를 손에 쥐고 보니 사내대장부로서 지구 위의 어디를 가도 살아남을 수 있다는 자신감이 생겼다. 촌놈! 나는 이 말이 정말 나에게 잘 어울리는 말이라고 생각한다.

유학시험에서 영어성적이 우수했음에도 불구하고 막상 미국 공항에 내리게 되자 입이 떨어지지 않았다. 회화 경험이란 것이 전무한 상태였다. 설상가상으로 마중 나오리라 기대했던 호스트 패밀리Host family(유학생과 결연을 맺고 교류하는 대학 부근에 사는 미국인 가정)도 보이지 않았다. 미국에서는 외국학생이 유학을 올 경우 문화의 격차가 너무 커서 대부분 쇼크를 받기 때문에 일반 미국인 집에서 1주일간 지낼 수 있도록 대학과 주민하고 협약이 되어 있었다.

공중전화 앞에서 어쩔 줄 몰라 하고 있는 왜소한 동양인이 딱해 보였는지 청소를 하고 있던 아저씨가 동전을 들고 와 대신 전화를 걸어주었다. 1966년, 이로부터 4년 3개월간의 유학생활이 시작된 것이다.

함안 촌놈이 영화에서나 보던 미국에 도착했을 때 얼마나 놀랐겠는가! 어릴 때는 함안에서 진주로, 진주에서 서울로 옮겨가면서 학교를 다녔지만, 이번에는 아예 한국에서 미국으로 건너간 것이었다. 미국은 촌놈이 상상한 것 이상의 엄청난 충격을 던져주었다. 한마디로 너무 잘살았다.

물론 당시 우리나라가 제일 빈국 중 하나였고, 미국은 세계 제1의 부국이었으니 당연한 차이였겠지만, 이건 차이가 나도 너무 났다. 당시 우리나라 대학 졸업생의 월급이 20~30달러였던 것을 보면 최빈국과 최부국의 차이를 짐작할 수 있을 것이다. 미국 가정에서 1주일을 보내게 되었을 때 말 그대로 문화의 격차를 절감할 수 있었다. 유학 오기 전까지는 나도 우리나라의 소위 상류층 집에서 가정교사를 해봤기 때문에, 부에 대해 좀 안다고 생각했는데 미국은 차원이 달랐다.

1960년대 우리나라엔 집집마다 전화가 없었다. 심지어 공중전화도 없었다. 굉장한 부유층이나 전화기를 갖고 있었는데, 필요 없을 때 팔 수도 있는 '백색전화'라는 것이 있어서 그것이 재산목록 1호였을 정도다. 텔레비전도 14인치 흑백TV가 전부였다. 이 또한 한 동네에 몇 집 없어서 인기 있는 드라마를 방송할 때면 우르르 몰려가 구경을 하곤 했다. 아마 요즘 젊은이들은 상상조차 할 수 없는 일일 것이다.

그런데 미국에 오니 집 안에 커다란 거실부터 시작해서 소파(그때 난 소파가 뭔지도 몰랐다)에 리모컨으로 작동하는 24인치 컬러 TV까지⋯ 더욱이 주인집 아주머니, 아저씨가 각각 차를 갖고 있었다. 우리나라는 아무리 부자라도 자가용 있는 집이 거의 없었고, 거실은커녕 방 하나로 다 해결하던 시절이었지 않나.

공항에서 집까지 오는데도 도로가 얼마나 넓은지 깜짝 놀랐다. 그 당시 우리나라에서 제일 큰 도로는 전차가 다니던 종로의 4차선 정도였다. 오죽하면 내가 서울에 올라와서 제일 하고 싶었던 일이 전차를 타보는 것이었겠는가. 또 한 가지 시골에 살아서 개, 돼지, 닭은 봐도 호랑이, 사자는 볼 수가 없으니 맹수들이 있는 창경원(동물원)에 가보는 게 소원이었다. 그런 촌놈이었으니 미국의 일반 서민 집을 봤을 때, 쇼크도 이런 쇼크가 없었다.

충격을 뒤로하고 워싱턴 대학교 입학 후 첫 학기Quarter 동안에는 침례교학생센터Baptist Student Center에서 하숙을 했다.(2002년 2월 시애틀에서 개최된 미국 금속·재료학회(TMS)에 참석차 갔을 때 이곳과 그 후 자취했던 집을 찾아보았는데 실패했다. 1968년 1월 떠난 후 35년 만에 처음으로 모교를 방문하니 아는 이도 없고 지도도 변해, 세월의 덧없음이 뼈에 사무쳤다) 당시 워싱턴 대학교 우리 과에는 동양 사람은 나밖에 없었다. 내 기억으로는 내가 미국 유학 간 1966년에는 금속 전공자가 나밖에 없었다. 그때는 서울대학교 외의 다른 대학 학생들은 유학 가기가 힘들었다.

그런데 60년대가 끝나자마자 미국의 아폴로 호 발사가 성공하여 소련보다 앞서게 되니 연구비가 팍 줄어들었다. 자연계, 특히 물리학과 관련 박사 학위자들은 쏟아져 나오는데 취직할 데가 없어진 것이다. 1971년쯤 〈뉴욕타임즈〉에 "물리학으로 박사 학위를 받고 취직할 데가 없어 뉴욕의 택시기사를 한다."는 기사가 났을 정도다. 70년대 들어가면서부터는 이공계 기피현상이 더 심해졌다. 따라서 그때는 미국에서 장학금 받기가 쉬웠다.

나와 같은 외국인 중 인도에서 유학 온 학생이 있었다. 처음에는 그 친구와 한 방을 사용했다. 인도도 우리나라와 같이 가난한 나라였다. 하루는 이 학생이 "네가 입고 있는 옷이 한국제인가?", "신발은?" 등등을 물어왔다. 그 학생은 가난한 나라인 한국에서 미국 유학을 왔다면 고관이나 갑부 집안 출신일 것이고, 내 옷과 신발이 꽤 좋아 보였는지 이런 제품을 한국 같은 후진국에서 만들 리 없다고 생각한 듯했다. 사실 내 옷과 신발은 싸구려 기성복과 기성화였다. 그러나 내게는 첫 신사복일뿐더러 유학 간다고 먼 친척이 준 귀한 돈으로 산 것이었다.

다소 깔보는 듯한 말투에 기분이 상해 내가 딱 잘라 "모두 한국제야."라고 대답했다. 그런데 뒤를 이어 "그럼 너희 나라 군대는 한국 군대냐?" 하고 묻는 것이 아닌가.

꾹꾹 참고 있던 내가 결국 분을 이기지 못해 답 대신 오른쪽 주먹을 날려 버렸다. 처음 본 사람의 얼굴을 그대로 가격한 것이다. 초등학교 때 한 번 빼고는 처음 쓰는 폭력이었다. 그 친구가 우리나라를 완전히 미국의 식민지처럼 취급하는 것에 심한 모욕감을 느꼈기 때문이다. 그의 눈언저리에 퍼렇게 멍이 들었다.

나는 그때 미국에서 공부 안 해도 좋다는 생각까지 했다. 내가 아무리 못살아도 자존심 없이 살고 싶지는 않았다. 그러나 지금은 내 행동을 크게 후회한다. 인격이 모자랐다. 아무리 모욕적인 얘기를 들어도 그것을 이겨내야지, 괜히 흥분해서 폭력을 쓴 것은 부끄러운 일이었다. 인도도 가난한 나라였다. 어쨌든 이 사건으로 유학 중 고국에 대한 관심이 식지 않게 된 것만은 분명했다.

워싱턴 대학교 재학 시절,
이기준 前 총장과 함께

죽을 고비를 넘기다

처음 얼마간은 완전히 귀머거리 생활이었다. 수업을 하나도 알아들을 수가 없어 교수가 적어주는 것만 받아 적고는, 수업이 끝나면 수업시간에 교수가 추천해 준 참고문헌을 도서관에서 빌려 공부를 하는 식이었다. 그때만큼 나 자신에 대해 자괴감을 느꼈던 적도 없었던 듯하다.

공부를 죽 하다 보니까 우리가 배우는 모든 것이 모두 서양에서 나왔다는 사실을 알게 되었다. 특히 자연과학은 동양에서 나온 게 하나도 없었다. 그런 것들과 함께 문화의 큰 격차까지 느껴지니 동양과 서양의 차이에 새삼 의문을 갖게 되었다.

'왜 서양은 이렇게 잘살고, 우리나라뿐 아니라 동양은 못사는가?'

나는 그 이유가 무엇인지 따지기 시작했다. 결론은 '과학기술이 발달해야 잘사는 것'이었다. 인문사회 계통에 있는 사람은 그리 심각하게 생각하지 않았겠지만 우리가 배우는 모든 법칙은 전부 다 서양 사람이 만든 것이다. 여기에 생각이 미치자 그렇다면 '서양인과 동양인의 두뇌 자체에 차이가 있는 것이 아닐까?' 하는 의구심이 들었다. 이어서 '내가 그래도 우리나라에서는 공부 좀 한다고 인정받던 놈인데, 왜 여기선 이렇게 평범한가?'라는 생각이 드니 자존심이 너무 상했다.

'옛날과 마찬가지로 미래에도 동양인이 서양인의 지배하에 살아간다면 무슨 희망을 갖고 살겠는가? 내 자신도 필요 없을 뿐 아니라 내 후손들도 필요 없는 것이 아닌가? 왜 괜히 태어나 가지고 남의 종처럼 살아간단 말인가? 차라리 이대로 죽어버릴까….' 이런 극단적인 생각까지 하게 되었다.

그런데 죽는 것 또한 쉬운 일이 아니었다. 갑갑하고 왠지 억울한 심정에 살고 싶지 않다고까지 생각했지만, 그때 나를 살린 건 아이러니하게도 나보다 한 해 후배의 죽음이었다. 집안도 좋았던 한 후배가 미국 유학 중 실험실에서 자살을 한 것이다. 어릴 때부터 천재 소리를 들으며 부모의 기대를 한 몸에 받고 자란 이가, 유학을 와서 장학금을 못 받을까봐 고민한 끝에 자살한 사건이었다. 아마도 사람들 기대에 부응해야 한다는 스트레스가 가장 큰 원인이었을 것이다. 내가 서울대 대학원에 다닐 때 그 소식을 들었는데, 그때 우리 들끼리는 "더 열심히 하면 될 것을 미국까지 유학 가서 부모 가슴에 대못을 박는 그런 나쁜 놈이 어디 있느냐?"라고 욕을 했었다.

내가 이대로 죽어버릴까 생각하는 순간 바로 그 후배가 떠오르는 것이다. 그때 그렇게 욕을 해놓고 내가 죽어버리면 사람들한테 대체 무슨 소리를 듣겠는가? 나도 그렇게 욕을 먹을 것이 불 보듯 뻔하지 않은가? 절대 그런 식으로 나 자신을 웃음거리로 만들 수는 없었다. 그래도 나는 자살한 후배에 비하면 스트레스를 훨씬 덜 받는 편이었다. 함안 촌놈인 데다 부모님한테 특별히 큰 기대를 받는 것도 아니었고, 힘 있는 사람의 추천을 받은 것도 아니었다. 그 후배는 전혀 존재감이 없는 나보다 몇 배의 스트레스를 받았을 것이 분명했다.

나는 한 번 더 각오를 다지고 마음을 다잡았다. 죽을 고비를 넘기고 조금씩 시간이 흐르면서 조금씩 자신감이 붙었다. 영어를 못하는 것을 빼면 자연과학과 수학의 경우 오히려 내가 서양인보다 낫다는 생각이 들기 시작했다. 죽음 대신 자신감을 되찾게 된 것이다.

어떻게 보면 미국에서 더 열심히 공부하게 된 동기가 처음에 죽어버릴까 하는 독한 경험 때문인지도 모른다. 사람들은 감수성이 강할 때 어떤 경험을 하느냐가 무척 중요한 것 같다. 다행히 이런 경험들이 나에게는 독이 아닌 약이 되었다.

이후 내 유학생활은 비교적 단조로웠다. 공부 이외에는 아무것도 해보지 못했다. 지금은 사람이 살아가는 데 다양한 경험이 중요하다고 생각하지만, 그곳에서는 신발에 해당하는 그 흔한 중고자동차 한 대 몰아보지 못했다. 여행도 운전도 사치고 낭비라고 생각했다. 오로지 공부에 미쳐서 공부에만 전념했다. 사실 공부 외에는 할 줄 아는 것도 하고 싶은 것도 별로 없었다.

그렇지만 한동안은 모든 유학생들이 그러하듯 나 역시 향수병에 시달리곤 했다. 더욱이 내 경우에는 초등학교 이후부터 객지생활을 했으니 어릴 때부터 얼마나 고향이 그리웠겠는가. 지금도 즐겨 부르는 노래가 〈고향생각〉일 정도면 더 설명 안 해도 짐작하리라. 처음으로 함안을 떠나 진주에서 중고등학교를 다닐 때는 저녁때만 되면 캄캄한 방 귀퉁이에서 "나의 살던 고향은 꽃피는 산골~~" 하면서 울먹이곤 했다. 고향 생각에, 어머니 생각에 어찌나 마음이 짠하던지.

미국으로 유학 와서는 주로 〈아, 목동들아〉라는 노래를 많이 불렀다. 그때는 고향 생각보다는 고국 생각이 더 절실했다. 당시만 해도 유학생들이라고 해봐야 몇 안 되었지만, 하도 스트레스를 많이 받다 보니 대부분 술을 마시면서 스트레스를 풀었다. 그런데 나는 술은 입에도 대지 못할 만큼 잘 못 마셔서 주로 구슬픈 노래들을 부르며 스트레스를 풀었던 것 같다.

한번은 저녁식사 후 다시 실험실로 돌아와서 실험을 하고 있는데 그날따라 무척 고국 생각이 났다. 늦은 시간이라 실험실에는 나 혼자밖에 없어서 〈아, 목동들아〉 노래를 구슬프게 불러 젖혔다. 바로 그때 예고도 없이 지도교수가 들어왔다. 그러고는 내가 노래를 부르고 있으니까 "무슨 기분 좋은 일이라도 있느냐?"라고 묻는 게 아닌가. 나는 울적해서 부른 건데 말이다.

지금 돌이켜보면 힘들었던 일들도 다 아름다운 추억이 되었다.

남부의 하버드,
밴더빌트 대학교

유학 온 지 15개월 만에 워싱턴 대학에서 석사과정을 마쳤다. 장학금이 월 300달러였지만 수업료로 40달러를 빼고 260달러를 받았다. 3개월 만에 친구에게서 꾼 돈도 다 갚고, 집에 월 30달러(그 당시 대학 졸업생의 월급에 해당)씩 송금도 했다. 그나마 장남 노릇을 할 수 있어 다행이었다. 지금 생각해보면 내 학창시절 중 가장 부유했던 시절이었다. 돈 걱정 없이 마음껏 공부할 수 있었던, 정신적으로 더없이 풍요로운 시절이었다.

석사학위를 취득하고 지도교수를 따라 밴더빌트 대학교Vanderbilt University로 옮겨 박사과정에 들어갔다. 처음에는 박사학위도 워싱턴 대학에서 받을 생각이었다. 그런데 내 석사과정 첫 번째 지도교수가 9개월 만에 학교를 떠나 캐나다로 가버리는 일이 생겼다. 그 교수가 준 연구과제는 내가 전혀 모르는 것인 데다 정작 나를 이끌어줄 지도교수가 떠나버렸으니 앞으로 논문을 어떻게 쓸지 상당히 걱정이 되었다. 떠나기 전 지도교수를 바꿔주긴 했는데 새로 바뀐 지도교수는 그 분야에 대해선 잘 몰랐다. 게다가 그 두 번째 지도교수인 Barry D. Lichter 교수마저 테네시에 있는 밴더빌트 대학교Vanderbilt University으로 옮겨가게 되었다.

하루는 그 지도교수가 나를 불러 자신과 함께 밴더빌트로 가자고 제안했다. 같이 가면 워싱턴 대학보다 월급을 100달러 더 주겠다고 했다. 귀가 솔깃해지는 제안이긴 했지만 썩 내키지는 않았다.

첫 번째 이유는 '내가 공부를 하러 미국에 간 것이지, 몇 백 달러 더 벌려고 간 것은 아니지 않나?' 하는 생각이 들어서였다. 더욱이 이곳에서도 한참을 고생했는데, 그곳에 가면 또 새 환경에 적응하느라 고생할 것이 뻔했다. 둘째는 내가 밴더빌트라는 학교를 들어본 적이 없다는 점이었다. 그래서 별로 가고 싶지 않았고, 마침 또 다른 교수에게 박사 과정을 같이하자는 제안을 받아놓은 상태였다.

그런 이유로 지도교수가 준 밴더빌트에 대한 서류를 읽어보지도 않았는데, 한 달쯤 뒤 다시 부르더니 내게 결심을 했느냐고 물었다. 나는 가지 않을 생각으로 솔직하게 대답했다.

"우리나라는 미국과는 달리 아직 연구를 할 수 있는 환경이 안 돼 있습니다. 그렇기 때문에 사람을 평가할 때 어느 대학에서 공부했느냐를 따집니다. 저는 워싱턴 대학은 들어봤어도 밴더빌트 대학은 못 들어봤습니다."

가만히 듣고 있던 지도교수가 껄껄껄 웃으면서 대답했다.

"학교의 네임 밸류Name Value를 얘기하는 것 같은데 네가 잘 몰라서 그렇지 밴더빌트가 워싱턴보다 훨씬 낫다."

미국 사람이 그렇게 얘기하니 갑자기 할 말이 없어졌다. 그렇다면 다시 한 번 생각해 보겠다고 하고, 그때부터 밴더빌트 대학에 대해 수소문하기 시작했다. 그 무렵 우리나라 유학생 중 밴더빌트에서 석사학위를 받고 워싱턴 대학으로 온 학생이 있어, 그에게 내가 처한 상황에 대해 설명하고 어떻게 하면 좋겠냐고 물어보았다. 그의 대답은 "두말 말고 따라가라."였다. 알고 보니 밴더빌트는 '남부의 하버드'라고 불릴 정도로 명망 높은 학교였다. 그래서 결국 지도교수에게 같이 가겠다고 대답했다.

이제 남은 문제는 워싱턴 대학에서 석사학위를 끝내는 일이었다. 나는 누구의 도움도 받지 않고 혼자 문제를 풀어서 전 지도교수에게 편지를 쓴 다음 논문 원고를 보냈다. 얼마 안 돼 답장이 왔다. "네가 새로 고안한 이론을 강조하라."고 씌어 있었다. '됐다'는 뜻이었다. 걱정과는 달리 석사학위 논문은 쉽게 통과되었다. 2년을 못 채운 15개월 만에 석사학위를 받은 것이다.

그해 12월 지도교수와 함께 밴더빌트 대학으로 갔고, 3년간의 박사과정에 돌입했다. 처음 약속대로 워싱턴 대학보다 월급도 100달러 더 많이 받았다. 지도교수님의 애정 어린 배려 덕분이었다.

그러나 막상 밴더빌트 대학에 가보니 굉장히 보수적인 느낌이었다. 학생 수도 7,000명밖에 안 됐다. 오히려 내가 다닌 워싱턴 대학은 25,000명 정도였다. 같은 과의 한 미국인 친구가 "어디서 왔느냐?"고 물었다. "워싱턴 대학에서 왔다."고 하니까 "그 대학의 학생 수는 몇 명이냐?"고 물었다. 내가 자랑스럽게 "25,000명."이라고 하니까 그 학생이 말하기를 "테네시 주의 총 학생 수가 그 정도밖에 안 된다."라며 은근히 무시하는 듯한 반응이었다.

또 내가 한국에서 왔다니까 으스대듯이 "미국이 잉여농산물을 한국에 지원하고 있다."라고 말하는 것이 아닌가. 자존심이 상한 내가 곧바로 "바로 그 미국의 잉여농산물 때문에 우리나라 농업이 피폐해졌다."라고 대답했다. 우리 대화를 듣고 있던 또 다른 미국인 친구 한 명이 지지 않고 "미군이 한국을 보호해 주고 있다. 전방에서 순찰할 때 영어가 나오는 라디오를 켜놓으면 적군이 저절로 물러난다더라."라고 했다. 그들에게 조금이라도 꿀릴 수 없어 내가 다시 "미국 군인이 한국에 있는 것은 진짜로 한국을 위해서가 아니라 미국 국익을 위해서이지 않나?"라고 되받아쳤다. 내가 그들보다 특별히 못난 것도 없는데 가만히 당하고만 있을 수는 없었다. 그때는 내가 몸무게가 54킬로밖에 안 돼서 그들 눈에는 왜소한 동양 사람으로밖에 안 보였을 것이다.

처음 얼마간은 이런 식의 무시 아닌 무시를 당하는 것 같아 무척 맘이 상했다. 언젠가 하루는 참다못한 내가 지도교수에게 가서 "내가 한국인이라서 혹시 돈도 조금 주는 것이 아닙니까?"라고 따져 물었다. 그랬더니 교수 왈 "그게 무슨 소리야? 네가 제일 많이 받고 있는데!" 하는 것이 아닌가.

밴더빌트 대학이 있는 동네는 으레 백인들이 으스대며 사는 동네였다. 그런데 그런 백인들보다 내가 월급을 100달러 더 많이 받는다는 사실을 알고 난 후부터는 은근히 나를 무시하던 직원들도 태도가 확 달라졌다. 나중에 안 일이지만 그런 조건은 굉장히 예외적인 일이었다고 한다.

그렇게 3년간 밴더빌트에서의 박사과정 중 결혼도 하게 되고, 아들도 하나 얻고, 집에 송금도 했으니 빈 몸으로 유학 와서 얻은 것이 너무 많았다. 무엇보다 '공부에 미친 놈'이라고 여겼던 사람들에게 할 말이 생긴 것이 다행스러웠다.

밴더빌트 대학 재학시절, 실험실에서

30년 후 아내와 밴더빌트 대학본부 앞에서

가난한 조국을 위하여

4년 3개월 동안의 미국 유학생활은 많은 것을 생각하게 해주었다. 생활수준의 엄청난 차이, 문화적 차이 등등. 이러한 차이는 어떻게 생겼으며 이를 어떻게 극복할 수 있을 것인가? 주말에 유학생들이 모이면 항상 이러한 문제들을 밤늦게까지 토론하곤 했다. 외국에서는 모두 애국자가 된다는 말이 사실이었다.

박사과정 자격시험Qualifing Exam에 합격한 후에 나는 별 고민 없이 귀국을 계획했다. 그러나 1970년대로 들어선 그즈음은 유학한 사람들이 귀국하지 않고 미국에 머무르는 경우가 대부분이었다. 특히 과학기술 분야에서는 미국과 우리나라의 격차가 워낙 컸기 때문에 이 분야의 유학생들은 애써 공부한 것이 낙후된 조국에서 얼마나 발휘될 수 있는가에 대해서 회의적인 사람들도 있었다. 국제적인 석학이 되길 꿈꾸는 이도 많았고, 무엇보다도 안정되고 부유한 미국이 살기 좋았기 때문이기도 했다.

그러나 나는 생각이 달랐다. 그들처럼 크게 국제적으로 시야를 돌리기보다 그저 내 가난한 조국을 위해 기여하는 것이 더 보람 있는 일이라고 생각했다. 서울대 금속과 졸업생으로 미국에서 박사학위를 받고 영구 귀국한 사람은 내가 처음이었다. 나보다 먼저 미국으로 유학 간 선배들이 몇몇 있었지만 모두 귀국하지 않았다. 나는 죽어버릴까 하는 독한 경험을 해봤기 때문에 흔들리지 않고 귀국한 것이지, 안 그랬으면 나 역시 마찬가지였을 것이다. 그렇지만 선배들 중 미국에서 이미 좋은 회사 다니며 잘살고 있는 사람들이 있었는데 그런 이들을 볼 때마다 좀 미웠다. '고국은 인재가 없어서 이렇게 힘들게 살고 있는데 왜 당신들만 편하게 지내는가?' 하는 생각이 들었기 때문이다.

그때마다 슈바이처 박사가 떠올랐다. 자기 나라에서 편하게 살 수 있는데도 불구하고 아프리카까지 가서 봉사하면서 일생을 보내지 않았는가. 하물며 우리는 다른 나라 가서 봉사하는 것도 아니고 자신의 고국으로 돌아가는 것인데…. 당연히 조국을 위해 귀국하는 것이 옳은 일이라고 생각했다.

이런 마음을 알 리 없는 지도교수는 내가 한국으로 돌아간다고 하자 무척 반대가 심했다.

"도대체 왜 귀국하려 하는가? 미국에 100명이 오면 100명 중 99명이 남고 1명이 귀국하는 데 네가 하필 그 1명이 되려 하는가?"

나는 딱 한마디로 대답했다.

"Korea is my Country!"

그 일 후로는 얼마 동안 언급이 없었는데, 시간이 조금 흐르자 혹시라도 내 맘이 바뀌었을까 봐 조심스럽게 다시 묻곤 했다. 남아일언 중천금이다. 사정에 따라 바뀌면 그건 사내대장부가 아니다. 나는 이번에도 생각에 변함이 없다고 했다.

처음에는 대부분의 유학생들이 공부 끝나면 돌아간다는 생각을 갖고 있었다. 그러다가 한 3년쯤 지나면 생각이 바뀌면서 영주권을 신청하게 된다. 당시 석사학위를 취득한 사람은 쉽게 미국 영주권을 얻을 수 있었다. 따라서 박사과정 학생 대부분이 미국 영주권을 갖고 있었다. 영주권 소지는 학업 후 취업 보장과 같았기 때문에 영주권을 얻지 않겠다는 사람은 바보나 마찬가지였다. 그런데 나는 남들 다 하는 영주권 신청을 하지 않았다. 조금 귀찮아도 여권은 연장하면 되는 것이다. 확실히 나는 바보 쪽에 속했다.

지도교수는 내 귀국에 대해 계속 못마땅해하면서 마지막으로 한 가지 제안을 했다.

"박사학위 취득 후 귀국하는 대신 영국 케임브리지 대학교의 캐번디시 연구소에서 모트 교수의 지도하에 공부를 더 하는 것이 어떤가?"

모트Nevill Francis Mott 교수는 1971년 노벨물리학상을 수상할 정도로 저명한 영국의 이론물리학자였다. 그런데도 나는 또 딱 잘라 대답했다.

"우리나라에는 훌륭한 물리학자들이 많으나 금속학자는 적습니다. 그런데 우리나라에 필요한 사람은 금속학자입니다. 더욱이 제가 영국에 가면 금속이 아니라 물리를 하는 것이지 않습니까? 그러니 그 제안도 받아들일 수 없습니다."

앞에서도 잠시 말했지만 우리나라가 일제로부터 해방되었을 때, 금속공학으로 대학 4년 공부를 마친 사람이 남북한을 통틀어 채 5명이 못 되었다. 이는 금속이 무기를 만드는 중요한 재료이기 때문에 한국 사람은 되도록 이 분야로 진학 못 하도록 했기 때문이다.

지도교수가 내게 이런 제안을 한 데에는 또 다른 이유가 있었다. 전에 수학과에 초청되어 강연할 기회가 있었다. 그 자리에서 "내가 가장 공부하고 싶은 분야가 수학이었지만 자신이 없어서 포기했다. 그런데 오늘 수학과에서 강연하게 되어 매우 영광이다."라는 인사말을 했다.

내 박사학위 논문 과제도 금속 분야보다는 물리에 훨씬 가깝다. 지도교수가 연구비 받기 쉬우라고 일부러 그쪽 분야를 택한 것인데, 따지고 보면 금속하고는 별로 관계없는 과제였다. 원래 계획대로라면 도저히 해낼 수 없는 과제였는데 내가 그 방향을 바꿔서 박사학위 수준으로 확 올려놓았다. 그 때문에 지도교수는 내가 물리학 쪽으로 공부를 더 하길 바랐던 것이다. 만약 그때 내가 수락했다면 나는 노벨물리학상 수상자의 제자가 됐을 것이다.

그러나 당시 나에게는 저명한 학자의 길보다 가난한 우리나라를 잘살게 하는 데 더 큰 목적이 있었다. 나는 원래 산골 출신이어서 백그라운드가 없는 사람이다. 그래서 박사학위라도 있어야 하고 싶은 것을 할 수가 있을 것 같아서 박사가 된 것이지, 학계에 이름을 날리고 싶어서가 아니었다. 어쨌든 그 후부터 나는 지도교수에게 "저놈은 꼴통이야!"라는 말을 듣게 되었다.

그렇게 1970년 12월 20일 박사학위 논문 방어(공식용어는 시험)를 마치고 귀국 길에 올랐다. 막상 귀국을 하고 나니 만나는 사람마다 내게 왜 귀국했느냐고 물었다. 그때 내가 어떤 대답을 했는지 기억 못하고 있었는데 나중에 연세대의 오재현 교수가 그 당시 내 대답이 "우리나라에서 고생을 너무 많이 해서"였다고 알려주었다. 아마도 어려운 가정형편 탓에 어릴 때부터 가난을 몸소 체험한 나의 우리나라를 조금이라도 더 잘사는 나라로 만드는 데 일조해야겠다는 신념 때문이었으리라.

귀국을 감행하다

서른세 살 나이에 한국에 돌아왔다. 귀국하자마자 내게 줄곧 관심을 가져준 한국과학기술연구원KIST(당시의 이름은 한국과학기술연구소)에 취직했다.

나와 KIST의 인연 가운데 최형섭 박사를 빼놓을 수 없다. 많은 유학생들이 우리나라에 오면 과연 할 일이 있을까 염려했다. 그런데 나는 이미 우리나라에 KIST가 생긴다는 사실을 알고 있었다. 대학원 다닐 때 금속·연료종합연구소에서 최형섭 박사를 만난 적이 있었고, 마침 내 석사학위 지도교수와 최 박사가 죽마고우인 데다 진주에서도 이웃에 살았다고 했다. 그 때문에 최 박사 역시 나에 대해서 자세히 알고 있었다. 내가 미국유학 시절에도 연말이 되면 크리스마스카드를 보내드리곤 했다. 미국에 있을 때는 "내가 어느 대학교순데 한국에 갔더니 최 박사께서 당신에게 인사 전하더라."라는 안부전화가 자주 왔었다. 몇 달 지나면 또 다른 사람이 비슷한 내용의 전화를 걸어왔는데 그만큼 최 박사께서 내게 관심을 기울여 주신 것이다.

그러던 중 박사논문 최종발표 날로부터 며칠 전쯤 KIST에서 연락이 왔다. 당시 KIST 소장이 바로 최 박사였다. "12월 1일자로 발령을 냈으니 12월 25일 이전에 귀국하라."는 내용이었다. 내가 한 달 월급을 더 받을 수 있게 배려해준 것이다. 내 기억으로는 그때 월급이 500달러였다.

당시만 해도 KIST가 아시아에서 월급이 제일 셀 만큼 좋은 연구소에 속했다. 그렇지만 그때는 선진국에서 우리나라로 사람을 데려오는 일이 쉽지 않았다. 그래서 외국에서 인재를 몇 명 데려오느냐로 각 연구소 소장의 능력이 판가름되었다고 한다.

진짜인지 가짜인지 확인할 수는 없어도 당시 KIST 소장을 맡고 있던 분이 학자들을 많이 유치했다는 이야기를 들은 적이 있다. 미국까지 직접 날아가서 당사자가 아닌 부인들을 공략했다는 것인데, 부인들 댄스파티에 참석하여 한국에서도 이러이러한 걸 한다고 설득했다는 것이다. 그만큼 인재가 귀했을 때였다. 요즘으로서는 상상하기 힘들겠지만, 실질적으로 70년대에 대덕단지가 생기고 나서부터 정부에서도 연구비를 많이 지원하기 시작했고, 그 이후부터 대학과 연구소들이 발전할 수 있었다.

지금은 태어날 때부터 풍족한 나라에 태어나기 때문에 젊은이들이 독한 마음을 품으려야 품을 수가 없다. 우리나라가 이미 경제대국의 반열에 올랐으므로 오늘날의 유학생들은 나같이 혹독한 경험(가난한 나라의 국민으로서 느껴야 하는 서러움 등)은 안 해도 될 것이다. 내 자식들도 마찬가지이다. 이것만으로도 참으로 감사한 일이다.

사담이지만 내 둘째 아들도 스탠포드 대학으로 유학을 갈 때 장학금을 받고 갔다. 그때 내가 "유학자금을 얼마 가져가느냐?"라고 물었더니 "5천 달러"라고 하는 게 아닌가. 깜짝 놀란 내가 "아니, 거기 가면 오히려 돈을 받을 텐데 뭣 때문에 5천 달러씩이나 가져가느냐?"라고 되물었다. 나는 덜 잘사는 나라의 돈을 더 잘사는 나라로 가져가는 것 자체가 좀 싫었다. 그랬더니 아들에게서 "아버지, 이 액수가 절대 많은 것이 아니라 오히려 적은 축에 들어갑니다."라는 대답이 돌아왔다.

물론 그 5천 달러는 아들이 대학 다닐 때 아르바이트를 하며 저축해 놓은 돈이었다. 집의 돈은 한 푼도 안 가져갔다. 그래도 달랑 32달러만 가지고 유학생활을 시작했던 나에 비해서는 엄청난 금액이었다. 아무리 물가가 올랐어도 몇 십 년 만에 32달러가 5천 달러가 된 것이다. 정말 격세지감을 느끼지 않을 수 없다.

어쨌든 나는 12월 25일 이전에 한국으로 들어오라는 연락을 받고 나니 마음이 급해졌다. 게다가 하필이면 내 논문 최종발표 날이 12월 20일이었다. 사실 미국에 5년 가까이 있으면서도 제대로 한 번 미국구경을 해보지 못했었다. 그래서 학위를 받는 대로 맘 편히 미국구경 좀 하려고 했는데 결국 그 계획도 수포로 돌아가고 말았다. 나는 최종발표 그 다음 날인 12월 21일 곧바로 한국행 비행기에 올랐다.

KIST 연구원이 되다

1970년대 우리나라에서는 KIST가 연구원의 처우나 연구환경 면에서 가장 좋았다. 윤용구 박사는 내가 KIST에 들어와 처음 소속된 연구실의 실장이었다. 서울대 화학과 출신으로 브라운대학에서 박사학위를 취득하고 U.S. Steel에서 근무한 경력을 가진, 이른바 최고참 박사였다. 그는 나에게 5개의 연구과제 중 한 가지를 택하라고 제의했다. 그런데 이 5개 과제 중 내가 제대로 아는 것이 한 가지도 없었다. 참으로 당혹스러웠다. 같은 실에 대학 후배가 몇 명 있었는데 모두 학사학위 소지자뿐이었다. 유일한 박사학위 소지자인 나라고 해서 무엇이 더 낫단 말인가? 고심 끝에 이왕 연구해 본 것이 없는 바에야 차라리 후배들에게 어려울지 모르는 과제를 택하는 것이 좋겠다 싶었다. 그래서 다른 연구원들이 맡기 싫어하는 과제를 달라고 했다.

그렇게 해서 KIST에서 처음으로 맡게 된 연구과제가 '고체 탄탈

축전기 개발에 관한 연구'였다. KIST의 연구는 거의 전부 우리나라 산업발전에 직접 관련이 있는 과제에 초점이 맞추어져 있었다. 당시 우리나라는 공업 후진국이었으므로 주로 국산화 연구가 과제였다. 시장 규모는 선진국의 자료를 참고해 추정했는데, '고체 탄탈 축전기' 과제도 이러한 판단에서 선정된 것이다.

내게는 KIST에서의 첫 기회였고, 더구나 박사가 흔치 않던 시절이라 사람들의 기대에 미치지 못할까 봐 은근히 부담이 되어 한시도 연구를 게을리할 수 없었다. 특별한 일이 없는 한 나는 매일 자정까지 연구실에서 시간을 보냈다. 연구소 영내의 아파트에 살았기 때문에 가능한 일이었다.

밤낮 없는 2년간의 연구 결과 5편의 논문을 학술지에, 1편을 국제 학술회의 논문집에 게재하게 되었고 국내특허 1개를 얻었다. 그러나 안타깝게도 이렇게 애써 얻은 특허기술을 우리나라 고체 탄탈 축전기의 제조에는 응용하지 못했다. 시장성이 없어 산업화하지 못한 것이다.

오늘날 생산되는 고체 탄탈 축전기는 여러 해 뒤 모 회사에서 외국 기술을 도입해 생산한 것으로, 아마도 이 회사에서 탄탈 축전기 사업을 계획할 때는 우리나라에서 연구한 특허가 있다는 사실을 알지 못했을 것이다. 귀한 연구비와 인력이 동원된 과제가 기실 우리나라에서의 산업화에는 전혀 기여하지 못한 것이 무척 아쉽다.

우리나라와 같은 산업 후발국에서는 연구원의 흥미 본위로 연구할 겨를이 없다. 우선적으로 산업화 가능성이 있는 과제를 수행하여

야 한다. 사실 연구하기 전에 미리 산업화 가능성을 예측하기란 정말 어렵다. 이 점에서 축전기 과제는 너무 일찍 시작한 셈이었다.

그러나 이 연구 중에 중요한 정보를 얻게 되었다. 축전기의 도선으로 사용되는 동복강선銅複鋼線은 구리로 피복된 강선인데, 구리의 우수한 전기 전도도와 강鋼의 우수한 강도를 가져 옥외 전화선과 송전선으로도 사용되고 있다는 것이었다.

어느 날, 소기업체의 사장 한 분이 축전기 연구를 하고 있다는 소식을 듣고 나를 찾아왔다.

그의 회사는 납·주석 합금을 피복한 도선(리드선)을 생산하고 있었기 때문에 각종 리드선에 대한 정보를 갖고 있었다. 리드선이 축전기에도 사용되기 때문에 축전기 연구에도 관심이 있었던 것이다. 그분의 말로는 내가 미처 생각하지 못했던 축전기의 리드선이 동복강선(구리피복강선 또는 CP선으로 불린다)이라 했다. 이 동복강선을 어느 이름 있는 전선 회사에서 10년간이나 연구했으나 실패했다는 것이다.

연구원은 연구는 잘할지라도 어떤 과제를 산업화할 수 있을지는 잘 모른다. 그래도 그렇지 어떻게 10년을 연구했는데 실패를 한단 말인가. 한국 사람으로서 자존심이 팍 상하기도 했고, 기업에서 10년간 연구를 했다면 분명 산업화 가능성이 높을 것이고, 연구를 하다 실패했다면 기술적으로 쉽지 않은 과제일 것이므로 도전할 만하다고 생각했다. 즉 동복강선의 개발이야말로 산업화될 수 있는 중요한 과제라고 생각했던 것이다.

나는 연구소 측을 설득하여 1973년 기초연구를 시작했다. 약 1년간의 기초연구를 한 뒤 실험단계 공장인 파일럿 플랜트의 연구를 위해서 5천만 원의 연구비를 요청했다. 1974년경이었으니 지금으로 치면 5억 원 정도의 큰돈이었다. 들어온 지 얼마 되지도 않은 신참이 요구한 액수로는 너무 큰 액수였다. 그러나 나는 동복강선의 개발이야말로 경제성도 있고 기술적으로도 전망 있는 좋은 프로젝트라는 신념하에 강력히 요청하고 나섰다.

공장 하나를 새로 지을 수 있는 엄청난 액수였으므로 KIST 측으로서도 신중할 수밖에 없었다. 처음에 돌아온 대답은 "연구비로 3천만 원 정도는 지원 가능하겠지만 나머지는 후원업체를 구해 지원받으라."라는 것이었다. 그러면서 대기업 자회사인 ○○전선을 소개해 주었다. 나는 "물론 그쪽에서는 회사 규모로 봐서 3천만 원은 아무것도 아니니까 지원해 줄 것입니다. 그러나 선진국에서 기술을 도입해 버리면 그만일 터이니 굳이 우리 기술을 쓰지는 않을 것입니다." 라고 말하고 그 제안을 거절해 버렸다.

KIST에 들어온 지 얼마 되지도 않고 30대 초에 불과한 젊은 연구원이 연구소에서 하라는데 대번에 "No!"라고 딱 잘라 답했으니… KIST 측에서 어떤 생각을 했을지 지금 생각하면 진땀이 난다. 미국에 있을 때부터 지도교수에게 내 할 말 다 하고 그러던 성격이 변한 것이 하나도 없었다.

또 실장이 말하길 무역업으로 돈을 번 사람이 생산업을 하고 싶어서 이 연구과제에 대해 귀띔해 주었더니 바로 오케이를 했다면서 내 의견을 물어왔다. 나는 그것도 싫다고 거절했다. 펜 가지고 돈을 번 사람이 생산을 하게 됐을 때의 어려움을 어떻게 견뎌내겠는가 하는 의구심 때문이었다.

그러니까 연구소와 실장이 말한 두 가지 제안을 다 거절해 버린 셈이다. 그러자 연구소에서는 "아니, 다 싫다고 하면 어쩔 거요? 이 박사한테만 연구비를 몰아서 주고 나면 다른 연구원들은 어떡하라고?"라고 했다. 맞는 말이었다. 그런 반응이 나오니 내심 연구소에서 돈 받기는 틀렸다고 생각했다. 그런데도 나는 내 뜻을 굽히지 않았다. 따지고 보면 동복강선의 시장은 대기업보다는 중소기업에 맞는 규모였다. 오히려 중소기업이기 때문에 더 사력을 다할 것이라는 생각이 들었다.

때마침 그 무렵에 ㈜일진의 허진규 사장이 대학친구의 소개로 나를 찾아왔다. 허 사장은 서울대 금속공학과 2년 후배로 알루미늄 주물공장을 경영하고 있던 엔지니어 출신 사장이었다. 그런데 내게 왔다 간 지 한 달이 지나도록 아무 소식이 없는 게 아닌가. 기다리다 못한 내가 친구한테 전화를 해서 "이 사람이 날 장사치로 알고 있나 보다. 지금껏 연락도 없다."라고 불평을 하기도 했다. 그런데 며칠 후 나를 다시 찾아온 허 사장이 진지하게 말했다.

"한 달간 검토하느라 답이 늦었습니다. 죄송합니다. 이제 하겠습니다."

무슨 프로젝트를 하든 굉장히 세밀하게 검토하는 것을 보고 나는 그때부터 허 사장을 신뢰하게 되었다. 이후 이 신뢰감을 바탕으로 각자의 일을 서로 터치하지 않는 사이로 발전했다.

그러나 연구가 진행될수록 점점 부담감이 커져갔다. 그때 내가 받은 스트레스는 내 평생 처음이라고 할 만큼 대단했다. 꿈속에서도 연구를 하는 경우가 허다했다. 세상 사람들이 박사라고 하면 못 하는 것이 없을 줄 알고 나를 믿고 맡겼는데, 만에 하나 실패하는 날이면 일진 돈을 까먹는 것은 물론이고 회사를 망하게 할지도 모를 일이었다.

그러면 자연히 "이동녕 때문에 회사가 망했다."라는 소리가 나돌 것이었다. 그렇게 되면 나는 우리나라에선 못 산다. 내가 엉터리 박사라고 사람들의 놀림감이 될 것이 뻔한데 어떻게 살 수 있겠는가. 그렇게 지도교수의 만류에도 불구하고 귀국을 감행했는데, 결국 미국으로 도망가는 길밖에 없을 것이다. 즉 내가 연구에 성공해서 한국에서 계속 사느냐, 실패해서 미국으로 도망가느냐, 그 기로에 서 있었던 것이다.

KIST 정문에서
바텔연구소 동료와 함께

순수 우리 기술로 개발해낸
동복강선

　일진을 스폰서로 정하고 KIST에서 3천, 일진에서 3천, 총 6천만 원으로 연구를 시작하였다. 그리고 2년 만에 정말 그 돈을 다 바닥내고 나서야 파일럿 플랜트를 세우게 되었다. 연구는 성공했고, 이 공장은 분해되어 영등포에 위치한 회사로 옮겨져 가동됨으로써 성공적으로 소임을 끝냈다.

　특히 내가 자랑하고 싶은 것은 이 파일럿 플랜트가 우리의 기술로 이루어졌다는 사실이다. 시약을 뺀 모든 장치를 자체 개발하여 순수한 우리 기술로만 완성해 낸 것이다. 이러한 사실 때문에 처음에는 기술이 과소평가되기도 했으나, 나중에는 KIST의 성공사례로 꼽히게 되었다.

　우리의 파일럿 플랜트가 성공한 배후에는 여러 공로자들이 있었다. 맨 처음 프로젝트를 제안해 준 산업체의 정보도 중요했고, 일진 같은 좋은 스폰서를 만났다는 점도 성공의 요인이었다. 또한 프로젝트의 책임을 맡은 강일구 박사의 어진 성품과 몸을 아끼지 않고 전념해 준 여러 연구원들(강일구*, 장영원*, 이진형*, 김헌이, 김연덕*, 민병민, 김명옥*, 이만종, 강영웅*: * 표시는 서울대 금속공학과 졸업)의 노력의 결실이었다.

일진의 허진규 사장은 이 연구로 나와 인연을 맺게 되었는데, 그는 정말 탁월한 경영 능력의 소유자였다. 나는 동복강선을 개발하면서도 그것을 탄탈 축전기의 리드선으로만 생각하여 소규모 시장으로 전망했는데, 그는 아직 사용되고 있지 않았던 옥외 전화선이나 송전선의 용도를 착안하여 이미 선행된 시장조사를 통해 훨씬 큰 시장을 예상했던 것이다.

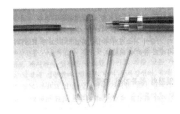

동복강선

물론 파일럿 플랜트 연구가 끝났다고 당장 산업화로 연결되는 것은 아니었다. 당시 우리나라에서는 동복강선을 쓸 데가 없었기 때문에 판매가 제일 큰 문제였다. 그러던 어느 날 신문에 일진이 중동에 100만 달러 가까운 동복강선을 수출하게 되었다는 기사가 났다. 기사를 본 순간 가슴이 철렁했다. '와~ 난 또 죽었다.'라는 생각만 들었다.

그도 그럴 것이 파일럿 플랜트 시험공장과 실제 생산공장과는 규모부터가 다른 것이다. 대략 계산을 해보니 하루 24시간 가동하여 대략 12년쯤 파일럿 플랜트에서 생산할 수 있는 그런 물량이었다. 수출이란 것도 우리나라에서 적어도 5년 정도는 써보고 괜찮으면 그때 해야 하는 것이다. 게다가 100만 달러라니. 공업화 유아기였던 당시 단일품목으로는 최대였을 정도이다. 실제로 공장도 없는 상태에서 수출부터 하게 되었으니, 이러다 회사도 망하고 나도 우리나라에서 못 사는 건 아닌가 하는 생각이 또다시 들 수밖에.

내가 나중에 허 사장에게 "아니, 그때 왜 그런 무모한 결정을 했느냐?"고 물었더니, "처음부터 수출을 하려던 것이 아니라 당시 동복강선의 국제가격을 알기 위해 응찰한 것이 근소한 차이로 최하 가격이 되는 바람에 낙찰까지 되었다."라는 대답이었다.

또 후에 듣기로는 일진으로 낙찰이 되자 영국 기술자들이 영국 대사관을 통해 한국에 조사를 나왔다고 한다. 입찰공고의 제법制法에 영국이 갖고 있는 캔모어 프로세스라 명시되어 있었던 것이다. 일진은 수출보다는 가격이 궁금했기 때문에 제법에 대해 알려고도 하지 않고, 입찰공고 내용과 같게 기록을 했다고 한다. 그것도 모르고 영국에서는 한국에 그 기술을 제공한 적이 없는데 이 방법으로 제조를 한다고 하니 곧바로 조사를 나오게 된 것이다. 조사 결과 우리 공법이 바로 그 프로세스와 같다는 것을 알게 되었다. 그러나 수출국도 수입국도 그 특허가 없었으므로 수출에 아무 문제가 없었고, 덕분에 그 뒤에도 계속 수출할 수 있었다.

나는 수출 기사를 읽고 난 후부터 좌불안석이었다. 사실 공장 생산은 내 책임은 아니지만 그 과제의 뿌리가 내게 있으니 걱정이 안 될 수 없었다. 우선은 첫 단계로 은행 융자를 얻어 신속히 공장을 짓는 것이 시급했다. 땅을 고르고, 공장 건물을 짓고, 장비를 설치하고, 생산을 해서 기일에 맞춰 납품을 해야 하는데 아무리 생각해도 도저히 맞출 수 없을 듯했다.

그런데 확실히 하느님이 있긴 있는 것 같다. 정말로 하느님이 도우셨다. 그 해에 엄청난 홍수로 영등포가 온통 물에 잠겨버린 것이다. 일진의 공장도 영등포에 있었는데 일간신문에 영등포 지역의 홍수 기사가 대대적으로 보도되었다. 다행히 큰 피해는 없었으나 그 신문기사를 중동국으로 보내 자연재해 때문이니 기일을 연기해 줄 것을 요구했다.

그쪽에서는 대사관에 가서 사인을 받으라고 했다고 한다. 당시 서울에 대홍수가 났다는 것은 기사를 통해 만인이 다 아는 사실이어서 굳이 사람이 직접 와서 확인해 볼 필요가 없었다. 그 때문에 직접 와보지도 않고 사인을 해줬고, 덕분에 납기가 연장되어 페널티 없이 수출을 할 수 있었다는 것이다.

그러니 이건 정말 하나님이 살려주셨다 해도 과언이 아니다. 회사는 회사대로 나는 나대로 살 수 있게 되었다. 은행 융자 건도 박정희 대통령 시절에는 외국에 수출하는 기술이라 하면 세계화된 기술이라 해서 은행에서 100퍼센트 융자를 해줘 원만히 해결되었다.

그래도 나는 공장이 완공되고 생산을 시작해 수출을 마쳤다는 소식을 듣고 나서야 비로소 안도했다. 이 과제의 공장화에 참여한 기술자들, 특히 기술 담당 책임자였던 김명옥(서울대 금속과 1966년 졸업) 씨의 노력에 찬사를 보낸다. 이분은 파일럿 플랜트 연구비 출연 업체인 ㈜일진공업의 부장으로 파일럿 플랜트 연구의 마지막 단계에 참여했다.

기초실험에서 시작하여 공장 생산한 첫 제품을 수출한 것은 동복강선이 처음일 것이다. KIST는 연구비 지출에 대한 대가로 일진으로부터 15년간 기술료를 받았다. 나 역시 동복강선의 연구를 통하여 '구리전착층의 우선방위형성'에 대한 고유의 이론도 얻게 되었고, 이 이론을 기초로 하여 더욱 더 발전된 '전착층과 증착층의 우선방위, 조직, 표면형상물성'의 이론을 만들 수 있었으니 학문적 소득도 컸다.

KIST 재직시절

서울대학교와의
소중한 인연

40여 년 교수생활의 첫발을 떼다 | 스승으로서의 보람과 기쁨 | 잊지 못할 제자들
| 우리나라 최초의 민간기증 연구동 '신소재공동연구소' | 진정한 산학협동이란

40여 년 교수생활의
첫발을 떼다

　1974년 10월 나는 파일럿 플랜트 연구 도중에 서울공대로 자리를 옮기게 되었다. 그러나 수업이 없는 시간은 거의 KIST에서 지냈다. 다행히 서울공대가 현재 서울산업대학교가 위치한 자리에 있었기 때문에 KIST와 가까워서 편리했다.

　그런데 내가 우리나라에서 여러 가지로 가장 처우가 좋았던 KIST를 그만두고 서울대로 오게 된 데에는 웃지 못할 에피소드가 있다. 내게 미국 유학을 오라고 권유했던 친구가 귀국하여 고려대 교수로 재직하고 있을 때였다. 하루는 우연찮게 그 친구와 나, 그리고 은사이신 박평주 교수님이 같은 회의에 참석하게 되었다. 브리핑을 듣고 잠시 쉬는 시간이었는데 맨숭맨숭 앉아 있기가 좀 그래서 무슨 말이든 꺼내야 할 것 같았다. 그때 친구를 향해 불쑥 나온 말이 "나 취직 좀 시켜줘."였다.

　그러자 의외라는 듯 고개를 갸우뚱하던 친구가 은사님에게 "동녕

이 취직 좀 시켜주세요."라고 농담 반 진담 반으로 말했다. 그 말에 은사님이 다시 나를 보시고는 "자네, 정말인가?" 하고 되물으셨다. 그 순간 '아, 이게 아닌데…' 싶었지만 그렇다고 은사님에게 "아뇨, 장난입니다."라는 말은 차마 할 수가 없어 그냥 "네."라고 해버렸다.

지금 젊은 세대들로서는 잘 이해되지 않는 일일 것이다. 그러나 나는 어릴 때부터 유교사상이 뿌리 깊게 자리 잡고 있어서 은사님에게 약속한 것을 번복할 수 없었다. 그랬더니 은사님이 "그렇지 않아도 서울대에서 교수를 한 사람 데려오려고 했는데 마침 잘됐네."라고 하시는 것이 아닌가.

나는 교수님 얘기를 듣고 머리를 세게 한 대 얻어맞은 느낌이었다. 서울대 월급은 잘 모르지만 KIST보다 적을 것은 분명했다. 연구를 하느냐 못 하느냐의 문제가 아니라 동생들 교육부터 가족들을 부양해야 하는 나로서는 정말 큰일이었다. 게다가 KIST에서는 사택에 살고 있던 터라 서울대로 옮기게 되면 집도 절도 없는 신세가 될 상황이었다. 야단이 나도 아주 크게 났다. 아니, 우리나라에서 제일 좋다는 KIST에 다니는 사람이 취직 좀 시켜달라는 게 말이 되는 일인가 말이다.

이러지도 저러지도 못하고 있는데 며칠 안 돼 서울대에서 "당장 강사로 나오라."는 연락을 받았다. 할 수 없이 나가기는 했는데 서류를 내라는 말이 전혀 없었다. 그때가 마침 KIST와도 근무연장을 해야 할 때여서, 나는 학교에서 아무 말 없는 것이 차라리 잘된 일이라고 생각했다. 덕분에 KIST 측에 사인을 하고 1년 더 있게 되었다.

나중에 알고 보니 대학에서는 4월과 10월, 1년에 두 번만 교수를 뽑는 것이었다.

내가 서울대로 옮긴다는 소식을 들은 선생님 한 분은 "너 대학 가면 죽는다."라는 말씀까지 하시면서 만류하셨다. 그러나 이왕 가기로 마음을 정하고 나서는 좋은 쪽으로만 생각하기로 했다. 그래서 "선생님, 공부하는 사람이 무슨 권력이 있습니까? 돈을 법니까? 그래도 서울대학은 학생들이 우수하지 않습니까?"라고 대답하니 다시는 그런 말씀을 안 꺼내셨다. 그만큼 그 당시 대학 환경이 열악했던 것이다.

지금 생각해봐도 도대체 그때 내가 왜 취직 얘기를 꺼냈는지 그 정확한 이유를 모르겠다. 아마도 잠재의식 속에 KIST에서 관리직인 실장이 되면 더 이상 연구를 못 하는 건 아닌가 하는 걱정이 자리 잡고 있었던 듯싶다.

귀국 후 KIST의 최형섭 소장님께 인사를 드리러 갔을 때 "여기서는 박사학위 후 5년 정도 지나면 실장이 된다."라는 소장님 말씀이 기억에 남아 있었다. 실제로도 KIST에서 죽 지내면서 실장들이 하는 일을 보니까 '난 실장 되면 안 되겠다.'는 생각이 깊어졌다. 이건 완전히 관리직인 데다 자연히 정치적인 사람이 되어 빨리 승진한다든지 하는 것에만 관심을 갖게 되는 것 같았다. 또 실장이 되면 연구비 확보를 위한 노력에 대부분의 시간을 써야 했기 때문에 학자로서 연구에만 전념하기 어려웠다.

나는 특히 어릴 때부터 "누구든지 정치에 발을 디뎌놓으면 빠져나오지 못한다."라는 어른들 말씀을 들으며 자란 터라, 감투 쓰고 그런 것들을 무척 싫어했다. 고생고생해서 공부했으면 연구 쪽에서 그 실력을 발휘해야지, 무슨 벼슬처럼 자리에 집착하면 안 된다는 생각이 내 머릿속에 박혀 있었던 것이다. 그때가 KIST에서 3년 조금 넘었을 때였으니, 얼마 안 가 나도 실장이 되는 건 아닌가 하는 걱정 때문에 무의식중에 취직 얘기를 꺼낸 게 아닌가 싶다.

정작 대학으로 옮겨오고 나니 어려움이 불 보듯 뻔했다. 첫 월급을 받았는데 조교수 월급이 KIST의 절반인 5만 원이었다. 그 무렵 한창 반포아파트가 지어지고 있었다. 서울대학교 교수용으로도 몇 채가 배당되었다. KIST를 그만두면 더 이상 사택에서 살 수 없으므로 무엇보다 집을 마련하는 일이 급선무였다. 아직 서울대에서 정식 발령을 받지 않은 때여서 일단 다른 교수 명의로 분양을 받았다. 그러나 정작 분양대금을 치를 돈도 없어서 할 수 없이 누이동생의 시가에서 돈을 반쯤 빌려 발령이 나자마자 정식으로 집을 사게 되었다.

그때 집사람이 고생을 무척 많이 했다. 시동생들에다 애들 뒷바라지까지 굉장히 어렵게 살았다. 10년 동안 한 번도 일반 음식점(외식)을 가본 적이 없을 정도이다. 그렇게 돈을 안 쓰고 모아서 10년 만에 누이동생에게 빌린 돈도 다 갚고 대출금도 갚았다. 그 사이 집값이 오르니까 갚아야 할 지분도 늘어나 따지고 보면 동생한테 꽤 높은 이자를 준 셈이다. 오빠로서 동생한테 피해를 안 주게 되어 정말 다행이란 생각이 들었다.

대학의 연구 환경은 생각보다 훨씬 열악했다. 1974년 내가 대학교수로 왔을 때는 연구비가 1년에 100만 원이었다. 기초연구비 기본이 5백만 원이었던 KIST의 5분의 1 수준이었다. 우리나라의 최우수 학생을 확보하고도 학생들의 두뇌를 활용할 수 있는 환경이 전혀 마련되지 않았다는 것은 정말 기막힌 일이었다. 그래도 내가 학교에 오고 난 후부터는 굉장히 빠른 속도로 발전했다. 처우나 환경은 연구소에 비해 안 좋아도, 재직 중에 하고 싶은 연구를 맘껏 할 수 있어 그것이 무엇보다 좋았다.

1979년 공대 관악캠퍼스 이전 직전에 가족들과 공릉동 정문 앞에서

스승으로서의 보람과 기쁨

대학에 처음 오니까 나한테 재료강도학과 소성가공학을 맡아달라고 했다. 두 가지 다 내게는 생소한 분야였다. 내가 대학 다닐 때는 강도학이란 말은 쓰지도 않았고, 미국에 유학 갔을 때도 이쪽 공부는 전혀 안 했다. 그래서 밤 12시까지 순전히 독학으로 공부를 하기 시작했다. 결국 교수가 되고 나서 강도학과 가공학을 본격적으로 정리하기 시작하여 지금은 거의 정비가 되어 있는 상태이다.

쉽게 풀이하면 소성가공학은 압연·압출처럼 힘을 가해서 원하는 형태로 만드는 모든 것을 말하고, 재료강도학은 주로 재료가 얼마나 강한가를 알아내는 것이다. 즉 재료의 강도를 알아야 얼마큼의 힘을 줘서 소성가공을 할 수 있는지 알 수 있는 것이다. 적어도 재료과에서 강도학이다, 소성가공학이다 하면 처음은 금속강도학−재료강도학−소성가공학 순서이다. 외부에서 가했던 힘이 없어지면 제자리로 되돌아가는 탄성彈性에 비해 소성塑性은 제자리로 돌아가지 않고 영구 변형되는 것이다.

재밌는 것이 요즘 학생들은 한문공부를 안 하기 때문에, 塑性이란 한자를 잘 모른다. 그래서 85년에 주로 한문을 섞어 썼던『塑性加工學』책을 학생들이 너무 어려워해서, 나중에는 한글로 바꿔 재출간했던 기억이 있다. 그러고 보면 내가 서울대에서 이 분야를 제일 처음으로 가르친 셈이고 우리나라에서 처음으로 개척한 셈이다.

서울대에서의 생활도 익숙해질 무렵 한 4학년 학생이 나를 찾아왔다.

"교수님, 장학금을 받을 수 있다면 대학원에 진학하고 싶습니다."

나는 바로 "알았다."고 대답했다. 내가 학생 때 경제적 문제로 대학원 진학을 두고 고민한 적이 있었던 터라, 재능이 있는 학생이 돈 때문에 공부를 못 하는 것을 그냥 지켜보고 있을 수만은 없었다. 어떻게든 이 학생의 뜻이 이루어지도록 돕고 싶었다. 그리고 이것이 바로 교수로서의 의무이자 책임이라고 생각했다.

그 일이 있고 1주일쯤 후 1976년 초가을이었던 것으로 기억한다. 앞서 언급한 동복강선의 산업화에 성공한 일진의 허진규 사장이, 전자기기의 부품인 인쇄회로기판印刷回路基板을 만들 때 쓰이는 동박銅箔 개발을 의뢰해 왔다. 동박은 구리 같은 것을 아주 얇은 종이처럼 만드는 것이다.

그런데 마침 허 사장과 나를 찾아온 학생이 같은 고등학교 출신이었다. 그래서 내가 이러이러한 학생이 있는데 허 사장 후배이기도 하니, 그 학생이 졸업할 때까지 생활비하고 연구비를 따로 얼마씩 지원해 달라고 제안했다. 일진도 그 사이 쑥 성장해서 학생 한 명쯤 후원해 주는 것은 어려운 일이 아니었다. 내 제안대로 연구비와는 별도로 연구를 수행할 대학원생의 등록금과 생활비 지급을 조건으로 연구 계약을 했다.

처음에는 그 학생의 석사학위 논문을 6개월 안에 끝마칠 수 있게 해달라는 것을 내가 강경하게 안 된다고 했다. 적어도 실험하고 연구하는 학생은 2년 정도 걸려야 하므로, 2년 동안 공부를 할 수 있게 후원해 달라고 했다. 허 사장이 수락한 덕분에 그 학생은 대학원에 진학할 수 있었고, 동박 개발 과제는 그 학생의 석사학위 논문 과제가 되었다.

동박

인쇄회로기판용 동박

그런데 6개월 안에 해달라던 허 사장이 2년이 지났는데도 감감무소식이었다. 이후 보고서를 받고 난 후에도 아무 말이 없는 게 아닌가. 나중에 알고 보니 회사에서 아직까지 우리나라에서는 동박을 사용하기 이르다는 결론이 난 상태라고 했다.

연구결과는 산업화를 평가하는 데 귀중한 자료가 된다. 산업화에는 기술뿐만 아니라 시장성이 있어야 한다. 연구를 통하여 기술 내용뿐만 아니라 산업화에 필요한 비용을 계산할 수 있고, 투자비와 시장을 알면 산업화 여부가 결정된다. 회사에서 산업화를 검토한 결과 산업화는 시기상조라는 결론을 얻게 된 것이다.

연구자는 물론 자신의 연구결과가 산업화되기를 희망하지만, 산업화를 시도했다가 시장성이 없어 실패로 끝나기보다는 처음부터 시도하지 않는 것이 더 나을 수도 있다. 이후 그 학생은 석사학위를 취득하고 일진에 취업을 하게 되었다.

그런데 이번에는 학생에게 동박 대신 섬유공장에서 사용되는 고속 실패인 보빈Bobbin[1]의 개발과제가 주어졌다. 옛날에는 우리나라 공업 중 제일 규모가 큰 것이 섬유공장이었다. 섬유공장을 보면 실을 감는 데 쓰는 통 모양의 실패가 있는데, 그것을 보빈이라고 한다. 그 당시 보빈은 알루미늄 합금으로 만들었고, 전량 일본에서 수입되고 있었다. 몇몇 알루미늄 가공업체에서 몇 년 동안 개발하려고 하다가 모두 포기했다고 한다. 그 사실을 안 일진에서 학생에게 보빈 개발을 명한 것이다.

이 학생은 보빈의 개발연구 과정에서 알루미늄의 각종 가공 순서나 가공 정도 등의 많은 부분을 대학에서 연구하여 수행했다. 정말

---

1. 합성섬유 원사를 감는 보빈은 고속회전 시 진동이 없고 내구도를 유지해야 하는 등 정밀기계 가공기술이 요구된다. 당시 박사과정이었던 김윤근 학생이 중심이 되어 국내에서 최초로 개발된 특수 알루미늄과 스틸로 만든 보빈은 국내 공급은 물론 일본, 대만, 인도 등지에서 호평 받고 있다.

열심이었다. 결국 착수 1년 만에 보빈 생산 공장이 탄생했다. 이로써 보빈 국산화가 이루어졌을 뿐만 아니라 일본에 수출까지 하게 되었다. 이때 탄생한 회사가 〈일진경금속〉이다. 그 후에는 학생에게 복합판재의 제조와 판금성형에 관한 과제가 주어졌다.

이 무렵 우리나라의 주 수입품은 키친웨어Kitchenware(주방용품)였다. 부엌에서 쓰는 냄비 등을 성형할 때 스테인리스강/알루미늄/스테인리스강 3중으로 되어 있는 판을 수입하여 그것을 가지고 찍어서 만들었다.

이 학생은 원래 석사학위를 받은 후 박사학위 입학시험에도 합격했는데 학교에는 휴학계를 내놓고 일진에 취업한 상태였다. 회사에는 그런 사실을 말하지 않고 있다가 보빈 공장이 다 지어지고 나서야 학교에 보내 달라고 요청했다. 보빈 개발의 업적을 인정받아 그의 요청이 받아들여졌고, 회사에서 새롭게 준 과제를 박사과정 과제로 삼고 연구에 열중하게 되었다. 이후 3년 반 동안 '스테인리스강/알루미늄/스테인리스강 복합판재의 제조와 판금성형성'에 대한 연구로 박사학위를 취득하고 회사에 복귀했다.

보빈

제자의 성공을 지켜보는 것처럼 선생으로서 보람과 기쁨을 느낄 때도 없다. 더욱이 남들보다 열악한 상황에서도 좌절하지 않고 자신의 자리에서 최선을 다한 제자라면 더 그렇다. 이로써 내가 KIST를 박차고 나와 대학으로 자리를 옮긴 것이 꼭 미친 짓만은 아니었다는 것을 증명한 셈이랄까.

잊지 못할 제자들

대학의 역할을 흔히 '교육', '연구', '사회봉사'로 대별하지만 나는 그중에서 '교육'이 가장 중요하다고 생각한다. 이는 제자들이 사회에서 훌륭한 역할을 하고 있는 것을 볼수록 더욱 확고해진다. 나를 거쳐 간 수많은 제자 중에는 공대 진학을 후회한다고 넋두리한 사람도 있고, 운동권 출신 학생도 있고, 박사과정 20년 만에 학위를 취득한 사람도 있다.

일진에서는 이 무렵 동박의 시장성이 있는 것으로 판단되어 비밀리에 동박의 파일럿 플랜트 연구를 시작했다. 약 3년에 걸친 연구가 성공함에 따라 1989년 익산에 덕산금속(뒤에 일진소재공업주식회사로 개명)이 설립되었다. 덕산은 1989년 처음으로 동박 생산에 들어가 89억 원의 매출 실적을 올렸고, 이로써 우리나라도 동박 제조국이 되었다.
1993년 256억 원, 그로부터 10년이 지난 2003년의 매출이

1,400여 억 원으로 빠른 성장을 해왔다. 동박은 전자공업이 발달할수록 그 수요가 증가하게 되어 있다. 덕산금속의 탄생으로 동박의 수입가가 4.3달러에서 2.7달러로 떨어졌다고 하니 덕산은 우리나라의 전자공업 발전에 큰 기여를 했다고도 할 수 있다.

이같이 훌륭한 일을 한 김윤근 박사는 이제 ㈜일진소재공업의 대표이사이다. 그는 가난한 시골학생으로서 일진의 후원으로 박사학위까지 취득하고 일진그룹 내의 두 회사(일진경금속·덕산금속)의 창설에 기술적 이바지를 하였다. 그 결과 일진 그룹에서 1992년 창설한 일진대상日進大賞의 첫 수상자가 되었고, 같은 해 한국경제신문 주최 '다산상'의 기술상, 뒤에 대한금속·재료학회의 기술상 등을 수상했다. 또 2016년에는 공학한림원의 대상을 수상했다.

이에는 뒷이야기가 있는데, 내가 '다산상'의 심사위원 중 한 사람으로 위촉되었을 때 나는 수상 후보자 중에 제자인 김윤근 박사가 있는 것을 보고 심사위원직을 사양했었다. 그러나 주최 측에서는 나를 객관적으로 판단할 사람이라고 믿고, 내 사양을 받아들이지 않았다. 결국 나는 그의 업적에 대해 아무런 발언도 하지 않았다. 그가 수상자로 선정된 후에야 "김 박사는 고매하신 심사위원님들의 명성에 누를 끼치지 않을 사람임을 확실히 말씀드릴 수 있습니다."라고만 말했을 뿐이다.

그는 빛나는 업적만큼 고생도 많이 했다. 동박의 공장생산화 초기 단계에 있던 어느 날이었다. 그가 갑자기 나를 찾아와 "교수님, 공과대학에 온 것이 후회스럽기도 합니다."라고 넋두리를 했다. 얼마나 책임이 무겁고 고생이 심했으면 이런 말을 할까 하는 생각이 들어

안쓰러웠다. 나는 "김 박사같이 기초 실험에서 공장 생산까지의 일을 자기 책임하에 할 수 있는 기회를 가진 운 좋은 엔지니어가 이 세상에서 몇이나 되겠나?"라고 위로했다. "힘든 일일수록 지나고 나면 더욱더 보람을 느끼는 법"이라는 말도 덧붙여 주었다.

동박과 관련된 또 한 제자가 있다. 그의 이름은 양점식이다. 양 군은 소위 운동권학생이었다. 공과대학 학생회장에 당선된 지 얼마 되지 않아 민주화 시위와 관련하여 무기정학 처분을 받았다. 그는 정학된 상태로 군 입대를 하게 되었으나 제대 얼마 후 정학에서 풀려났다.

그렇지만 집안이 워낙 가난하여 복학을 할 수 없었다. 당시 양 군의 학사과정 지도교수는 서울대 부총장을 지낸 김상주 교수였는데, 김 교수가 허 회장에게 부탁하여 일진의 장학금으로 남은 2년간의 대학과정을 마칠 수 있었다.

졸업 후에는 덕산금속에 취직하여 동박 제조 초창기의 어려운 시점에서 5년간 많은 기여를 했다. 그 후 회사에서 대학원에 보내주어 나의 지도하에 동박 관련 연구로 석사학위를 취득하였다. 그의 연구는 덕산과 상공부의 연구비 지원으로 이루어졌고, 이후 그의 연구 결과는 덕산에서 공장생산에 활용되고 있다.

잊을 수 없는 또 한 명은 박사학위 과정의 학점을 모두 취득한 후 회사의 중요한 과제를 수행하기 위해 학업을 일시 중단했다가 20년 가까운 세월이 흐른 2003년 8월에야 박사학위를 취득하게 된 학생이다. ㈜일진다이아몬드의 기술본부장 겸 일진나노텍의 대표이사인 신택중 박사가 그 주인공이다.

그는 우리나라를 세계 제3의 인조 다이아몬드 생산국으로 만든 최고의 기술자이며 학자이다. 더욱이 그는 인조 다이아몬드의 기초 실험에서 생산에 이르기까지 핵심 역할을 했다. 박사 졸업생 사은회에서 나는 그에게 다음과 같은 축하 말을 할 수 있어서 무한히 기뻤다.

"여기에 너무 일찍 학위를 받는 한 사람이 있다. 한 학기 후면 박사과정 20년 만에 학위를 취득할 수 있게 되는데⋯."

내가 KIST에서 서울대로 자리를 옮겼을 당시에는 학사과정에 매년 30명이 입학하고 졸업했다. 그 졸업생 중 가장 우수한 학생 10여 명만이 석사과정에 입학했다. 이 학생들 중에서도 2명 정도만 석사학위를 취득하고, 나머지는 대부분 도중에 외국 유학을 떠났다. 그 때문에 우선 대학원에 입학하는 학생으로 하여금 서울대학교에서 학위를 취득할 수 있도록 유도할 필요가 있었다.

과 교수회의의 결정을 거쳐 1975년부터 대학원 입학생은 도중에 유학을 가지 않겠다는 다짐을 받고 입학을 시켰다. 교수와 학생 모두 최선을 다한 것이다. 그 덕분에 2년 후 많은 석사를 배출할 수 있었고, 석사학위 취득자 대부분이 미국 대학에서 장학금을 받고 박사과정에 진학했다. 박사과정의 정상화는 시간이 조금 더 걸렸지만, 이제 우리 재료공학부의 연구 실적은 세계의 선두군에 속할 만큼 발전했다.

내 지도하에 55명의 박사와 85명의 석사가 탄생했다. 이들과 함께 호흡하고 이야기하고 논의하고 고뇌하는 것은 정말 행복한 일이다. 이들은 나를 끝없는 학문의 세계로 밀어 넣는다. 이들은 모두 내 제자이면서 내 스승이다. 나는 이들을 통해 많은 것을 배웠고, 지금도 내가 가장 두려워하는 존재들이다.

금속공학과 교수 재직시절 제자들과 함께

(좌) 1995년 훌륭한 공대교수상 시상식에서 수상소감 낭독
(우) 2003년 89명의 제자들이 모여 『이동녕 교수님 정년퇴임 기념』 서적 발간

우리나라 최초의 민간기증 연구동
'신소재공동연구소'

우리나라의 공업화를 위하여 재료연구의 중요성이 인식되자, 1987년 문교부의 요청으로 서울대학교 내에 신소재공동연구소新素材 共同研究所를 설립하게 되었다.

우선 연구용 건물이 필요했다. 그러나 국가 지원이 쉽지 않을 것으로 판단돼 기업체로부터 기증을 받자는 의견이 나왔다. 그런데 이 또한 간단한 문제가 아니었다. 대학이 기업체로부터 건물을 기증받을 경우 그 기업체가 부각될 것인데, 그에 걸맞은 부끄럽지 않은 기업이라야 대학으로부터의 거부반응이 없을 것이기 때문이다.

나는 일진을 생각했다. 일진은 첫째로 소재 산업체이고, 둘째로 외국에서 기술 도입을 한 것이 아니라 전부 국내에서 개발한 것이고, 셋째로 사장이 서울대학교 금속공학과 출신이라서 후배들이 자랑스럽게 생각할 수 있을 것이고, 마지막으로 비즈니스를 하려면 정치세력과 결탁하는 경우가 많은데 전혀 그렇지 않은 회사였다. 일진에서 맡게 되면 정말 깨끗한 돈에 깨끗한 기술에 안성맞춤일 것 같았다. 그런데 문제는 너무 알려지지 않은 회사여서 대학에서 허락을 하겠느냐는 점이었다. 하루는 내가 교수 휴게실에서 슬쩍 떠보았다.

"일진은 어떻겠습니까?"
"좋기는 하지만 일진이 한창 성장하고 있는 회사인데 너무 미안한 일 아닙니까?"

주위 교수들의 반응에 고무되어 나는 국제회의 참석차 출국하기 전날, 일진의 허 사장을 찾아가 건물 기증 의사를 타진했다.

"우리 대학에 신소재연구소가 생기는데 연구동이 없다. 혹시 일진에서 기증할 수 없겠느냐?"
"긍정적으로 검토해보겠습니다."

아무한테도 얘기하지 않고 나는 그 다음날 국제학술회의에 참석하기 위해 스웨덴으로 떠났다. 약 일주일 후 귀국해서 혹시 일진에서 무슨 연락이 없었느냐고 물어봤는데, 아무 연락이 없었다고 했다. 곧바로 허 사장에게 전화를 걸어 결심을 했느냐고 물었다. 허 사장은 3일 뒤에 학교로 찾아오겠다고만 했다. 3일 뒤 학교를 찾은 허 사장이 내게 말했다.

"일진에서 기증하겠습니다."

마침내 내가 말을 꺼낸 것이 실현된 것이다.

그 당시 일진이라는 회사를 알고 있는 사람은 많지 않았다. 중소기업의 때를 막 벗을 정도의 규모여서 1,500평 건물을 지어 아무 조건 없이 기증한다는 것은 매우 놀라운 일이었다. 이후 일진은 금세 유명해졌다. 언론에서도 상당한 관심을 갖고 보도한 덕분에 일진으로서는 회사 홍보도 저절로 된 셈이다. 일례로 서울대에 건물을 기증한 회사 제품이라면 믿을 수 있다 하여 대기업에서 일진의 동박 제품을 사가기도 했다는 것이다.

일의 추진을 위해 1988년 9월 나는 신소재공동연구소 초대 소장으로 취임하였다. 학교 측에서 이 교수가 일을 저질렀으니 책임도 이 교수가 지라며 연구소 소장직을 맡긴 것이다. 사실 나는 학자로서의 수명이 끊어질까 봐 소장직은 맡고 싶지 않았다. 그래서 소장직을 수락하기 전에 잘 알고 지내던 반도체공동연구소 소장을 찾아가 "여기에 시간을 얼마나 쏟느냐?"고 물어보기도 했다. 그의 말로는 자기 시간의 90~95%를 쏟는다고 했다.
그 얘기를 듣고는 아무래도 안 되겠다 싶어 거절하려 했는데, 학교 측 말도 일리가 있어 결국 6년간 소장직을 맡게 되었다. 대신 100% 내 시간을 쏟았다가는 학자로서의 수명이 끝나고 말 것 같아 운영부장 제도를 만들었다. 운영부장이 관리직 일의 상당부분을 하게 한 것이다.
1989년 기공식을 갖고 1년 만인 1990년 7월, 1,500평 규모의 아름다운 건물이 서울대학교 관악캠퍼스의 명당에 자리하게 되었다. 무엇보다 우리 대학 금속과 출신이 회장으로 있고, 소재 산업체로서 국내 기술을 바탕으로 하여 성장한 일진그룹이 건물을 지어 서울대 에 기증함으로써 더욱 뜻깊은 일이었다. 이렇게 해서 관악캠퍼스의 명당에 연구소 건물인 131동이 자리 잡게 되었다.

우리나라 국립대학 최초로 민간이 기증한 연구동인 이 기념관은 재료 연구를 활성화했을 뿐만 아니라 다른 분야 연구소 설립까지 촉 발해, 그 후 기업체에서 기증한 연구동이 서울대 캠퍼스에 많이 들 어서게 되었다.

신소재공동연구소 연구동 준공기념 간친회에서 조완규 전 서울대 총장(좌), 허진규 일진그룹 회장(우)과

신소재공동연구소는 우리 대학에도 상당히 많은 도움을 주었다. 당시 정부(과학기술처)에서 우수연구센터를 설립해 연구비를 각 센터에 지원하기로 했는데, 5개 이상 대학과 연구원 25명 이상이 참여한다 는 조건이었다. 만약 선정이 되면 1년에 6억 원을 지원받을 수 있었 다. 바로 우리 대학의 신소재공동연구소가 산학협동의 모델이 되어 서 9년간 정부의 지원을 받게 되었다. 그 지원이 끝났을 때는 국가 지정연구실 프로그램이 생겼는데 그것 역시 받게 되었다.

1990년, 신소재 박막가공 및 결정성장 연구센터
ERC지정 현판식

　6년간 소장직을 맡으면서 재밌는 일화들도 많았다. 한 번은 유럽
회사인 필립스에서 100만 달러짜리 전자현미경이 있는데 서울대학
교에겐 50만 달러에 주겠다는 오퍼가 들어왔다. 서울대에서 자기네
장비를 갖고 있다고 소문나면 다른 대학에도 팔 수 있으리란 속셈이
었을 것이다. 우리 대학에도 전자현미경이 있었지만 필립스의 장비
는 차세대 현미경이라 불리는 것이라서 꼭 구입하고 싶었다.

　이번에도 문제는 돈이었다. 나는 궁리 끝에 대전에 있는 과학재
단을 찾아가 재단 이사장에게 "우리 센터에 그 장비가 필수적이어
서 꼭 샀으면 좋겠다."라고 단도직입적으로 말했다. 이사장은 "금년
에는 예산이 모두 결정됐기 때문에 안 되고 내년에 긍정적으로 검토
하겠다."라고 대답했다. 그런데 나는 학교로 돌아오자마자 필립스에
연락해서 사겠다고 통보를 해버렸다. 단 장비가 금년이 아닌 내년에
들어와야 한다는 조건을 붙였다. 1월 1일이 되자마자 장비가 부산항

에 도착했다는 연락이 왔다. 대학본부에서는 나한테 매일 전화해서 장비를 빨리 찾아오라 재촉했다. 하지만 연구소에 돈이 있을 리 없었다.

나로서는 구두약속도 약속이니까 긍정적으로 검토해 보겠다는 이사장 말만 믿고 덜컥 일을 저질러 놓았는데, 새해가 되면서 과학재단의 이사장 제도가 사무총장 제도로 바뀌는 바람에 일이 꼬여버린 것이다. 아무리 기다려도 재단에서 돈을 지원해 주겠다는 연락이 오지 않았다. 시간이 갈수록 초조해져서 '집이라도 팔아야 하나?' 하는 생각까지 들었다. 집을 판다 해도 50만 달러는 어림도 없는 일이었다.

그러던 중 당시 과기처장관이 서울대로 우리 센터를 보기 위해 온다는 소식을 듣게 되었다. 나는 바로 '이거다!' 했다. 과기처장관에게 산학협동과 우리 연구소에 대한 브리핑을 마치고 나서 나는 뜬금없이 "우리 센터에 주요한 장비인 전자현미경을 사주셔서 대단히 감사합니다."라고 큰 소리로 말했다. 당연히 무슨 영문인지 알 수 없던 과기처 측에서 수소문을 했을 것이고, 과학재단에 연락을 했을 것이다. 아니나 다를까, 얼마 안 가 과학재단 사무총장 측으로부터, 나에게 직접 내려와 어떻게 된 일인지 설명하라는 전화가 걸려왔다.

그 즉시 나와 교수 한 명은 대전으로 달려가 "이런 장비는 우리 센터에 대단히 중요한 것이고, 이런 장비를 갖고 있는 대학이 한 곳도 없습니다. 그래서 전 이사장님 말씀만 믿고 일을 저질러 버렸습니다."라고 솔직하게 말했다. 내 얘기를 어이없다는 표정으로 듣고 있던 사무총장이 그제야 "할 수 없지요. 장비가 이미 한국에 와 있는데 어떡합니까?"라고 대답했다. 그 다음 날로 바로 50만 달러가 입금되었고, 우리 센터는 마침내 전자현미경을 갖게 되었다.

아무래도 신소재공동연구소가 명당 중의 명당임에 틀림없는 듯했다. 기공식 때에도 일진 회장, 부회장이 아침 일찍부터 도착해서 돼지머리를 놓고 고사를 지낼 만큼 회사 측에서도 정성을 다했다. 나역시 그들과 함께 절하면서 진심으로 이 연구소가 잘되기를 기원했다. 나는 우리 연구소에 최선을 다하는 일진이 너무 고마워서 어떻게 보답할지 궁리하다가, 건물 로비에 부조를 만들고 기념관 이름에 '덕명'이란 허진규 회장의 아호를 넣었다. 초창기에 비하면 지금은 연구소를 이용하는 회사들도 많아져 하루가 다르게 성장하고 발전하고 있으니, 그 점이 가장 뿌듯하다.

2017년, 신소재공동연구소 전경

진정한 산학협동이란

일진의 예가 산학협동의 바람직한 본보기로 보일지 모르지만, 대학이 어느 업체의 과제에 매달리는 것에 대해 부정적인 시각이 없지 않음도 사실이다. 정부로부터 만족할 만한 연구비 지원이 있었다면 나도 굳이 산업체의 연구과제를 수행하지 않았을지도 모른다. 20년 전 연구소에서 대학으로 자리를 옮길 당시에는 대학의 연구 환경이 너무 열악하여 학자로서의 수명을 잃을까 봐 걱정하는 사람도 있었다. 이 걱정이 기우가 되게끔 항상 노력해 왔다.

연구의 요건으로 인력, 연구설비, 연구비를 들 수 있는데 나는 그 중에서도 '인력'이 가장 중요하다고 생각한다. 서울대학교는 우선 우수한 인력을 갖고 있어서 아주 유리한 자리를 차지하고 있는 셈이다. 그러나 우리의 우수한 학생을 실제로 연구인력으로 활용하려면, 김윤근 학생이나 양점식 학생의 경우처럼 연구할 수 있는 여건부터 만들어 주어야 한다.

정부의 지원이 미미한 상황에서 대학원생의 장학금을 포함한 연구비를 확보하기 위해 산업체로부터 연구비 지원을 받아왔다. 사실 이는 지원보다는 산학협동이란 표현이 더 옳다. 연구를 통하여 산학 양쪽이 도움을 받기 때문이다.

　　나는 지금까지 55명의 박사와 85명의 석사를 배출했다. 이것이 가능했던 것은 산학협동에 힘입은 바 크다. 우리의 연구결과는 산업체에 도움이 되었을 뿐 아니라, 연구과정 중 필연적으로 발견되는 미해결 자연현상을 규명함으로써 학술적 논문도 얻게 되어 산학 양쪽에 도움이 되었다고 생각한다. 만일 한쪽만이 이득을 취했다면 진정한 산학협동이라 할 수 없고, 지속적인 산학협동 또한 어렵게 될 것이다.

　　오늘날과 같이 국제경쟁이 치열한 상황에서 유리한 고지를 점유하고 있는, 우리보다 산업화에 앞선 나라와 경쟁하려면 그들보다 연구비의 산업화 효율을 높이지 않으면 안 된다. 그러기 위해서는 연구과제의 선택이 매우 중요하다. 이러한 연구과제를 찾는 데 학계와 산업계 사이의 정보교류가 큰 도움이 된다. 대학에서는 학술지를 통하여 세계의 앞서가는 연구내용을 접하고, 산업체는 산업화 가능성이 높은 과제가 어떤 것이 있는지를 더 잘 알 수 있다. 우선 산업화 가능성이 높은 과제를 산업체의 의뢰로 학계에서 연구하되, 최고 수준의 연구수단을 동원하여 학술적인 기여도 할 수 있다면 이상적이다. 그러나 이렇게 하는 것이 생각처럼 쉬운 일은 아니다. 산학 양쪽이 이러한 필요성을 인식하고 협조하는 자세가 필요하다.

산학협동을 성공적으로 이끌기 위해서는 대학의 입장에서는 동복 강선의 예처럼 산업체의 선정에서부터 신중해야 한다. 연구계획의 규모와 시장규모, 회사규모, 생산규모, 회사 인력의 능력 등 여러 가지를 고려해 보는 것이 좋다. 산업체의 입장에서는 대학의 연구능력 자세 등을 고려할 것으로 생각된다.

아울러 산업체에서 원하는 연구가 학생의 연구논문으로 발전할 만한 것인가를 생각해야 한다. 산학협동 연구과제는 학생의 학위논문으로 발전할 수 있어야 학생도 흥미를 갖고 열심히 연구하게 될 것이다. 산업체가 원하는 것은 연구의 결과뿐이지만, 대학에서는 연구하는 과정도 중요하고 연구과정 중 발견되는 현상을 규명하는 데 더 흥미를 갖는다. 한편 산업체는 연구결과의 비밀 유지를 희망하고 대학에서는 공개를 바란다. 이러한 상충된 문제는 연구 중 회사의 이익과 관련된 생산기술은 비밀을 유지하고 이론적 현상규명은 국제학술지에 공개함으로써 해결할 수 있다.

나는 그동안 산업체의 기술개발과 학문발전 사이의 균형을 유지하려고 노력해 왔다. 우수한 학생들이 지금도 내 연구실로 모여들고 있다. 그들은 진지하다. 그들과 함께 호흡하고 이야기하고 논의하고 고뇌하는 것은 정말 행복한 일이다. 그들은 나를 끝없는 학문의 세계로 밀어 넣는다. 나는 예전이나 현재나 항상 논문 집필에 바쁘다.

일진과의 인연 또한 오랜 기간 지속되고 있다. 우리나라의 연구능력이 인정받지 못할 때 나를 믿어주었고 산업화될 수 있는 좋은 과제를 연구하게 해주었다. 신소재공동연구소에 연구동을 기증해 주어 재료연구의 활성화뿐 아니라 공학 전체 연구의 활성화에 도움을 주었다. 정말 고맙게 생각하고 있다.

시골 함안의 촌놈이 진주, 서울, 미국 유학을 거치면서도 계속 촌놈의 때를 벗지 못했지만, 그 촌놈 기질 덕분에 제법 틀이 잡힌 교수 소리를 듣게 되었으니 미꾸라지 용 된 셈이다. 내 어려웠던 시절을 극복하고, 이제는 후학들의 어려움을 조금이나마 도울 수 있는 위치에 서게 됐으니 이만하면 크게 성공한 것이다. 내 연구가 우리나라의 경제발전에도 일익을 담당했다는 점 또한 내게 자긍심을 준다.

절박한 순간마다 나는 주위의 도움으로 어려움을 극복할 수 있었다. 누구든 쉽게 좌절하거나 포기해서는 안 되며, 지나친 욕심을 부리지도 말고, 무엇보다 누구도 앗아갈 수 없는 지식을 쌓는 일이 중요하다고 생각한다. 만사를 부정적 시각보다는 긍정적 시각으로 보는 것이 좋다. 세상이 아무리 복잡해지더라도 내 할 일 외의 것에는 한눈팔지 못하는 것이 이 촌놈의 고질이 아니겠는가.

나는
행복한 공학자

나의 든든한 지원자, 아내!

나는 결혼을 미국에서 했다. 워싱턴 대학교에 다닐 때는 이상하게도 주말쯤 되면 김치가 무척 먹고 싶어졌다. 그래서 일주일에 한 번씩 공과대학 선배이기도 하고 버클리에서 석사학위를 받고 보잉사에 다니고 있는 한 선배 집으로 가서 밥을 얻어먹곤 했다.

하루는 친구가 "동녕아, 너 결혼 안 할래? 처녀 소개 해줄까?" 하고 물어왔다. 그냥 농담처럼 나온 말이라 생각하고 나도 건성으로 "결혼해야지."라고만 대답했다. 그런데 나중에 알고 보니 선배네 집 쪽에서 친구를 통해 말을 넣어본 것이었다. 그때까지만 해도 선배는 누이동생에 관해 내게 한 번도 얘기한 적이 없었다.

사실 그 당시의 나는 결혼이라는 것은 상상할 수도 없었다. 공부하는 것만으로도 쩔쩔매고 있는 판에 결혼이라니…. 그때는 장학금을 받고 유학 오는 사람도 많지 않았고, 막상 유학을 와도 박사학위까지 따는 사람이 많지 않았다.

한국 사람들이 머리가 나빠서가 아니라 우리나라에서 배우는 환경이 워낙 열악했기 때문이다. 게다가 언어의 장벽이라든지 환경의 큰 변화 등이 그 요인이었다. 내 경우에는 변변한 교과서조차 없었다. 그 때문에 분초를 쪼개서 남들보다 더 열심히 공부할 수밖에 없었다. 그러니 당연히 결혼은 언감생심 꿈도 못 꾸고 있었다.

그런데 언제부턴가 선배 집에 김치를 얻어먹으러 가면 나에 대해 이것저것 물어왔다. 그때마다 나는 뭣도 모르고 있는 그대로 대답했다. 하루는 선배 부인이 서울에 있는 자기 시누이 얘기를 꺼내면서 "미스터 리, 사진 한 장 주소?" 하는 게 아닌가. 별 생각 없이 사진을 건넸는데, 바로 그 사진을 선배 부인이 시누이에게 보낸 모양이었다. 그때 나는 내가 전에 본 사람도 아니어서 그냥 가볍게 인사 말만 전한 상태였다. 그리고 한 달 정도 지났는데, 아무 소식이 없었다. 기분이 상당히 나빴다.

'아니, 내가 여자한테 사진을 보낸 게 처음인데, 더구나 내가 좋아한다고 쓴 것도 아닌데, 사진을 받았으면 받았다고 답하는 게 예의이지 않은가.'

답장도 없이 묵살해 버리는 것이 화가 나서 선배 부인에게 투덜거렸다. 그 때문이었는지 시누이 쪽에서 편지를 보내왔고 이후부터 가끔씩 편지를 주고받게 되었다. 그렇다고 서로 좋아한다거나 그런 것이 아니라 심심할 때 편지를 쓰는 그런 정도였다.

계속해서 편지를 주고받고 하는 동안 지금은 아내가 된 그 아가씨가 미국으로 오겠다고 했다. 아내는 서울농대 출신으로 농업진흥청에 다니고 있었다. 그때는 지금처럼 외국으로의 왕래가 쉽지 않은 때여서 테네시 대학원으로 입학허가를 받아서 미국으로 온다는 것이었다. 아내는 만약에 이동녕이라는 남자가 맘에 안 들면 그냥 대학원에 다니고, 맘에 들면 결혼을 하겠다는 생각이었다고 한다.

그런데 처음에는 내가 썩 마음에 들지 않았다는 것이 아닌가. 54킬로그램 나갈 정도로 체격도 왜소하고 그다지 미남도 아닌 데다 집안에 어린 형제들도 많고 가난하기까지 했으니 어찌 보면 당연한 일이었다. 나중에 생각한 일이지만 아무래도 오빠가 소개시켜 준 사람이라 그냥 믿고 결혼을 결심한 것 같았다.

당시에는 우리나라 교포가 많지 않아서 유학생들 중 많은 이들이 종교와는 관계없어도 한 달에 한 번 기독교 계통의 '다락방'에서 친목모임을 갖곤 했다. 그래서 나는 내가 만약 결혼식을 한다면 이 '다락방'에서 하는 것이 좋겠다고 생각했다. 그런데 집사람이 그건 안 되고 성당에서 해야 한다고 주장했다. 그때서야 처가댁이 천주교 집안인 것을 알았고 깜짝 놀랐다. 물론 결혼하지 않고 대학원에 다니는 방법도 있었지만 그래도 집사람이 미국에 오는 건 순전히 나 때문인데 내가 양보할 수밖에 없었다.

마침 아는 사람이 성당에 다녀서 물어보니 주위에 100년쯤 된 성당이 있다고 했다. 곧바로 내가 있던 실험실에서 전화를 걸었더니 신부님이 직접 전화를 받았다. "사실 저는 신자가 아니고 신붓감은

가톨릭 신자인데 성당에서 결혼식을 올리고 싶어 합니다. 어떻게 하면 좋을까요?"라고 물었다. 그랬더니 "신붓감이 오면 두 사람이 함께 성당으로 오라."고 했다. 집사람이 미국에 도착한 바로 그날 성당으로 데려갔다. 신부님이 이것저것 묻기 시작했다.

"결혼은 언제 할 예정인가?"
"6월 1일입니다."
"좀 늦출 수는 없나?"
"안 됩니다."

서머스쿨Summer school이 6월 10일에 시작되므로 진짜로 늦출 수가 없었다.

"신붓감은 언제 알았나?"
"편지로 교제한 것이 한 2년 됐습니다."

내 대답을 들은 신부님이 서류에는 1년 전에 약혼한 것으로 고쳐 적으셨다. 그러고는 다음 날 다시 오라고 했다. 그렇게 한 달쯤 계속해서 성당에 갔는데, 알고 보니 천주교 신자들이 한 달 정도 의무적으로 교육받아야 하는 시간을 그렇게 채워 넣으신 것이다. 신부님은 나에게 선교하기보다는 먼저 배우자의 종교를 이해시키려 한 것이었다.

그러던 어느 날 신부님이 내게 질문할 것이 없느냐고 물어왔다.

사실 다들 몰라서 그렇지 나는 좀 장난기가 있는 사람이다. 그날도 장난기가 발동하여 "신부님, 어떻게 처녀가 아기를 낳을 수 있습니까?" 하고 물었다. 대놓고 그렇게 물으니 신부님으로서는 기가 막혔을 것이다. 물론 장난삼아 묻기도 했지만 한편으론 서양인들은 성모 마리아가 예수를 낳은 것을 어떻게 해석할지 궁금하기도 했다.

"종교에는 우리가 이해 못 하는 뭔가가 있다."

참말로 우문현답이셨다.

그렇게 해서 나와 아내는 성당에서 무사히 결혼식을 올릴 수 있었다. 결혼할 때는 내 지도교수가 신부의 인도자 역할을 해주었고, 피로연은 학과장 집에서 치렀다. 신혼여행도 멀리 갈 수가 없어 가까운 곳으로 가게 됐는데 그때도 지도교수가 직접 운전을 해주었다. 사실 내가 지도교수를 따라 밴더빌트 대학교로 옮겨 가기 망설였던 이유 중 하나도 결혼 때문이었다. 집사람 입장에서는 이왕이면 자기 오빠가 살고 있는 시애틀에 있는 게 훨씬 좋지 않겠는가. 지금 생각해 보면 나처럼 얼렁뚱땅 바보같이 결혼한 사람이 또 있을까 싶다. 집사람은 요즘도 "당신은 바보예요. 대체 공부 빼고는 할 줄 아는 게 뭐가 있어요?"라는 말을 한다.

어쨌든 집사람이 우리 집에 시집와서 고생을 엄청 많이 했다. 남 보기에는 남편이 KIST를 다니고 박사 출신에 서울대 교수의 부인이라고 하니까 괜찮아 보일지 모르지만, 실제로 아내는 시장에 가서도 돈이 없어 사고 싶은 것 한 번 제대로 사본 적이 없었다. 아이들도 엄마가 고생한 것을 보고 자라서인지 전부 엄마 편이고 아버지는 잘 찾지도 않는다. 그렇지만 그런 아이들이 서운하기보다 기특한 마음 이 더 크다.

1968년 결혼식

30년 후 결혼식 했던 성당 그 자리에서

부전자전

1968년 결혼을 하고 1년 후인 1969년 큰아들을 낳았다. 그곳에선 돌봐줄 사람이 없어서 애 기저귀를 내가 다 빨았다. 코인 넣는 세탁소에 빨랫감을 넣어놓고 학교 갔다가 돌아오는 길이면 들러서 가지고 왔다. 집사람 미역국까지 내가 다 끓였다. 얼마 후 둘째 애가 들어섰을 때는 겁이 덜컥 났다. 이러다가 내가 어떻게 공부할까 싶었던 것이다. 그래서 빨리 귀국하기로 결정했고, 둘째 아들은 한국에서 낳았다.

그 당시에는 "아들 딸 가리지 말고 둘만 낳아 잘 키우자."라는 표어가 있었다. 그런데 나는 아들만 둘이었으니 주위에서 딸이 하나 있어야지 아들만 있으면 늙어서 고생한다는 말들을 해왔다. 그 말도 일리가 있어 세 번째 애를 낳았는데 어떻게 된 일인지 그 아이도 아들이었다. 특히 셋째 아이한테는 지금도 미안하게 생각한다. 딸을 기다리고 있던 터라 축복을 많이 받지 못했기 때문이다. 하다못해

병원에서 간호사도 우리가 실망할까 봐 그랬는지, 갓난아기를 보여주면서 "또 아들이에요."라고 말할 정도였다.

미국에 있는 내 지도교수는 한술 더 떴다. 미국에서는 아이를 낳으면 그 소식을 알리는 것이 관례여서 지도교수에게 셋째 아이를 낳았다고 편지를 보냈다. 얼마 안 있어 답장이 왔는데, 축하한다는 말 한마디 없이 달랑 인구증가 통계자료만 보내왔다. 인구폭발에 대한 두려움 같은 것이 세계적 문제가 될 때였으니 이해 못 할 것도 없었지만 굉장히 섭섭했다.

다행히 세 아들 모두 잘 자라주었다. 제일 큰애는 카이스트에서 박사학위를 받고 서울대 재료공학과 연구교수로 재직 중이고, 둘째는 서울대 최연소 부교수로 지금은 지구환경과학부 정교수이고, 셋째는 건화엔지니어링에 근무 중이다. 손자 손녀 합쳐서 8명인데, 손자가 3명이고 손녀가 5명이다. 내가 딸을 못 낳은 대신 아들들이 딸을 많이 낳았다.

내가 괴팍스러운 건지 모르지만, 나는 아이들이 초등학교, 중학교, 고등학교 졸업할 때까지 한 번도 세 아이 학교에 가본 적이 없었다. 심지어 졸업식 때도 가지 않았다. 물론 내 대신 엄마는 빠짐없이 참석했다. 그리고 우리 부모님을 닮아서인지 애들한테 공부하라는 말을 한 적도 없다. 오히려 늦게까지 공부하면 이제 그만 자라고만 했다.

변명 같지만 나는 학교 일에 워낙 바빴기 때문에 사실 아이들을 챙길 틈이 없었다. 하다못해 아이들 학교가 어디에 있는지도 몰랐다. 아이들이 다 성장한 후 반포에서 살 때였다. 한번은 고속터미널에서 내려 산보 삼아 걷고 있는데, 그때야 아이들이 다녔던 학교가 눈에 들어왔다. 학교 이름은 알고 있었어도 그 학교가 바로 우리 집 인근에 있을 줄은 몰랐다. 아이들은 이미 장성해서 교수가 된 후였다. 내가 생각해도 기가 막힌 아버지였다.

그렇지만 다른 건 몰라도 아이들에게 공부하라는 얘기를 안 한 것은 어느 정도 의도적인 부분도 있었다. 아버지가 교수라고 하면 그것 자체만으로도 아이들은 스트레스를 받게 된다. 장래에 무엇을 하게 될지 모르는데 "아버지가 교수인 만큼 너도 공부를 잘해야 한다."라는 식으로 강요하면 심한 스트레스를 받아 정신건강에 안 좋을 수 있다. 그래서 아예 무관심한 것이 아이들한테도 좋을 것이라는 의도에서 일부러 관심을 보이지 않은 것도 있었다. 아버지가 교수라 해서 아들도 교수가 되면 너무 불공평하지 않은가. 아니, 대통령 아들이면 대통령이 되어야 한단 말인가.

나는 아이들이 자기 운명 닿는 대로 어떤 직업을 택하든 개의치 않을 생각이었다. 아이들한테 '공부! 공부!' 이러는 것은 '너 공부해서 교수 돼라.'는 것과 똑같은 건데 그건 별로 바람직하지 않다. 내가 한 행동은 어떻게 보면 바보 같은 짓이고, 어떻게 보면 애들 먼저 배려했다고 볼 수도 있다.

아이들이 고등학교 때 이과냐 문과냐를 선택할 때도 마찬가지였다. 큰아이는 1점 차로 이과, 둘째는 동점이 나왔다. 동점이 나온 둘째는 굉장히 고민하는 눈치였다. 내 생각으로는 총학생회장도 하고 리더십도 있어서 인문사회 쪽으로 가도 괜찮을 것 같았지만 내색하지 않고 아무 조언도 하지 않았다. 내가 한마디도 하지 않았음에도 불구하고 알게 모르게 아버지의 영향을 받았던 것일까. 아들 셋이 하나같이 이과를 선택했다. 그 덕에 우리 집엔 인문사회 계통 일을 하는 사람이 한 명도 없다. 나는 그것이 어떤 면에서는 다행이라고 생각한다. 요즘같이 세상이 시끌시끌할 때는 바보처럼 공부만 하며 살 수 있는 자연계를 선택한 것이 더 현명하게 느껴지기 때문이다.

이럴 때는 부모가 바보 같은 것이 더 좋을 듯싶다. 바보를 닮아야지, 괜히 잘난 부모 닮으려고 똑똑한 짓 했다가는 오히려 잘못되기 십상이다. 나는 예전에도 그랬고 지금도 그러하듯 착하게만 살면 되지 사회의 높은 직위는 전혀 중요하지 않다고 생각한다. 무엇보다 건강하고 바르게 자라서 사회에서 각자의 몫과 책임을 다하고 있는 세 아이들에게 고마움을 전한다.

가족사진

평생의 한

    우리 집안을 보면 이런저런 사람이 다 있어서, 언뜻 보면 우리나라 전체를 대표하는 것 같다. 한 가지 공통점은 전부 다 돈이 없어도 자기 스스로 노력해서 학교를 다녔다는 점이다.

    나는 아들 넷, 딸 넷 8남매의 장남이었다. 누님은 몇 년 전에 돌아가시고 내 바로 밑 남동생은 중학교 교장으로 정년을 맞았다. 그 밑 남동생도 초등학교 교장으로 정년퇴임을 했다. 둘째 여동생의 남편도 초등학교 교장으로 정년을 맞았고, 그 밑 동생은 내가 반포아파트를 살 때 돈을 빌려준 부잣집 며느리가 되었다. 셋째 여동생도 진주 간호대학을 졸업하고 인천 길병원에 다니다가 미국으로 이민 가서 그곳 병원에서 정년퇴임을 했다. 나와 20살 차이가 나는 막냇동생은 내가 대학에 들어갈 때쯤 태어났다. 집안이 무척 어려웠던 시기였지만 직장을 다니면서 신학대학을 나와 지금은 목사님이 되어 있다. 우리 형제자매 모두 가정교사 등의 아르바이트를 하면서 공부했다.

그러고 보니 우리 집안에는 유독 선생이 많았다. 나를 포함하여 아래 두 동생도 모두 선생님이었고, 막냇동생이 목사이긴 해도 어떻게 보면 목사도 일종의 선생이라 할 수 있을 것이다. 거기다가 내 아들 중 첫째와 둘째도 교수이고, 첫째, 둘째며느리도 교수이다.

나는 8남매의 장남이었던지라 결혼하기 전에도 동생들 학비를 걱정해야 했고, 결혼한 후에도 동생들 뒷바라지를 해야 했다. 그 때문에 집사람이 애를 많이 썼다. 그래도 한 번도 싫은 내색을 한 적이 없다. 가난한 집에 시집와서 아들 셋 낳은 것만 해도 큰일을 한 것인데, 동생들 뒷바라지까지 했다.

게다가 나는 공부하는 것 말고는 아무것도 몰라서, 집안 모든 살림을 집사람이 다 도맡아서 했다. 그러니 우리 집에서는 엄마가 영웅이다. 지금도 아이들은 뭔가 부탁할 일이 생기면 나한테는 말하지 않고 엄마한테만 부탁을 한다. 그래야 뭐라도 얻을 수 있기 때문이다.

나는 진짜 우리 집에서 한 일이 너무 없다. 아이들이 결혼할 때도 마찬가지였다. 결혼 준비에서부터 모든 것을 집사람이 다 했다. 고작해야 결혼식장에 가서 손님맞이하면서 고맙다고 인사한 것이 내가 한 전부였다. 그러니 나이가 들면 들수록 집사람이 고맙고 또 고마울 수밖에. 바람이 있다면 눈 감는 날까지 둘 다 건강하게 살다 가는 것이다.

언젠가부터 나는 내가 부모로부터 물려받은 수명이 50세라고 생각했다. 아버지는 회갑 전에 위암으로 돌아가시고 어머니는 42세의 젊은 나이에 돌아가셨기 때문이다. 개인적으로는 쉰 살까지만 살다가도 크게 아쉬울 것이 없었다. 단지 제일 마음에 걸리는 점이 아이들이 고등학교 졸업할 때까지는 어떻게든 살아 있어야 한다는 것이었다. 그 후에는 아이들도 성년이 될 터이니 자기들 앞가림은 알아서들 할 것이 아닌가.

50대 초반쯤 되었을 때 갑자기 위가 안 좋아서 병원을 찾은 적이 있다. 위염이라는 진단이 나왔는데 3주 가까이 약을 먹어도 차도가 없었다. 의사가 혹시 위암을 위염으로 오진한 것이 아닐까 생각하니 눈앞이 깜깜해졌다. 그때 얼마나 심각하게 생각했느냐면 마음을 단단히 먹고 죽을 준비까지 했을 정도였다.

그러던 어느 날 갈증이 너무 심해서 냉장고를 열었는데 우유 한 통이 눈에 들어왔다. 원래는 잘 마시지 않던 우유였는데 그날은 한 컵 가득 따라 마셨다. 그런데 놀랍게도 아픈 증상이 줄어들었다. 그래서 그때부터 지금까지 20여 년간 아침에 적어도 한 잔씩 우유를 마시는 것이 습관이 되었다. 의사가 치료한 것이 아니고 내 스스로 치료한 셈이다. 정확히는 모르겠지만 아마도 칼슘이 많이 들어 있는 우유가 위에 자극을 많이 주는 위산과 알칼리를 중화시켜준 것이 아닌가 싶다.

이때의 경험 때문이기도 하지만 나는 죽음에 대해서 그리 두려워하지 않는다. 건강이 허락하는 한 내가 좋아하는 공부 열심히 하다가 갈 수 있으면 그것도 복이라고 생각한다. 그래서 아내가 흰머리를 염색하라고 해도 절대 하지 않는다. 죽기 전에 머리도 한 번 희어봐야지, 언제 또 그러겠는가. 늙어가며 주름살 생기는 것 역시 좋은 경험이다.

다만 우리 부모님이 일찍 돌아가신 것만큼은 내게 평생의 한으로 남아 있다. 정말로 나는 부모님이 돌아가셨을 때 하느님은 없는 것이라고 생각했다. 특히 어머니가 돌아가셨을 때는 하늘이 무너지는 것 같았고, 하느님이 진짜 있다면 이럴 수 없다는 생각만 들었다. 어머니는 내가 대학 1학년 때 돌아가셨는데 방학이 끝나 집을 떠나던 날 다시는 아들을 못 볼 것이라 예감하셨는지 몹시 우셨다. 가족들을 위해 평생 희생만 하시다가 자식으로부터 제대로 된 봉양 한 번 받아보지 못하고 돌아가셨으니 장남인 나로서는 얼마나 한이 맺혔겠는가.

아버지는 내가 미국 유학을 떠나기 얼마 전에 위암 수술을 받으셨다. 의사 말로는 6개월에서 1년 정도 사실 것이라고 했다. 그런 와중에 아무한테도 얘기하지 않은 채 유학을 떠나게 됐으니 그때는 또 내 심정이 어떠했겠는가. 아버지만 고향에 남겨두고 떠나면서 '이것이 아버지를 마지막으로 보는 것이 아닐까' 하는 느낌이 들어 차마 발길이 떨어지지 않았다.

그런데 의사 말과는 달리 그 후 1년을 넘게 사셔서 '내 뜻이 하늘에 닿아서 아버지를 살려주시는구나.' 하는 생각이 들었었다. 당시만 해도 우리나라에 전화도 잘 없고 답장을 받는 데도 한 달씩 걸려서, 나는 무조건 1주일에 한 번씩 아버지께 편지를 썼었다. 아버지는 돌아가실 때까지 당신 몸이 안 좋다는 얘기를 한 번도 쓰신 적이 없었다. 수술을 받으신 지 1년이 넘어서 '이제 사시는구나.' 하고 마음 놓고 있었는데, 알고 보니 내가 밴더빌트에서 마지막으로 쓴 편지가 함안 집에 닿은 날이 바로 아버지의 발인 날이었다. 그 사실을 알고 혼자서 얼마나 울었는지 모른다.

지금도 다른 집 문상을 가서 돌아가신 부모님 연세가 80대나 90대인 것을 보면 그게 그렇게 부러울 수가 없다. 자식들이 약 한 첩이라도 지어드렸으면 한이 없을 텐데, 내 경우에는 그러지 못했기 때문에 더더욱 한으로 남은 것이리라.

학자로서의 인생 2막
– 재밌는 공부 재밌게 하면 그만

모든 사람이 그러하듯 나 역시 세월을 비켜 갈 수 없었다. 돌아보니 그리 길지 않은 시간이었던 것 같은데 어느새 정년을 맞이할 나이가 된 것이다. 일반적으로 정년퇴임을 65세로 잡는다면 이때부터 교수들은 수십 년간 몰두해 온 연구주제를 학교에 남겨두고 떠날 준비를 한다. 그러나 학교를 떠난다고 해서 연구가 끝나는 것은 아니다. 오히려 학자로서는 그동안 하지 못했던 자신이 좋아하는 분야의 연구를 맘껏 할 수 있어, 정년 후의 인생 2막을 새롭게 연출할 수도 있다.

그렇지만 100세 시대를 맞이한 오늘날에는 아무리 생각해 봐도 65세라는 나이는 은퇴하기에 너무 아까운 나이이다. 그야말로 60세 이후에 연구를 더 잘할 수 있는데 일률적으로 은퇴할 수밖에 없으니, 이는 국가적으로도 굉장한 손실이라 할 수 있다.

나는 오래 전부터 '정년하면 무엇을 할 것인가?'에 대해 생각해 왔다. 젊었을 때는 막연하게 '내가 시골 출신이니 고향 가서 농사나 짓자.'라고 생각했다. 조선시대 벼슬아치들도 나이가 들면 전부 낙향을 하지 않았던가. 그래서 나도 농사지을 생각을 했고, 미국 유학시절 내 지도교수가 정년 후에 뭐 할 것이냐고 물었을 때도 똑같은 대답을 했다.

그런데 나이가 들면서 조금씩 생각이 변했다. 사실 말이 쉽지 평생 공부 말고 다른 일은 해본 적이 없는 내가 어떻게 농사를 짓겠는가. 절대 쉬운 일이 아니다. 하물며 우리 집은 아버지가 일제강점기 때부터 공무원이었던 관계로, 시골에 살면서도 농사를 지어본 적이 없었다. 그러니 내가 잘하고 좋아하는 공부와 연구를 계속해야겠다는 결론을 내릴 수밖에.

그렇지만 막상 나보다 먼저 정년을 맞은 선배들을 쭉 보니 퇴임한 그 다음날부터 거의 자기 전공과 관련된 것은 아무것도 하지 않고 있었다. 그나마 인문사회 계통에 있는 사람들은 책을 가지고 연구가 가능하다. 그러나 자연계통은 실험을 해야 하는데 퇴임 후에는 실험이 거의 불가능해지므로, 사실상 논문을 쓴다는 것도 무척 어려운 일이었다. 이처럼 오랫동안 공부를 하던 사람들이 단지 나이 제약에 걸려 연구를 중단하게 되는 것이 현실이다. 국가적으로도 큰 손실이요, 개인적으로도 너무나 큰 손해였다.

또 한 가지 문제는 우리나라가 유교문화권에 속하다 보니, 교수를 하다가 다른 일을 할 때 체면을 중시한다는 것이다. 바로 이 체면 때문에 가리는 것들이 많아져서 정작 정년 후에는 할 일이 없어지게 된다.

그래서 나는 내가 정년에 이르면 내 자신을 확 낮추어야겠다고 생각했다. 대개 박사학위를 딴 사람들이 산업계에 취직을 하면 과장이나 부장급 정도의 대우를 받을 것이다. 그런데 내 생각으로는 나이가 많아 오히려 회사에 부담이 될 수도 있으니 그냥 과장 정도의 대우를 해주어도 기꺼이 수락해야겠다고 마음먹었다.

적어도 나는 재직 중에 열심히 공부한 사람이니까 내가 그런 선례를 남긴다면, 선배들은 어쩔 수 없어도 후배들만큼은 체면과 상관없이 정년 후 회사에 도움을 주고 스스로에게도 도움이 되는 일을 할 수 있지 않을까 하는 뜻도 있었다.

그러나 아쉽게도 그 뜻은 이룰 수 없었다. 우리 대학과 인연이 깊었던 일진에서 정년 후 내게 고문 자리를 제안해 왔기 때문이다. 그런데 며칠 출근을 하다 보니 '이건 아니다!' 싶었다. 사무실로 나를 찾아오는 사람이 아무도 없었다. 나이가 많은 데다 자기 회사 회장보다도 선배여서 밑에 있는 사람들이 감히 나를 찾아올 엄두를 내지 못했던 것이다. 나는 일을 하러 온 사람인데 자리만 지키게 생겼으니, 회사는 물론 나에게도 하등 보탬이 되지 않는 일이었다. 결국 내가 의도한 것과는 너무 달라서 며칠 만에 그만두고 말았다.

이미 정년퇴임 전 신소재공동연구소가 '국가지정연구실'로 선정되어, 나는 연구책임자로서 연구실을 꾸려나갔다. 5년짜리 사업이라서 2003년 2월 정년퇴임 후에도 1년 6개월은 책임연구원으로 지내면서 처음으로 이곳에 연구실을 갖게 되었고, 이후에도 동료교수들의 제안을 뿌리치지 못해 지금까지도 학교를 떠나지 못하고 있다.

강의만 없을 뿐, 연구에 매진하는 일상에는 큰 변화가 없다. 이곳에 출근하는 사람들 중 내가 제일 나이가 많다. 그래서 더더욱 그들에게 본보기가 되기 위해 노력하고 있다. 특별한 일이 없는 한 연구실을 벗어나지 않는다. 토요일에도 출근을 하는데 집에 있는 것보다 효율이 높을 뿐더러 이곳에서는 잡념이 생기지 않아서 좋다. 아니, 연구에만 몰입하느라 잡념이 생길 틈이 없다는 것이 더 맞는 말일 것이다.

우스갯소리지만 사촌 중 의사 한 명이 내 맥을 짚어보더니 내게 "스트레스를 공부하면서 풀지 않느냐?"라고 물은 적이 있다. 그렇다. 나는 젊었을 때부터 공부를 하면 골치 아픈 일들을 잊을 수 있었다. 집사람도 이런 남편의 영향을 받았는지, 70세가 넘은 나이에도 중국어를 배우고 있다. 시간만 있으면 책을 볼 정도로 무척 열심히 하는데, 그건 본인한테도 좋고 할머니를 잘 따르는 우리 손주들에게도 정말 좋은 일이다.

나는 정년 후에 더 바빠졌다. 재직 중에는 주어진 시간에 해야 할 일들이 있어 어쩔 수 없이 미뤄놓았던 연구들을 이제는 마음껏 할 수 있기 때문이다. 연구 실적 등에 대해 젊었을 때처럼 욕심내는 일도 없어졌고, 내가 하고 싶었던 연구를 내 재량껏 할 수 있어 굉장히 행복하다. 또한 정년 후에는 내가 관여하는 기관들 및 학회의 논문 요청에도 웬만하면 응하지 않고 있다. 해야 할 일이 많아 시간이 없는 것이 제일 큰 이유지만, 내가 하고 싶은 연구에 매달리는 것이 훨씬 좋기 때문이다.

다만 서울대에서 나오는 명예교수협의회 연보에만 자료를 제출하고 있는데 이는 내가 서울대학교의 귀한 공간을 쓰고 있으므로 당연한 의무라고 생각한다. 굳이 내가 여러 단체에 논문을 내지 않는 이유는 그것들을 다 챙기려면 너무 시간을 빼앗기는 데다, 다른 사람들로부터 주목받고 싶지 않아서이기도 하다. 일단 주목을 받게 되면 여러 가지 면에서 괴로워질 것이 불 보듯 뻔하다.

나는 내 후대에 가서 행복한 것이 더 좋다. 다산 정약용 선생이 유배지에서 많은 공부를 하고 좋은 책을 써서 후손들을 행복하게 해준 것처럼, 나도 이제 얼마 안 가 죽을 사람이라고 생각하면 개인적인 욕심이 없어지면서 내 후손들에게도 '우리 조상 중 이런 분도 계셨구나.' 하는 긍지를 갖게 해주고 싶다.

나는 지금도 연구기자재 때문에 동료교수들과 공동과제를 수행하고 있다. 동료교수와 기업체에서 공동연구 제안이나 자문의뢰를 받을 때는 시간을 쪼개 쓰더라도 일단 받아 놓고 고민한다. 젊은 교수들과 최신의 주제로 공동연구를 해도 연구에만 몰두할 수 있는 나만의 시·공간적 환경을 활용해 역할을 찾을 수 있다.

내 연구 일정은 매년 서너 차례씩 참가하는 국제학술대회에 맞춰져 있다. 국제학술대회를 통해 빠르게 변하는 산업·기술의 동향을 살피고 최신의 연구주제를 다루려면 주말 강행군이 불가피하다. 나뿐 아니라 더 많은 분들이 정년 후 권위와 체면을 던져 버리고 연구 그 자체에 집중하면 젊은 학자들과 연구할 수 있는 기회가 생각보다 더 많이 찾아올 것이다.

내게는 노후를 대비한 특별한 계획은 없는데, 그저 내 연구 분야에서 더 이상 할 것이 없는 순간이 찾아오면 사람들이 이해하기 쉬운 '기본서'를 저술하겠다는 계획 정도만 갖고 있다. 부담은 되어도 책을 내는 것 또한 즐기는 일이라고 생각하면 큰 문제가 없다. 한마디로 재밌는 공부 재밌게 하면 그만인 것이다.

나는 현재도 거의 매일 연구실로 출근한다

언제나 논문 집필 중

정년퇴임 후에도 나는 두세 달 간격으로 논문을 발표하기 위해 노력하고 있다. 특히 국제학술대회는 내게 연구 동기를 북돋는 신선한 자극제임과 동시에, 일흔을 훌쩍 넘긴 내가 연구 활동을 꾸준히 이어갈 수 있는 비결이기도 하다.

정년 후에 내가 공부하는 것은 엔조이 하는 것과 다름없다. 이제는 학생들을 위해 내 시간을 전적으로 할애하지 않아도 되기 때문에 좋아하는 분야의 연구도 맘껏 할 수 있다. 다른 이들의 논문을 보다가 부족하다 싶으면 고쳐 쓰고, 남이 어렵다고 생각하는 현상들이 있으면 전공이 아니어도 흥미를 가지고 덤벼들어 그 문제를 풀 때까지 매달린다. 그 재미로 열심히 공부하는 것이고 그럴 때마다 희열을 느낀다.

국제학회에 참석하다 보면 그동안 우리나라가 얼마나 빠르게 발전했는지 실감하게 된다. 어느새 세계 강국의 반열에 올라선 우리나

라는 모든 분야에서, 즉 경제뿐 아니라 학문적 분야에서도 결코 무
시할 수 없는 나라가 되었다.

사실 나와 비슷한 연배의 사람들이 외국에 나갔을 때는 좀 심하게
말하면 사람대접도 못 받았다. 더욱이 그 시절에는 외환 때문에 외
국에 나가는 횟수도 1년에 2회로 제한되어 있었다. 특히 서울대학교
교수는 공무원에 속했기 때문에 자기 돈이 있어도 나라에서 나오는
출장비만으로 한 학기에 한 번씩 나가는 것이 전부였다.

그러다가 정년퇴임을 하고 나니 우리나라 형편도 몰라보게 좋아
졌고 공무원 신분에서도 벗어나, 2003년 내가 정년퇴임을 한 그해
에는 무려 7번을 국제학회에 참석할 수 있었다. 그 후부터 지금까지
매년 3번 정도 참석하고 있는데, 국제학회에 참석하면 참 좋은 것이
학문적으로 굉장히 자극을 받는다는 점이다.

1999년 금속학회 추계학술대회

2000년 AEPA2000

2002년 ICOTOM13 참가자들과 함께

　정년퇴임 첫해에 나는 미국에서 열린 금속재료학회 학술대회에서 논문 3편을 발표했다. 퇴임 교수가 국제논문 3편을 발표했으니 내 딴에는 이 정도면 많이 하는 것 아닌가 하는 자만심이 있었다. 그런데 내 뒤를 이어 미국의 저명한 老교수 한 분이 단상에 올라왔다. 거의 뼈와 가죽만 남아 헐렁한 복장에 건강도 무척 안 좋아 보였다. 老교수는 이날 무려 4편의 논문을 발표했다.

　그 순간 논문을 3편 발표했다고 은근히 자만심을 갖고 있던 내 자신이 얼마나 부끄러웠는지 모른다. 나보다 나이도 많고 몸도 쇠약한데도 불구하고 80세가 훌쩍 넘은 老교수에게 정년이란 없어 보였다. 나는 굉장히 큰 감명을 받았고, 그 老교수를 통해 재밌는 공부 그저 재밌게 하면 그만인데 너무 복잡하게 고민한 것은 아닌가 하는 생각이 들었다. 그 후 나는 연구를 하다가 간혹 게으름을 피울 때마다 이날의 老교수를 떠올린다. 그러면 자연스럽게 연구에 매진할 수 있게 된다.

국제학회에 참석하는 것은 이러한 신선한 자극 이외에도 두 가지 좋은 점이 있다. 첫째는 학회에서 발표된 논문들이 완전치 않으면 어떻게든 그것을 완전하게 만들어내야 한다는 생각이 들어서 내게는 새로운 연구과제가 생기는 셈이고, 둘째는 집사람과 같이 여행을 다닐 수 있다는 점이다.

지금까지도 여러 학회에서 초청장이 많이 오지만, 경제적인 측면도 고려하지 않을 수 없어 매번 참석하지는 못한다. 옛날에 특별한 인연이 있던 곳들을 선별하여 참석하는 편인데, 한 번씩 다녀오면 내 돈 들인 것이 전혀 아깝지 않다. 물론 집사람은 돈 걱정 하지 말고 다녀오라고 하지만, 퇴임 후 별다른 소득이 없는 나로서는 마냥 응할 수만도 없는 노릇이다.

어쨌든 대학에 재직할 때부터 지금까지 국제학회에 참석한 것만 해도 180여 회 정도 된다. 덕분에 전 세계에서 안 가본 대륙이 없다. 퇴임 후에는 가능하면 집사람을 데리고 가는데, 우리 집에 시집 와서 그동안 고생을 너무 많이 해 미안하기도 하고 감사한 마음을 그런 식으로라도 표현하고 싶어서이다.

예전에는 함께 가고 싶어도 가지 못했다. 국가에서 50세 이전에는 가족들을 못 데리고 나가게 했기 때문이다. 정작 50세가 되었을 때는 함께 가려니 돈도 아쉽고, 무엇보다 아이들 교육 때문에 함께 갈 수가 없었다. 지금은 아이들도 다 출가하고 자기 일들도 다 알아서 잘하니까 걱정이 없다.

앞으로 언제까지 국제학회에 다니게 될지는 모르지만 건강이 허락하는 한 1, 2년에 한 번씩이라도 꾸준히 참석할 계획이다. 자비를

들이긴 하지만 절대 돈 낭비라고 생각하진 않는다. 새로운 자극을 받아 자기가 무언가 해야겠다는 욕심이 생기는 것은 무척 바람직한 일이다.

학회로부터도 논문을 제출하라는 부탁을 많이 받게 되는데, 그만큼 우리나라의 위상이 높아진 덕분이다. 요즘은 인터넷에 이름만 넣으면 이 사람이 공부를 하는지 안 하는지 다 안다. 나는 대부분의 논문을 영어로 쓴다. 전문 용어들을 일일이 우리나라 말로 번역하기도 쉽지 않은 데다 시간도 너무 걸리기 때문이다. 또 영어로 쓰면 좋은 점이 외국인한테 줄 때에도 더 많은 관심을 받을 수 있다는 것이다.

나는 원고료를 받지 않는다. 대신 책으로 달라고 한다. 명색이 공부하는 사람인데 내가 돈을 받고 원고를 써서야 되나 하는 생각 때문이다. 그런데 내 논문의 성격은 전공과는 달리 주로 물리학 쪽이다. 사람마다 자기가 공부하는 범위가 있어서 그걸 벗어나면 설명을 잘 못하는데, 그렇게 되면 문제가 안 풀리는 채로 세월이 흐르기 마련이다. 그런데 내 경우는 그럴 필요가 없다. 모르는 것도 그냥 다 공부하기 때문이다. 막힌 문제를 풀기 위해서 어떤 분야가 필요하다 하면 그것부터 공부하기 시작한다. 시간이 얼마가 걸리든 상관하지 않고, 내 힘으로 문제를 풀게 될 때까지 붙들고 있는 것이다.

미국 유학 때도 마찬가지였다. 박사과정에 있을 때였는데 물리학을 알아야 논문 분야를 이해할 수 있어서 망설이지 않고 물리과로 가서 강의를 들었다. 중간시험을 보고 난 뒤 지도교수가 찾아와 내게 더 이상 물리과 강의를 듣지 말라고 했다. 나중에 알고 보니 박사과정 학생이 물리학 강의를 들으니까 담당 교수가 걱정하면서 내 지도교수에게 연락을 한 것이었다. 대학원 학생의 경우 한 과목이라도 C를 맞으면 쫓겨나는 상황이었으므로 당연한 기우였다. 나는 그런 걱정을 끼친다는 것 자체에 자존심이 상해서 지도교수에게 딱 잘라 "그럴 수 없다."라고 말했다. 그러고는 내 시간의 3분의 2를 그 공부에 쏟았다.

첫 중간시험은 그 과목의 지식이 있어야 해서 물리과 학생이 아닌 나로서는 평균 이하를 받을 수밖에 없었다. 그렇다고 포기할 수는 없었다. 두 번째 중간시험을 마치고는 B를 받았다. 나는 보란 듯이 지도교수를 찾아가 "아직도 내가 물리학 강의를 듣는 것이 걱정되십니까?" 하고 물었다. 대답은 당연히 "아니, 괜찮다."였다. 물리학만 빼고는 다 A를 받은 덕분이었다.

이렇듯 나는 어떤 논문을 읽다가 현상을 제대로 이해 못 하는 부분이 생기면 포기하지 않고 물고 늘어지는 경향이 있다. 그 문제를 풀고 났을 때 느끼는 기쁨과 보람은 무엇과도 바꿀 수 없다. 1년이 걸리든 10년이 걸리든, 누가 알아주든 알아주지 않든, 상관하지 않고 내가 일단 하기로 한 것은 어떻게든 해내야 직성이 풀린다. 나는 지금도 풀리지 않는 문제가 있으면 꿈속에서까지 연구하는 경우가 더러 있다.

경제계 쪽에서 내 롤모델은 정주영 전 현대그룹 회장이다. 정 회장은 공부를 많이 하지 못했어도 재벌이 되지 않았나. 만약 정 회장이 경제에 대해 전문지식이 있는 사람이었다면 오히려 오늘날의 현대그룹은 존재할 수 없었다고 생각한다. 경제 전문가 중 정 회장처럼 돈 번 사람이 있는가? 몰라야 그만큼 용감하게 시도할 수도 있는 것이다. 나 또한 사람들이 어렵다고 생각하는 것들에 도전해 왔다. 빨리 하는 것이 중요한 것이 아니고, 언젠가는 내가 할 수 있다고 믿고 될 때까지 노력하는 것이 더 중요한 것이다.

1978년부터 국제학회에 논문을 내기 시작했는데 현재까지 출판된 것은 240편 정도이다. 발표 안 된 것까지 합하면 400~500편 정도 될 것이다. 그중 많은 사람들에게 자주 인용되는 논문들이 있는데, 그럴 때는 내가 괜찮은 학자 반열에 올라갔다는 생각이 들어 스스로에게 자부심을 갖게 된다. 내가 심혈을 기울여 쓴 만큼, 주말까지 학교에 나와 열심히 연구한 만큼, 딱 그만큼의 보람을 느낄 수 있는 것이다. 이외에 책도 많이 쓴 편인데 어느새 20권이 훌쩍 넘었다. 죽을 때까지 논문만 쓰면서 열심히 일하다가 죽는 것도 무척 행복한 일이리라.

정년 후에 깨달은 2가지
- 전쟁과 초등교육

"왜 서양은 발달하고 동양은 발달하지 못했는가?"

내가 미국 유학시절부터 갖고 있던 의문이다. 당시만 해도 우리나라가 세계에서 제일 못사는 나라에 속했기 때문에 그것이 한이 되어 수십 년 동안 이런 의문을 머릿속에 담고 있었다. 정년 후에야 비로소 오랫동안 갖고 있던 의문에 대한 답을 찾았다. 바로 '전쟁'이다.

유럽을 보라. 조그만 땅덩어리에 나라가 얼마나 많은가. 그러니 서로 먹히지 않으려고 전쟁을 할 수밖에. 일단 전쟁이 일어나면 반드시 이겨야 하는데, 이기려면 좋은 무기를 만들어야 하고, 좋은 무기를 만들려면 과학기술과 산업이 발달해야 한다. 반면 동양은 어떤가? 옛날에는 인류문명을 선도한 지역이었지만 근래에 와서는 중국이 그 큰 대륙을 다 점령했다. 먹고사는 건 과학이 발달하지 않아도 상관없지 않은가. 그래서 전쟁이 아예 없었다.

얼마 전 아들이 1998년 퓰리처상을 수상한 『총, 균, 쇠』라는 책을 한 권을 가져왔다. 그 책 속에도 내가 얘기한 것과 비슷한 이야기가 있었다. 외국인이 쓴 조선일보 칼럼에도 현재 유럽경제가 발전하지 않는 것은 더 이상 전쟁이 없어서라고 씌어 있었다. 물론 이것은 어디까지나 내 생각이다.

요즘 틈틈이 박정희 전 대통령에 관한 책을 읽고 있는데, 정말 훌륭한 분이라는 생각이 든다. 나도 젊었을 때는 독재다 뭐다 해서 미워하고 그랬지만, 나이가 들고 나서는 우리나라 역대 대통령 중에서 제일 훌륭한 분이라고 생각한다.

무엇보다 우리나라 산업발전에 그분만큼 공을 세운 분이 없다. 우리나라의 터를 닦은 것이다. 박 대통령이 경부고속도로를 만들 때 많은 사람들이 "차도 안 다니는데 무슨 고속도로인가?"라며 비아냥거렸다. 그뿐인가. 포항제철을 만들 때는 "석탄도 안 나는데 무슨 철광석?"이냐고 했고, 조선소를 만들 때도, 특성화 대학을 만들 때도 마찬가지였다.

박 대통령은 우리나라보다 중국을 비롯한 외국에서 더 영웅 대접을 받고 있지만, 공功과 과過를 따져보았을 때 확실히 공功 쪽의 무게가 더 나간다는 것에는 이견이 없을 것이다. 아마도 보통 사람이었다면 가난에 허덕이는 나라에서 몇십 년 미래를 내다보는 그런 원대한 계획을 세운다는 것 자체가 불가능했을 것이다. 덕분에 우리나라도 60년 만에 크나큰 발전을 할 수 있었다.

더군다나 전쟁과 관련해서 살펴보니 박 대통령이 거기에 딱 부합하는 인물이다. 그분은 무엇보다 청렴했다. 박 대통령의 구멍 난 속옷과 닳아빠진 혁대 이야기는 많은 사람들이 알고 있을 것이다. 18년간 권력을 갖고 있었는데도 개인적 축재는 전혀 없었다. 정쟁 때문에 항상 반대파에서 독재라고 몰아붙였어도, 우리나라 경제발전의 기초를 닦은 분이라는 것은 틀림없는 사실이다. 또한 우리나라 무기산업의 발전 및 한국과학원과 키스트, 대덕연구단지 설립에도 크게 기여한 분이다.

그런데 지금은 어떠한가? 전쟁 없이 평화로운 시대에 살게 되니 너 나 할 것 없이 정신이 나태해지고, 정부에서 뭐만 한다 하면 브레이크부터 걸고, 자신의 몫을 챙기기에만 급급하다. 참으로 안타까운 일이 아닐 수 없다.

* 초등교육의 중요성

요즘 보면 어린이집 보육교사들의 아동학대 소식이 심심찮게 뉴스 첫머리를 장식하고 있다. 선생의 권위가 땅에 떨어진 지도 이미 오래다. 어쩌다가 동방예의지국인 우리나라가 이 지경이 되었을까? 나는 초등교육에 문제가 있다고 생각한다. 특히 유년기는 인격이 형성되는 시기이므로 올바른 교육을 받아야 하는 시기이다.

내가 초등학교에 다닐 때만 해도 제일 존경받는 사람이 선생님이었다. 그 때문에 학생들은 선생님 말씀 잘 듣고, 선생님들도 항상 말하고 행동하는 데 조심했다. 지금은 어떤가. 오히려 선생 알기를 뭣처럼 알고 하찮게 대한다. 아니, 아무리 세상이 변했어도 학생이 선생을 때린다는 것이 말이 되는가. 내가 어릴 때는 정말이지 상상할 수조차 없는 일이었다.

학생들뿐만 아니라 선생님들도 문제이다. 얼마 전 대학 등산대회에 참석했을 때의 일이다. 한 선생님이 초등학생 아이들을 인솔하고 있었는데, 애들이 말을 안 들으니까 대뜸 "야, 이놈의 새끼들아!" 하는 것이 아닌가. 이러니 아이들 교육이 되겠는가. 학생들 앞에서는 언제 어디서든 말 한마디라도 조심해야 하는 것이 선생의 기본자세인데 말이다.

초등학교 교육부터 제대로 해야 사회도 바르게 되는 것이다. 이건 서양도 마찬가지이다. 내가 유학 갔을 때도 미국 대학의 한 교수님이 "사람의 인격 형성은 초등학교 때 이뤄진다. 중·고·대학교는 인격 형성보다는 학습에 중점을 두기 때문에 가장 중요한 교육이 초등학교 교육이다."라고 이야기한 적이 있다.

나는 우리 아이들이 초등학교에 들어갔을 무렵, 집사람에게 절대 아이들 앞에서는 선생님에 대해 나쁘게 말하지 말라고 당부하곤 했다. 학부모부터 선생님을 존경하는 태도를 보여야 아이들도 따라서 자기 선생님을 존경하지, 학부모가 선생님을 깔보는 식으로 말하는데 어떻게 아이들 교육이 되겠는가. 우리 사회 곳곳에서 상식 이하의 사건이 일어나는 것도 어찌 보면 제대로 된 초등교육의 부재인 탓이 크다. 제도적으로도 바뀔 필요가 있다고 본다.

우선 초등학교 교사들의 월급을 대학교수 수준으로 올려주고, 초등학교 교사가 될 수 있는 자격조건 역시 까다롭게 만들어야 한다. 그래야 초등학교 교사들 스스로 긍지를 가지고 교육에 전념할 수 있는 것이다. 다시 말해 교사의 질을 높이는 동시에 교사로서의 긍지까지 높여주는 방향으로 가자는 것이다. 그렇게 초등학교 교사가 인격적으로 가장 존경받는 교사가 되면, 초등교육도 자연스럽게 좋아질 수밖에 없다. 무엇보다 교사 스스로 긍지를 느끼지 않으면 아이들 교육이 제대로 될 수 없는 것이다.

되돌아보면 나는 내가 존경하는 선생님들에게 배울 수 있어서 참으로 행복했고 동시에 긍지를 느낄 수 있었다. 초등학교 5학년 담임 선생님 덕분에 선생님이라는 꿈을 갖게 되었으며, 미국의 지도교수님 덕분에 나중에 제자들과 작품을 쓸 때도 항상 제자들 비중을 먼저 고려하는 공평한 선생이 될 수 있었다. 이 자리를 빌려 스승님들께 감사의 인사를 전한다.

나는 감사해야 할 사람들이 정말 많다. 참으로 다행스럽게도 내 주위에 있는 사람들은 전부 착한 사람들뿐이었다. 나이 들어서 가만히 내 지나온 날들을 돌아다보면 신기하다는 생각부터 든다. 그동안 해왔던 일들 중 내가 의도한 대로 된 것이 하나도 없었기 때문이다. 오히려 의도하지 않았는데 내 운명이 되어버린 일들이 훨씬 많았다. 그런데 그 일들이 결과적으로는 다 내가 좋아하는 것들이었다. 고생이라고 해봐야 남들보다 조금 가난한 학창시절을 보냈던 것뿐이지, 평생을 내가 좋아하고 내 성격에 맞는 일을 하게 된 것은 정말로 큰 복이라고 생각한다.

　나는 살면서 힘든 고비를 넘길 때마다 '하나님이 따라다니면서 내 뒤를 봐주는 것이 아닐까!' 하는 생각을 갖기도 했다. 함안 촌놈이 처음으로 고향을 벗어나 진주에서 중·고등학교를 다닐 때도 그랬고, 등록금도 낼 수 없는 형편에 기적처럼 서울대학교에 다니게 된 것도 그랬고, 대학을 졸업하고는 가족을 부양하겠다는 계획밖에 없었는데 그 어렵던 시절 미국으로 유학을 가 학자의 길을 갈 수 있게 된 것도 그랬다.

굽이굽이 인생길을 지나오고 나니 대부분 좋은 쪽으로 결과가 나와서인지, 어려움이 다 즐거움이 되었다. 그 당시 내 형편으로 보면 분명 불가능한 것들인데 그 불가능이 차례차례 가능으로 변해간 것이다. 부모님 덕분이기도 하고, 정말 하느님 덕분이기도 하고, 묵묵히 이날까지 나를 지원해 준 집사람과 바르게 자라준 아이들 덕분이기도 하다. 또한 많은 가르침을 주신 스승들과 사회에서 제 몫을 다하고 있는 제자들 덕분이기도 하다. 이 모두에게 진심으로 감사한다. 마지막으로 내 학자로서의 삶을 2001년 6월 1일 받은 호암상湖嚴賞 공학상의 수상소감으로 갈음한다.

"주위의 많은 사람으로부터 축하 인사를 받고 호암상이 큰 상임을 실감했습니다. 제가 한 일을 높이 평가해 주신 심사위원 여러분께 감사드립니다. 제 연구 업적은 저와 함께 연구한 많은 분, 특히 자랑스러운 제자들과의 공동 작품입니다. 이 상이 그들에게도 기쁨과 긍지를 줄 것으로 여기며, 그들의 노력에 대한 제 보답이 되었으면 합니다.

제 연구는 산업화의 출발이 늦은 우리나라에서 필요한 소재 개발에 주력하는 한편, 이 과정에서 발견되는 현상에 대한 학문 연구로 특징지을 수 있습니다. 이것이 가능했던 것은 좋은 연구 과제를 의뢰한 기업체가 있었기 때문입니다. 저의 연구 능력을 신뢰하고 연구를 의뢰한 여러 기업체에 감사를 드립니다. 이번 호암상 수상의 대상이 된 것도 (주)일진소재산업에서 의뢰한 인쇄회로기판용 고온

고연신율 동박印刷回路基板用 高溫高延伸率 銅箔의 개발 연구를 수행하는 과정에서 얻은 뜻밖의 이론입니다.

저는 초등학교에서 대학원까지 저를 가르쳐 주신 여러 훌륭한 선생님의 본을 따르려고 애써왔습니다만, 학생을 가르친다는 것이 얼마나 어렵고 두려운 것인가를 뼈에 사무치게 느낍니다. 은사님께 감사와 존경을 올리고, 보배로운 제자들에게 사랑을 전합니다.
우연히도 시상일인 6월 1일이 제 결혼 33주년 되는 날입니다. 33년 전 8남매 가난한 집안의 맏며느리로 시집와, 제가 바깥일에 전념할 수 있도록 집안일을 원만하게 꾸려온 아내에게 좀 쑥스럽지만 이 자리를 빌려 처음으로 고마움을 표합니다. 말씀보다는 행동으로 본을 보여주신 부모님 생각이 간절합니다."

2001년 호암상 수상자들과 함께

부록

연구실적

저서(Text Books) | 장(Book Chapters and Encyclopedia Entry) | 학술지 논문 (Journal Articles) | 국제학회 논문집 논문(International Conference Proceedings) | 국내학술회의 논문집(Korean Conference Proceedings) | 특허(Patents) | 연구보 고서(Research Reports) | 학위논문 지도

저서(Text Books)

1. 이동녕(D.N.Lee); **금속가공학**(Metal Working), 문운당(Munundang, Seoul Korea), 1977. 11. , 345 pages.

2. 이동녕(D.N.Lee); **금속강도학**(Mechanical Behavior of Metals), 문운당 (Munundang, Seoul Korea), 1979. 4. , 314pages.

3. 이동녕(D.N.Lee), 문인형, 백영현, 이동희; **금속공학실험**(Experiments in Metallurgical Engineering), 반도출판사 (Bandochulpansa., Seoul Korea), 1980. 5. , 263pages.

4. 이동녕(D.N.Lee), 최종술, 권숙인, 송진태, 윤의박, 예길촌, 천병선; **금속강도학(연습)**(Exercise in Mechanical Behavior of Metals), 탑출판사 (Tapchulpansa), 1980. 9. , 154 pages.

5. 이동녕(D.N.Lee), 이상익, 윤한상; **금속강도학**(Mechanical Behavior of Metals), 탑출판사(Tapchulpansa), 1981. 2. , 281 pages.

6. 이동녕(D.N.Lee); **금속강도학**(전정판) (Mechanical Behavior of Metals, revised edition), 문운당(Munundang), 1983. 1. , 400 pages.

7. 이동녕(D.N.Lee) 외 51명; **금속공학실험**(Experiments in Metallurgical Engineering), 대한금속학회(The Korean Institute of Metals), 반도출판사 (Bandochulpansa), 1984.3. , 461pages.

8. 이동녕(D.N.Lee); **소성가공학**(Deformation Processing), 문운당 (Munundang), 1985.1. , 522 pages.

9. 이동녕(D.N.Lee), 김정수, 이성근 번역(Translation); **변형 및 파괴역학** (Deformation and Fracture Mechanics of Engineering Materials by R.W.Herzberg, 3rd edition, Wiley), 희중당(Heuijungdang, Seoul Korea), 1990. 8., 646 pages.

10. 이동녕(D.N.Lee); **금속강도학**(Mechanical Behavior of Metals), 노동부 한 국직업훈련관리공단(Korea Manpower Agency, Seoul, Korea), 1990. 11. , 200 pages.

11. 이동녕(D.N.Lee); **재료강도학**(Mechanical Behavior of Materials), 문운당

(Munundang), 1992. 1. ; 정정판(revised edition), 483 pages.

12. 이동녕(D.N.Lee), 이병주; **상평형 열역학**(Thermodynamics of Phase Equilibria), 문운당 (Munundang), 1993. 3. 283 pages.

13. 이동녕(D.N.Lee), 이병주; **상평형 열역학**(Thermodynamics of Phase Equilibria), 개정판(revised edition), 문운당 (Munundang), 1995. 3. ? pages.

14. 권숙인, 권훈, 유연철, 윤의박, 예길촌, 이동녕(D.N.Lee), 천병선, 최종술; **금속강도학 연습**(Exercise in Mechanical Behavior of Metals), 희중당 (Heejungdang, Seoul Korea), 1994.7. , ? pages.

15. 이동녕(D.N.Lee); **소성가공학**(Deformation Processing), 문운당 (Munundang), 제3판, 2005.2.25. , 577 pages.

16. Dong Nyung Lee; *Texture and Related Phenomena*, 1st edition, The Korean Institute of Metals and Materials, Jan. 2006, 706 pages. ISBN 89-5708-101-1

17. 이동녕 (책임위원장), 이정중(용어위원회위원장), 김형순 (간사위원), 강탁 (용어위원), 김영호, 김용석, 민동준, 박익민, 박찬경, 신무환, 안종관, 유연철, 임태홍; **금속·재료용어집**, (사)대한금속·재료학회, ㈜한국철강신문 발행, 2007. 11. 1.

18. Dong Nyung Lee; *Texture and Related Phenomena*, 2nd edition, The Korean Institute of Metals and Materials, Seoul, Jan. 2014, 795 pages. ISBN 89-5708-101-1

19. 이동녕, **재료강도학**, 문운당, 2판 1쇄, 2013.8.30., 627 pages.

20. 이동녕; **표면처리층의 조직과 성질**(실용표면처리시리즈 13권), (사) 한국표면공학회, 2014.4., 편집 및 인쇄: 화신문화 ㈜, 2014. 4., 370 pages. ISBN 978-89-88673-37-9 비매품, ISBN 978-89-88673-24-9 (세트)

21. Textures of Materials ICOTOM 13, Materials Science Forum Volumes 408-412, Proceedings of the 13th International Conference on Textures of Materials, Seoul, Korea, August 26-30, 2002, edited by

Dong Nyung Lee, Trans Tech Publications Ltd., Switzerland. Germany.
UK. USA, Part 1: 1-984, Part 2: 985-1794. ISBN 0-87849-903-2

****장(Book Chapters and Encyclopedia Entry)****

1. Dong Nyung Lee and Barry D. Lichter; Relationship between
thermodynamic properties of liquid alloys, *Liquid Metals: Physics and Chemistry*,
edited by S.Z.Beer, Marcel Dekker Inc., New York, London, Jan. 1972,
pp. 81-160. ISBN: 0-8247-1032-0

2. Dong Nyung Lee; Self-Diffusion in sintering of nonspherical metallic
particles, *Materials Science Research, Vol. 6*, ISBN 978-1-4615-9001-9, edited
by G.C. Kuczynski, Plenum Publishing Corporation, 227 West 17th
Street, New York, N.Y. 10011, Jan. 1973, pp.261-268.

3. Dong Nyung Lee and Yoon Keun Kim; Forming limit diagrams for
stainless steel clad aluminum sandwich sheets, ***Forming Limit Diagrams
: Concepts, Methods, and Applications***, edited by R. H. Wagoner, K. S.
Chan, and S. P. Keeler, TMS. Warrendale, PA. U.S.A., 1989, pp.37-59.
ISBN: 0-87339-098-9

4. Su-Hyeon Kim and Dong Nyung Lee; Chapter 2. Recrystallization
of dispersion-strengthened copper alloys, ***RECRYSTALLIZATION***,
edited by Krzysztof Sztwiertnia, InTech (Open Access Publisher), Mar.
2012, pp. 24-42. (http://www.intechopen.com/articles/show/title/
recrystallization-of-dispersion-strengthened-copper-alloys) ISBN
978-953-51-0122-2

5. Dong Nyung Lee and Heung Nam Han; Chapter 1. Recrystallization
textures of metals and alloys, ***Recent Developments in The Study
of Recrystallization***, edited by Peter Wilson, In Tech (Open Access
Publisher), Feb. 2013, pp. 3-59. (http://www.intechopen.com/articles/

show/title/recrystallization-of-metals-and-alloys) ISBN 978-953-51-0962-4

6. Dong Nyung Lee and Sung Bo Lee; Chapter 9. Solid phase crystallization of amorphous silicon films, *Advanced Topics in Crystallization*, ISBN 978-953-51-2125-1, edited by Yitzhak Mastai, In Tech (Open Access Publisher), Janeza Trdine, 51000 Rijeka, Croatia, First Published May 2015, pp. 205-234. (http://www.intechopen.com/articles/show/title/solid-phase-crystallization-of-amorphous-silicon-films.) DOI:10.5772/59723. http://www.intechopen.com/books/show/Advanced-topics-in-crystallization

7. Dong Nyung Lee and Sung Bo Lee; Chapter 1. Abnormal grain growth texture, *Recrystallization in Materials Processing*, (http://dx.doi.org/10.5772/58713), edited by Vadim Glebovsky, In Tech (Open Access Publisher), Feb. 2015, pp.1-50.

8. Dong Nyung Lee; Entry: Nitriding of interstitial free steel, *The Encyclopedia of Iron and steel and Their Alloys*, 1st Ed., Taylors & Francis Group, New York, June 1, 2016.

** 학술지 논문(Journal Articles) **

1. Jae Won. Kim and Dong Nyung Lee; Electrowinning of tungsten from fused bath composed of calcium chloride, calcium oxide and tungstic oxide, *Daehan Hwahak Hwoejee* 10(1), 32-42, 1966.2. RG

2. 李東寧(이동녕 Dong Nyung Lee); 二元系 熱力學 資料를 이용한 三元系 狀態圖의 誘導, 金屬學會誌*(Journal of the Korean Institute of Metals)* 9(1), 34-43, 1971.6. (技術解說, Review)

3. 李東寧, 尹容九(Dong Nyung Lee and Young Ku Yoon); 燒結型固體탄탈 蓄電器의 製造條件과 電氣的 特性(Fabrication and evaluation of solid

electrolytic tantalum capacitors), 金屬學會誌*(Journal of the Korean Institute of Metals)* 10(2), 147-156, 1972.2.

4. 李東寧(Dong Nyung Lee); 탄탈압분체의 소결수축율에 관한 연구 (Shrinkage in sintering of porous tantalum powder compacts), 金屬學會誌*(Journal of the Korean Institute of Metals)* 10(4), 257-265, 1972.4.

5. 李東寧; 액체금속과 반도체의 전기전도도를 측정하는 방법(A method for measuring liquid metals and semiconductors, 金屬學會誌*(Journal of the Korean Institute of Metals)* 10(4), 292-299, 1972.4 (기술해설, review).

6. 李東寧, 尹容九(Dong Nyung Lee and Young Ku Yoon); 탄탈양극 산화피막의 결함과 화성중 신틸레이숀과의 관계(Relationship between flaws in anodic Ta2O5 films and scintillation during anodization), 金屬學會誌 *(Journal of the Korean Institute of Metals)* 11(2), 165-171, 1973.2.

7. Dong Nyung Lee and Yong Ku. Yoon; Frequency characteristics of anodic oxide films on tantalum), *Journal of the Korean Nuclear Society*(원자력학회지) 5(1), 30-37, 1973.3. RG

8. 李東寧, 李震亨, 姜日求(Dong Nyung Lee, Jin Hyung Lee and Il. Koo Kang); 알루미늄의 多孔性 陽極酸化皮膜에 關한 研究(The structure of porous anodic oxide films on aluminum), 大韓金屬學會雜誌*(Journal of the Korean Institute of Metals)* 11(4), 348-354, 1973.4. (in English).

9. Dong Nyung Lee and Yong Ku Yoon; Frequency characteristics of anodic oxide films: Effects of anodization voltage), *Journal of the Korean Nuclear Society* 6 (1), 14-22 , 1974.3.

10. 李東寧, 張榮遠(Dong Nyung Lee and Young Won Chang); 銅電着層의 電解條件에 따른 集合組織과 顯微鏡組織의 變化(Changes in preferred orientation and structure of copper deposit depending upon electrolysis conditions), 大韓金屬學會誌*(J. Korean Inst. Met.)* 12(3), 243-249, 1974.3. (in English).

11. 李東寧, 金順光(Dong Nyung Lee and Soon Gwang Kim); 알루미늄의 섬

유상부식(Filiform corrosion of aluminum), **韓國腐蝕學會誌***(J. Korean Corrosion Science Soc.)* 4(3), 69-73 , 1975.9.

12. 李東寧(Dong Nyung Lee); Ag-Cd 합금의 내부산화(The internal oxidation of Ag-Cd alloys), **大韓金屬學會誌***(Journal of the Korean Institute of Metals)* 14(1), 20-30, 1976.3. (in English)

13. 朴正烈, 李東寧(jeong-Real Park and Dong Nyung Lee); 크롬 電着層의 優先配向과 顯微鏡組織(Relation between preferred orientation and microstructure of chromium electrodeposits), **大韓金屬學會誌***(Journal of the Korean Institute of Metals)* 14(4), 359-367, 1976.10. (in English).

14. 안상호, 이동녕(Sang Ho Ahn and Dong Nyung Lee); 텅그스텐의 활성화소결(The activated sintering of tungsten), **大韓金屬學會誌***(Journal of the Korean Institute of Metals)* 15(1), 24-29, 1977.3.

15. 李東寧(Dong Nyung Lee); 3원계 상태도의 열역학적 계산(Thermodynamic calculation of ternary phase diagrams), **大韓金屬學會誌***(J. Korean Inst. Met.)* 15(6), 564-573, 1977.10. (in English).

16. Jin Hyung Lee, Dong Nyung Lee, Il Koo Kang; Alternating current color anodizing of aluminum alloys, *Plating and Surface Finishing,* 65(1), 40-44, 1978.1.

17. 金興植, 李東寧(H. S. Kim and Dong Nyung Lee); 2024 알루미늄합금의 잔류응력 제거(Relief of residual quenching stresses in 2024 aluminum alloy), **大韓金屬學會誌***(Journal of the Korean Institute of Metals)* 16(4), 233-242, 1978.8.

18. 朴仁圭, 李東寧(In Kyu Park and Dong Nyung Lee); 銅覆鋼棒의 亞鉛中間層에 의한 鋼銅間結合(The bond between steel and copper through intermediate zinc layer in copper-clad steel rod), **大韓金屬學會誌***(Journal of the Korean Institute of Metals)* 16(5), 377-385, 1978.10.

19. Jin Hyung Lee, Dong Nyung Lee, Il Koo Kang; Alternating current color anodizing of aluminum alloys, *Plating and Surface Finishing,* 65(1),

40-44, 1978.1. RG

20. 鄭垽, 李東寧(정은, 이동녕, Eun. Chung and Dong Nyung Lee); 重合金의 機械的性質에 關한 연구(A study on mechanical properties of heavy alloys), 대한금속학회지*(Journal of the Korean Institute of Metals)* 17(1), 38-45, 1979.2.

21. 李東寧; Rockwell 硬度로부터 鋼板의 降伏强度를 구하는 방법, 大韓金屬學會誌 17(2), 161-164, 1979.4. (토픽)

22. 金喜珍, 李東寧, 朴平柱(Hee Jin Kim, Dong Nyung Lee and Pyung Choo Park); 電解二酸化 망간의 電解採取에 관한 연구(Electrowinning of manganese dioxide), 大韓金屬學會誌*(Journal of the Korean Institute of Metals)* 17(3), 221-230, 1979.6. (in English).

23. 李東寧(Dong Nyung Lee); 單一成分系固相燒結理論의 進步, 대한금속학회지 17(4), 246-253, 1979.9. (review 技術解說).

24. Dong Nyung Lee, Sang Ho Ahn; Nickel activated model sintering of tungsten, *Science of Sintering*, 11(1), 43-54, 1979.11.

25. 이동녕, 김정수(Dong Nyung Lee and J. S. Kim); 알루미늄과 2024-T4 알루미늄 합금의 인장성질의 평면이방성(Planar anisotropy in tensile properties of aluminum and 2024-T4 aluminum alloy), 대한금속학회지*(J. Korean Inst. Met.)* 18(2), 151-158, 1980.4.

26. D.N. Lee and J.S. Kim; Planar anisotropy in tensile properties of aluminum and 2024-T4 aluminum alloy, *Journal of the Korean Institute of Metals* 18(2), 151-158, 1980.4. (in English)

27. 김영호, 이동녕(Y. H. Kim and Dong Nyung Lee); 알루미늄의 재결정 및 결정립 성장에 관한 표면 효과의 연구(Effect of free surface on recrystallization and grain growth of aluminum), 대한금속학회지*(J. Korean Inst. Met.)* 18(3), 261-270, 1980.6.

28. 유연철, 강일구, 이동녕(Y. C. Yoo, I. K. Kang and Dong Nyung Lee); 열간드로잉에 의한 철-니켈 합금봉의 구리피복(Cladding of copper on iron-

nickel alloy rod by hot drawing), 대한금속학회지*(J. Korean Inst. Met.)* 18(5), 444-452, 1980.10.

29. 이동녕, 박평주(Dong Nyung Lee and P. C. Park); 내부산화로 얻은 Ag-CdO 층의 경도분포(Hardness distribution in Ag-CdO layer obtained by internal oxidation), 대한금속학회지*(J. Korean Inst. Met.)*, 18(6), 515-520, 1980.12.

30. 김정수, 이동녕(J. S. Kim and Dong Nyung Lee); 알루미늄과 2024-T4 알루미늄 합금의 피로균열 성장속도의 평면이방성(Planar anisotropy of fatigue crack propagation rate in aluminum and 2024-T4 aluminum alloy), 대한금속학회지*(J. Korean Inst. Met.)*, 19(1), 28-35, 1981.1.

31. 유연철, 강일구, 이동녕(Y. C. Yoo, I. K. Kang and Dong Nyung Lee); 고투자율 니켈-철 합금의 판 성형성(Sheet formability of high permeability nickel - iron alloy), 대한금속학회지*(J. Korean Inst. Met.)* 19(2), 105-111, 1981.2.

32. 남승의, 이동녕(S. E. Nam and Dong Nyung Lee); 온간상태에서 비틀림변형에 의한 Cementite의 구상화(Accelerated spheroidization of cementite by the concurrent warm torsional deformation), 대한금속학회지*(J. Korean Inst. Met.)*, 19(2), 143-151, 1981.2.

33. Gil Chon Ye, Dong Nyung Lee; Orientation and microstructure of dull nickel electrodeposits, *Plating and Surface Finishing,* 68(4), 60-64, 1981. 4.

34. Dong Nyung Lee, Barry D. Lichter; Densities and electrical conductivities of liquid Tl-Te, In-Te and Ga-Te systems, *Materials Science and engineering*, 51, 213-222, 1981. 6.

35. 이경종, 이동녕(K. J. Lee and Dong Nyung Lee); 3원계 상태도의 계산에 관한 연구(Computer calculation of ternary phase diagrams), 대한금속학회지*(J. Korean Inst. Met.)*, 19(10), 906-914, 1981.10

36. Dong Nyung Lee, Gil Chon Ye; Orientation and microstructure of watts and bright nickel electrodeposits, *Plating and Surface Finishing*, 68(11),

46-50, 1981. 11.

37. Gil Chon Ye, Dong Nyung Lee; Orientation and microstructure of dull nickel electrodeposits, *Plating and Surface Finishing*, 68(4), 60-64, 1981. 4.

38. Dong Nyung Lee, Barry D. Lichter; Densities and electrical conductivities of liquid Tl-Te, In-Te and Ga-Te systems, *Materials Science and engineering*, 51, 213-222, 1981. 6.

39. Dong Nyung Lee, Gil Chon Ye; Orientation and microstructure of watts and bright nickel electrodeposits, *Plating and Surface Finishing*, 68(11), 46-50, 1981. 11.

40. 이종수, 이동녕(C. S. Lee and Dong Nyung Lee); 파라텅스텐산 암모늄의 열분해에 관한 연구(Thermal decomposition of ammonium paratungstate), 대한금속학회지*(J. Korean Inst. Met.)* 20(3), 195-202, 1982.3.

41. 이성근, 이동녕(S. K. Lee and Dong Nyung Lee); 알미늄 청동의 Anneal Hardening(Anneal hardening in Al bronze), 대한금속학회지*(J. Korean Inst. Met.)* 20(5), 448-454, 1982.5

42. 이동녕(Dong Nyung Lee); FCC 및 BCC 판재금속의 평면이방성과 집합조직의 관계(Relation between planar anisotropy and texture in FCC and BCC sheet metals), 대한금속학회지*(J. Korean Inst. Met.)* 20(7), 586-593, 1982.7. (in English).

43. 이동녕, 정영훈, 신명철(Dong Nyung Lee, Y. H. Chung and M. C. Shin); 관의 롤 교정으로 인한 잔류응력 발생에 관한 연구(Development of residual stress in roll straightened tubes), 대한금속학회지*(J. Korean Inst. Met.)* 20(12), 1086-1089, 1982.12.

44. Dong Nyung Lee, Young Hoon Chung, Myung Chul Shin; Preferred orientation in extruded aluminum alloy rod, *Scripta Metallurgica*, 17(3), 339-343, 1983. 3.

45. 이세광, 이동녕(S. K. Lee and Dong Nyung Lee); 3원계 상태도의 컴퓨터 계산(Computer calculation of ternary phase diagrams), 대한금속학회지*(J.*

Korean Inst. Met.) 21(4), 371-379, 1983.4.

46. Dong Nyung Lee, Seh Kwang Lee; Calculation of the partial molar properties of ternary alloys from binary data using the shortest distance composition path, *Scripta Metallurgica*, 17(7), 861-866, 1983. 4.

47. 오영국, 이동녕(Y. G. Oh and Dong Nyung Lee); 저탄소강의 알루미늄 확산 침투 처리에 관한 연구(Pack-aluminization of low carbon steel), 대한금속 학회지(J. Korean Inst. Met.) 21(10), 987-994, 1983.10.

48. Dong Nyung Lee, Young Hoon Chung, Myung Chul Shin; Preferred orientation in extruded aluminum alloy rod, *Scripta Metallurgica*, 17(3), 339-343, 1983. 3.

49. 임윤순, 이동녕, 정영훈, 신명철(Y. S. Yoon, Dong Nyung Lee, Y. H. Chung and M. C. Shin); 2014 Al 합금의 동적회복 및 재결정(The dynamic recovery and recrystallization behavior of 2014 Al alloy), 대한금속학회지 *(J. Korean Inst. Met.)* 22(1), 33-40, 1984.1

50. Dong Nyung Lee; Relation between limiting drawing ratio and plastic strain ratio, *J. Materials Science Letters*, 3, 677-680, 1984. 3.

51. Yeon Chul Yoo, Dong Nyung Lee; Formability of soft-magnetic Ni-Fe alloy sheet, *Metals Technology*, 11(3), 91-98, 1984. 3.

52. 이혁모, 이세광, 이동녕(H. M. Lee, S. K. Lee and Dong Nyung Lee); 3원 계 열역학 자료의 Optimization(Optimization of ternary thermodynamic data), 대한금속학회지*(J. Korean Inst. Met.)* 22(4), 398-407, 1984.4

53. 정재환, 이동녕(J. H. Chung and Dong Nyung Lee); 444 스테인레스 강판 의 성형성(Formability of 444 stainless steel sheets), 대한금속학회지*(J. Korean Inst. Met.)* 22(4), 388-397, 1984.4.

54. 정병기, 오규환, 이동녕, 신영길(B. K. Chung, Kyu Hwan Oh, Dong Nyung Lee and Y. K. Shin); 유한요소법에 의한 연속주편의 부풀음 현상의 응력 및 변형해석(Stresss and strain analysis in continuous cast slab by finite elementmethod), 대한금속학회지*(J. Korean Inst. Met.)* 22(9), 794-803,

1984.9.

55. 이홍로, 서동수, 이동녕(H. R. Lee, D. S. Suhr and Dong Nyung Lee); 니켈 전착층의 잔류응력 측정(Measurement of residual stresses in nickel electrodeposites), 금속표면처리*(J. Metal Finishing Soc. Korea)* 17(3), 73-77, 1984.9.

56. Dong Nyung Lee; Relation between limiting drawing ratio and plastic strain ratio, *J. Materials Science Letters*, 3, 677-680, 1984. 3.

57. Yeon Chul Yoo, Dong Nyung Lee; Formability of soft-magnetic Ni-Fe alloy sheet, *Metals Technology*, 11(3), 91-98, 1984. 3.

58. 이동녕, 이재봉, 장세기(Dong Nyung Lee, J. B. Lee and S. K. Chang); 알루미늄 합금의 2단계 피로균열성장 속도에 대한 Paris 식의 상수사이의 관계(The relationship between the constants in the Paris equation for fatigue crack growth of aluminium alloys), 대한금속학회지*(J. Korean Inst. Met.)* 23(6), 605-610, 1985.6.

59. 김윤근, 이동녕(Y. K. Kim and Dong Nyung Lee); 전해동박의 우선방위, 단면조직, 표면형태 및 기계적 성질(Preferred orientation, microstructure, surface morphology and mechanical properties of electrodeposited copper foils), 금속표면처리*(Journal of the Metal Finishing Society of Korea)* 18(3), 95-104, 1985.9.

60. 이홍로, 이동녕(H. R. Lee and Dong Nyung Lee); 설파민산니켈 도금욕에서의 니켈전착(Electrodeposition of nickel from nickel sulphamate baths), 금속표면처리*(J. Metal Finishing Soc. Korea)* 18(3), 125-133, 1985.9.

61. Dong Nyung Lee, Kyu Hwan Oh; Calculation of plastic strain ratio from the texture of cubic metal sheet, *Journal of Materials Science*, 20(9), 3111-3118, 1985. 9.

62. 신택중, 이동녕(T. J. Shin and Dong Nyung Lee); 주물용 Al-Si 합금중 공정 Si의 열처리에 의한 구상화(Spheroidization of eutectiferous silicon in Al-Si cast alloy by heat treatment), 대한금속학회지*(Journal of the*

Korean Institute of Metels) 23(10), 1116-1122, 1985.10.

63. Dong Nyung Lee, Kyu Hwan Oh; Calculation of plastic strain ratio from the texture of cubic metal sheet, *Journal of Materials Science*, 20 (9), 3111-3118, 1985. 9

64. Seh Kwang Lee, Dong Nyung Lee; Calculation of phase diagram using partial phase diagram data, *CALPHAD*, 10(1), 61-76, 1986. 1.

65. 이동녕, 김동길(Dong Nyung Lee and D. G. Kim); 스테인리스강-구리-스테인리스강 복합판재의 제조 및 일축 인장거동(Fabrication of the stainless steel-copper-stainless steel composites and their tensile behavior), 대한금속학회지*(J. Korean Inst. Met.)* 24(10), 1159-1168, 1986.10.

66. 이홍로, 이동녕(H. R. Lee and Dong Nyung Lee); 황동 경납땜을 이용한 동피복 고탄소 강봉의 제조(Fabrication of copper clad high carbon steel rod by brazing with brass filler metal), 대한금속학회지*(J. Korean Inst. Met.)* 24(11), 1253-1259, 1986.11.

67. 이세광, 이동녕(S. K. Lee and Dong Nyung Lee); Al-Zr-V계 상태도 계산 (Calculation of the Al-Zr-V phase diagram), 대한금속학회지*(J. Korean Inst. Met.)* 24(12), 1290-1301, 1986.12.

68. Seh Kwang Lee, Dong Nyung Lee; Calculation of phase diagram using partial phase diagram data, *CALPHAD*, 10(1), 61-76, 1986. 1.

69. 이동녕, 박수훈(Dong Nyung Lee and S. H. Park); 알루미늄 및 알루미늄 합금판의 일축인장 소성 불안정성(Plastic instability in aluminum and aluminum alloy sheet under uniaxial tension), 대한금속학회지*(J. Korean Inst. Met.)* 25(2), 89-98, 1987.2.

70. Seung Eui Nam, Dong Nyung Lee; Accelerated spheroidization of cementite in high-carbon steel wires by drawing at elevated temperature, *Journal of Materials Science*, 22, 2319-2326, 1987. 7.

71. Byeong-Joo Lee, Seh Kwang Lee, Dong Nyung Lee; Formulation of the A2/B2/DO3 atomic ordering energy and a thermodynamic analysis

of the Fe−Si system, *CALPHAD*, 11(3), 253−270, 1987, 7−8.

72. 허강헌, 이동녕(K. H. Hur and Dong Nyung Lee); X−선 회절법에 의한 집합 조직을 갖는 60Cu−40Zn 황동의 구성상 부피분율 측정(X−ray determination of the volume fraction of phases in textured 60Cu−40Zn brass samples), 대한금속학회지(*J. Korean Inst. Met.*) 25(10), 692−705, 1987.10.

73. Seung Eui Nam, Dong Nyung Lee; Accelerated spheroidization of cementite in high−carbon steel wires by drawing at elevated temperature, *Journal of Materials Science*, 22, 2319−2326, 1987. 7.

74. 박석완, 이동(S. W. Park and Dong Nyung Lee); 냉간 신선한 5056 알루미늄합금선 및 6253 알루미늄합금피복 5056 알루미늄합금선 표면층의 잔류응력 (Residual stresses in surface layer of cold drawn 5060 aluminum alloy and alclad 5056 aluminum alloy wires), 대한금속학회지(*J. Korean Inst. Met.*) 26(2), 165−177, 1988.2.

75. 최진호, 변송호, 홍승태, 정덕영, 최석용, 김배환, 김진태, 노동윤, 유한일, 이동녕, 승도영, 박태석(J. H. Choy, S. H. Byeon, S. T. Hong, D. Y. Jung, S. Y. Choi, B. Y. Kim, T. J. Kim, D. Y. Noh, H. I. Yoo, Dong Nyung Lee, D. Y. Seung and T. S. Park); 고온초전도체 YBa2Cu3O7−δ; (I) 합성 및 물리화학적 특성연구(High Tc superconductor, YBa2Cu3O7−δ; (I) Its preparation and physicochemical characterization), 대한요업학회지(*J. Korean Ceramic Soc.*) 25(2), 154−160 , 1988.2.

76. Dong Nyung Lee, Yoon Keun Kim; On the rule of mixtures for flow stresses in stainless−steel−clad aluminium sandwich sheet metals, *Journal of Materials Science*, 23(2), 558−564, 1988. 2.

77. 이성호, 이동녕(S. H. Lee and Dong Nyung Lee); 연속주조 빔블랭크의 응고층 형성에 관한 수치해석(Numerical analysis of the solidification in the continuously cast beam blank), 대한금속학회지(*J. Korean Inst. Met.*) 26(3), 293−306, 1988.3.

78. 윤우석, 이동녕(W. S. Yoon and Dong Nyung Lee); 유한요소법에 의한

알루미늄 봉 수냉시의 응력 발생 해석(Finite element analysis of stress development during water quenching of an aluminum rod), 대한금속학회지(*J. Korean Inst. Met.*) 26(4), 394-405, 1988.4.

79. 정인범, 오규환, 이동녕(I. B. Jeong, Kyu Hwan Oh and Dong Nyung Lee); 열-탄소성-크리프 모델을 이용한 연주주편의 부풀음 변형에 대한 유한요소해석(Finite element analysis of the bulging deformation in continuously cast slab by thermo-elastoplastic creep model), 대한금속학회지(*J. Korean Inst. Met.*) 26(5), 440-453, 1988.5.

80. 이화영, 이동녕(H. Y. Lee and Dong Nyung Lee); 분말 압연법에 의한 금속판재의 제조(구리분말을 중심으로) (Fabrication of metal strip by the powder rolling process (based on copper powder)), 대한금속학회지(*J. Korean Inst. Met.*) 26(12), 1176-1189, 1988.

81. Dong Nyung Lee, Yoon Keun Kim; Tensile properties of stainless steel clad aluminum sandwich sheet metals, *Journal of Materials Science*, 23, 1436-1442, 1988. RG

82. Su Hoon Park, Dong Nyung Lee; A study on the microstructure and phase transformation of electroless nickel deposits, *Journal of Materials Science*, 23(5), 1643-1654, 1988. 5.

83. Dong Nyung Lee, Insoo Kim, Kyu Hwan Oh; Calculation of yield stresses and plastic strain ratio, *Journal of Materials Science*, 23(11), 4013-4021, 1988.

84. I.B. Jeong, K.H. Oh, H.I. Lee, D.N. Lee, Y.K. Paek; On the mechanical behaviors of SiC whisker reinforced Al composites by powder metallurgical process, *Journal de physique*, C5, 623-629, Oct. 1988.

85. Byeong-Joo Lee, Dong Nyung Lee; Formulation of the A1/L12 ordering energy and a thermodynamic analysis of Fe - Ni system, *CALPHAD*, 12(4), 393-403, Dec. 1988.

86. Dong Nyung Lee, Yoon Keun Kim; On the rule of mixtures for flow

stresses in stainless–steel–clad aluminium sandwich sheet metals, *Journal of Materials Science*, 23(2), 558–564, Feb. 1988.

87. Su Hoon Park, Dong Nyung Lee; A study on the microstructure and phase transformation of electroless nickel deposits, *Journal of Materials Science*, 23(5), 1643–1654, May 1988.

88. Dong Nyung Lee, Yoon Keun Kim; Tensile properties of stainless steel clad aluminum sandwich sheet metals, *Journal of Materials Science*, 23, 1436–1442, 1988

89. Dong Nyung Lee, Insoo Kim, Kyu Hwan Oh; Calculation of yield stresses and plastic strain ratio, *Journal of Materials Science*, 23(11), 4013–4021, Nov. 1988.

90. Byeong–Joo Lee, Dong Nyung Lee; Formulation of the A1/L12 ordering energy and a thermodynamic analysis of Fe – Ni system, *CALPHAD*, 12(4), 393–403, Dec. 1988..

91. 金寅洙, 李東寧(김인수, 이동녕; I. S. Kim and Dong Nyung Lee); 70 : 30 황동의 動的 變形 時效와 달굼 硬化(The Portevin LeChatelier effect and anneal hardening of cartridge brass), 대한금속학회지*(J. Korean Inst. Met.)* 27(4), 331–340, Apr. 1989.

92. 김형섭, 이동녕(H. S. Kim and Dong Nyung Lee); 쾌삭 황동의 연속주 조시 열전달과 응고조직 (Heat transfer and solidification structure in continuously cast free cutting brass), 대한금속학회지*(J. Korean Inst. Met.)* 27(12), 1085–1093, 1989. 12.

93. Byeong–Joo Lee, Dong Nyung Lee; Calculation of phase diagrams for the YO1.5 –BaO – CuO system, *Journal of American Ceramic Society*, 72(2), 314–319, 1989.

94. Dong Nyung Lee, Sung Keun Lee; Corrosion fatigue of SAE 51100 steel in 3% NaCl solution, *Materials Science and Technology*, 5(5), 477–486, May 1989.

95. Dong Nyung Lee; A model for development of orientation of vapor deposits, *Journal of Materials Science*, 24(12), 4375-4378, Dec. 1989.

96. Byeong-Joo Lee, Dong Nyung Lee; A thermodynamic study on the Mn – C and Fe – Mn system, *CALPHAD*, 13(4), 345-354, 1989. 12.

97. Byeong-Joo Lee, Dong Nyung Lee; A thermodynamic study on the Fe – Mn – C system, *CALPHAD*, 13(4), 355-365, 1989. 12.

98. 정성규, 이동녕(S. K. Jeong and Dong Nyung Lee); 압출과 신선시 발생하는 중심파열 현상에 대한 슬립선장 해석(The slip-line field analysis of central burst phenomena during extrusion & drawing processes), 대한금속학회지*(J. Korean Inst. Met.)* 28(9), 755-761, 1990. 9.

99. Kang Heon Hur, Jae Han Jeong, Dong Nyung Lee; Microstructure and crystallisation of electroless Ni – P deposits, *Journal of Materials Science*, 25, 2573-2584, 1990.

100. 이병주, 이동녕(B. J. Lee and Dong Nyung Lee); Ni-Cr-Mo-Mn-V강의 열역학 계산 및 탄화물 석출경향의 예측(Thermodynamic calculation and prediction of carbide precipitation behavior in Ni-Cr-Mo-Mn-V steels), 대한금속학회지*(J. Korean Inst. Met.)* 29(1), 23-32, 1991. 1.

101. 권재욱, 정재환, 이동녕(J. W. Kwon, J. H. Chung and Dong Nyung Lee); 각종 냉연 강판과 황동의 성형한계도(Forming limit diagrams of steel and brass sheets), 대한금속학회지*(J. Korean Inst. Met.)* 29(2), 126-134, 1991. 2

102. 강수영, 오창석, 이동녕(S. Y. Kang, C. S. Oh and Dong Nyung Lee); Cu-Sb-Sn계의 액상과 Cu가 많은 영역의 고용체에 대한 열역학적 고찰(A thermodynamic study on the liquid phase and Cu-rich solid solution of the Cu-Sb-Sn system), 대한금속학회지*(J. Korean Inst. Met.)* 29(3), 270-277, 1991. 3.

103. 정성규, 최준환, 이동녕, 이혁모, 홍순형, 홍성철, 이종수(S. K. Jeong, J. H. Choi, Dong Nyung Lee, H. M. Lee, S. H. Hong, S. C. Hong and J. S.

Lee); 초소성 7475 Al 합금의 부풀림 성형(Blow forming of superplastic 7475 aluminum alloy sheets) 대한금속학회지*(J. Korean Inst. Met.)* 29(4), 379-388, 1991. 4.

104. 김형섭, 이상현, 이동녕(H. S. Kim, S. H. Lee and Dong Nyung Lee); 피복선재 신선의 탄소성 유한요소해석(Elasto-plastic finite element analysis of clad-wire drawing), 대한금속학회지*(J. Korean Inst. Met.)* 29(6), 598-603, 1991. 6.

105. 김형섭, 이동녕(H. S. Kim and Dong Nyung Lee); 다공성 금속 원주 시편의 압축 성형에 대한 탄소성 유한요소해석(Elasto-plastic finite element analysis for upsetting of porous metal cylinder), 대한금속학회지*(J. Korean Inst. Met.)* 29(7), 703-708, 1991. 7.

106. 이성호, 이동녕(S. H. Lee and Dong Nyung Lee); 전자기 확관성형의 유한요소해석(A finite element analysis of electromagnetic forming for tube expansion), 대한기계학회논문집*(Trans. Korean Soc. Mech. Engrs.)* 15(6), 1872-1885, 1991.

107. Byeong-Joo Lee, Dong Nyung Lee; Thermodynamic evaluation for the YO1.5 - BaO - CuOx system, *Journal of American Ceramic Society*, 74(1), 78-84, Jan. 1991.

108. Kang Heon Hur, Jae Han Jeong, Dong Nyung Lee; Effect of annealing on magnetic properties and microstructure of electroless nickel - copper - phosphorous alloy deposits, *Journal of Materials Science*, 26, 2037-2044, 1991.

109. Se-Hyeong Lee, Dong Nyung Lee; Slab analysis of roll bonding for silver clad phosphorous bronze sheets, *Materials Science and Technology*, 7(11), 1042 - 1050, Nov. 1991.

110. Byeong-Joo Lee, Dong Nyung Lee; A thermodynamic study on the V - C and Fe - V systems, CALPHAD, 15 (3), 283-291, Mar. 1991.

111. Byeong-Joo Lee, Dong Nyung Lee; A thermodynamic study on the Fe

- V - C systems, *CALPHAD*, 15(3), 293-306, 1991.

112. Dong Nyung Lee; Development of orientation and microstructure of vapor deposits, *Textures and Microstructures*, 14-18, 763-768, 1991.

113. 김형섭, 이동녕(H. S. Kim and Dong Nyung Lee); 정수압을 받은 다공질 금속 소결체의 치밀화(Densification of sintered porous metal under hydrostatic pressure), 대한금속학회지*(J. Korean Inst. Met.)* 30(1), 37-42, 1992.

114. 김형섭, 이동녕(H. S. Kim and Dong Nyung Lee); 다공질 금속의 항복조건(A plastic yield criterion for porous metals), 대한금속학회지*(J. Korean Inst. Met.)*, 30(6), 656-663, 1992.

115. 권재욱, 김인수, 이동녕(Jae-Wook Kwon, Insoo Kim, Dong Nyung Lee); 각종 도금 강판의 신장성형시 마찰계수 측정(Mesasurement of friction coefficient in stretching of coated steel sheets), 한국소성가공학회지*(J. Korean Soc. for Technology of Plasticity)* 1(1), 75-86, 1992.

116. 오규환, 정인범, 이동녕(Kyu Hwan Oh, I. B. Jeong and Dong Nyung Lee); SiC 휘스커 강화 알루미늄 복합재의 인장거동에 대한 3차원 유한요소법 해석(Three Dimensional Finite Element Analysis of Tensile Behaviour of SiC Whisker Reinforced Aluminuim Composite), 대한금속학회지*(J. Korean Inst. of Metals & Materials)* 30(12), 1476-1484, 1992.

117. C-S. Oh, S-Y. Kang, Dong Nyung Lee; Assessment of the Mg - Bi system, *CALPHAD*, 16(2), 181-191, 1992

118. Chang-Seok Oh, Dong Nyung Lee; Thermodynamic Assessment of the Ga - Te system, *CALPHAD*, 16(3), 317-330, 1992.

119. Byeong-Joo Lee, Dong Nyung Lee; A thermodynamic calculation of the Fe - Cr - V - C system, *Journal of Phase Equilibria*, 13(4), 349-364, 1992.

120. Dong Nyung Lee, H. S. Kim; Plastic yield behavior of porous metals, *Powder Metallurgy*, 35(4), 275-279, 1992.

121. 양점식, 강수영, 이동녕 (Jeom-Shik Yang, Soo-Young Kang and Dong Nyung Lee); 전해조건에 따른 전착황동의 상과 5N HCl에서의 탈아연도와의 관계 (Relationship in electrodeposited brass phases and their dezincification in 5N HCl depending on electrolysis conditions), 대한금속학회지(*J. Korean Inst. of Met. & Mater.*) 31(1) 97-104, 1993.

122. 오관영, 최준환, 이동녕(Kwan-young Oh, Jun Hwan Choi, D. N Lee); 초소성 8090 Al-Li합금의 부풀림 성형(Blow forming of Superplastic 8090 Al-Li alloy), 한국소성가공학회지(*J. Korean Soc. for Technology of Plasticity*) 2(1), 39-49, 1993.

123. 백승철, 이동녕(Seung Chul Baik, Dong Nyung Lee); 용융집합조직성장법에 의한 YBa2Cu3O7-X 초전도 선재 제조시의 미세조직 변화(Changes in Microstructure in fabrication of YBa2Cu3O7-X superconducting wires by the melt textured growth method), 대한금속학회지(*J. Korean Inst. of Met. & Mater.*) 31(5) 563-569, 1993

124. 이세형, 이동녕(Se- Hyeong Lee, Dong Nyung Lee); 압연접합에 의한 적층접점재의 제조(Fabrication of clad metals by roll bonding), 대한금속학회지(*J. Korean Inst. of Met. & Mater.*) 31(6), 730-738, 1993.

125. Dong Nyung Lee, Sung Keun Lee; Effects of stress waveforms on fatigue crack growth rates of 1C-1Cr steel in 3% NaCl solution and 0.17C-1.5Cr steel in synthetic seawater, *Scripta Metallurgica et Materialia*, 28(4) 411-416, 1993.

126. Chang-Seok Oh, Dong Nyung Lee; Thermodynamic Assessments of the In - Te and Al - Te systems, *CALPHAD*, 17(2), 175-187, 1993.

127. Chang-Seok Oh, Dong Nyung Lee; Assessment of the Te - Tl (Telluruim-Thallium) System, *Journal of Phase Equilibria*, 14(2) 197-204, 1993.

128. Dong Nyung Lee, Byeong-Joo Lee; Effects of temperature and oxygen partial pressure on nonstoichiometry of YBa2Cu3O6+δ,

Journal of the American Ceramic Society, 76(6), 1609–1610, 1993.

129. Jae Hwan Chung, Dong Nyung Lee; Effects of Changes in strain path on anisotropy of yield stresses of low carbon steel and 70–30 brass sheets, *Journal of Materials Science*, 28, 4704–4712, 1993.

130. Jae Hong Kim, Dong Nyung Lee, Kyu Hwan Oh; High temperature deformation behavior in a 2124Al/15vol% SiCw composite, *Scripta Metallurgica et Materialia*, 29(3), 377–382, 1993.

131. Heung Nam Han, Hyoung Seop Kim, Dong Nyung Lee; Densification of sintered porous metal under hydrostatic pressure, *Scripta Metallurgica et Materialia*, 29(9), 1211–1216, 1993.

132. 백승철, 이세형, 김성철, 이동녕(Seung Chul Baik, Se-Hyeong Lee, Sung Chul Kim, Dong Nyung Lee); 인바새도마스크 일축인장변형거동의 해석 (Analysis of Deformation under a uniaxial tension of invar shadow masks), 대한금속학회지*(J.Korean Inst. of Met. & Mater.)* 32(1) 128–133, 1994.

133. 정재한, 최창희, 오규환, 이동녕(Jae-Han Jeong, Chang-Hee Choi, Kyu Hwan Oh and Dong Nyung Lee); 전해축전기용 고순도 알루미늄박의 전해에칭(Electro-etching of high purity aluminum foil for electrolytic capacitor), 대한금속학회지*(J.Korean Inst. of Met. & Mater.)* 32(3), 378–385, 1994.

134. 김경현, 윤우석, 오규환, 이동녕(Kyung-hyun Kim, U-Sok Yoon, Kyu Hwan Oh and Dong Nyung Lee); 연속주조 빔블랭크의 표면균열 발생에 대한 열응력 해석(Thermo-elasto-plastic stress analysis of surface crack in a continuously cast beam blank), 대한금속학회지*(J.Korean Inst. of Met. & Mater.)* 32(4), 479–487, 1994.

135. 權宰郁, 李東寧, 金寅洙(권재욱, 이동녕, 김인수; Jae Wook Kwon, Dong Nyung Lee and Insoo Kim); 전기아연도금강판의 성형한계도 해석(Analysis of forming limit diagram of an electrogalvanized steel sheet), 대한금속

학회지*(J.Korean Inst. of Met. & Mater.)* 32(5), 593-600, 1994

136. 이세형, 이동녕(Se-Hyeong Lee, Dong Nyung Lee); 항복강도가 다른 판재로 구성된 복합판재의 인장시 발생하는 두께방향곡률반지름 계산(Calculation of radius of curvature in the thickness direction of layered composites under uniaxial tension), 대한금속학회지*(J.Korean Inst. of Met. & Mater.)*, 32(6), 729-733, 1994.

137. 권재욱, 오관영, 오규환, 이동녕(J.-W.Kwon, K.Y.Oh, K.H.Oh, and D.N.Lee); 초소성 8090 Al-Li합금의 부풀림 성형해석(Analyses of blow forming of superplastic 8090 Al-Li alloys), 대한금속학회지*(J. Korean Inst. of Met. & Mater.)*, 32(10), 1163-1170, 1994.

138. 정재한, 김성수, 김현기, 최창희, 이동녕, 오규환(J.H.Jeong, S.S.Kim, H.K.Kim, C.H.Choi, D.N.Lee, and K.H.Oh); 고순도 알루미늄박의 교류전해에칭(염소이온농도, 전류밀도 및 주파수 영향(Alternating current electrochemical etching of high purity aluminum foil(effect of chloride concentration, current density and frequency)), 대한금속학회지 *(J.Korean Inst. of Met. & Mater.)*, 32(11),1362-1371, 1994.

139. 권재욱, 정효태, 오규환, 이동녕(Jae-Wook Kwon, Hyo-Tae Jeong, Kyu Hwan Oh, Dong Nyung Lee); 유한요소법을 이용한 면심입방금속의 변형집합조직 예측(Prediction of deformation texture for fcc metals using the finite element method), 한국소성가공학회지*(J. Korean Soc. for Tech. of Plasticity)* 3(2),229-242,1994.

140. Sung Ho Lee, Dong Nyung Lee; A finite element analysis of electromagnetic forming for tube expansion, *Journal of Engineering Materials & Technology*, 116, 250-254, 1994.

141. Chang Hee Choi, Jae Han Jeong, Chang-Seok Oh, D. N. Lee; Room temperature recrystallization of 99.999 pct aluminum, *Scripta Metallurgica et Materialia*, 30(3), 325-330, 1994.

142. Byung-Zu Lee, Chang-Seok Oh, Dong Nyung Lee; A thermodynamic

evaluation of the Ag-Pb-Sb system, Journal of Alloys and Compounds, 215, 293-301, 1994.

143. Heung Nam Han, Hyoung-Seop Kim, Kyu Hwan Oh, Dong Nyung Lee; Elasto-plastic finite element analysis for porous metals, *Powder metallurgy*, 37(2), 140-146, 1994.

144. Jae-Wook Kwon, In-Soo Kim, Dong Nyung Lee; Forming limit diagrams of zinc and zinc alloy coated sheets, *Scripta Metallurgica et Materialia*, 31(5), 613-618, 1994.

145. Chang-Seok Oh, Tetsuo Mohri, Dong Nyung Lee; Phenomenological calculation of the L1o-disorder phase equilibria in a Co-Pt system, *Materials Transactions, JIM*, 35(7), 445-450, 1994.

146. Yong-Bum Park, Dong Nyung Lee, G. Gottstein; Effect of hot rolling condition on the development of textures in ultra low carbon steel, *Journal of Materials Processing Technology*, 45, 471-476, 1994.

147. Hyo-Tae Jeong, Dong Nyung Lee, Kyu Hwan Oh; Derivation of yield criteria of cubic metals from Schmid's law, *Materials Science Forum*, 157-162, 1603-1608, 1994.

148. Jae-Hwan Chung, Dong Nyung Lee; Effect of strain path change on anisotropy of yield stresses of cubic structure sheet metals, *Materials Science Forum*, 157-162, 1947-1952, 1994.

149. Heung Nam Han, Hyoung-Seop Kim, Kyu Hwan Oh, Dong Nyung Lee; Analysis of the friction coefficient in the compression of the porous metal rings, *Powder Metallurgy*, 37(4), 259-264, 1994.

150. 오창석, 심재혁, 이동녕(Chang-Seok Oh,Jae-Hyeok Shim, Dong Nyung Lee); Ti-Ni 2원 합금계의 열역학 수식화 A thermodynamic evaluation of the Ti-Ni binary system.) 대한금속학회지*(J. Korean Inst. of Met. & Mater.)* 33(1), 129-136, 1995.

151. 최시훈, 오규환, 이동녕(Shi-Hoon Choi, Kyu Hwan Oh, Dong Nyung

Lee); 개량처리한 Al-17Si 합금의 마멸저항(Wear resistance of modified Al-17Si alloy), 대한금속학회지*(J.Korean Inst. of Met. & Mater.)* 33(2), 184-191, 1995.

152. 李庸奇, 李相憲, 金坰顯, 李東寧(이용기, 이상헌, 김경현, 이동녕, Yong-Gi Lee, Sang-Heon Lee, Kyung-Hyun Kim, Dong Nyung Lee) ; Cu-2.3%Cr과 Zn-3.8%Al합금에서의 수지상 초정크롬과 아연의 성장방위 (Dendritic growth direction of chromium and zinc in solidified Cu-2.3%Cr and Zn-3.8%Al alloys, 대한금속학회지*(J. of the Korean Inst. of Met. & Mater.)*, 33(4), 498-503, 1995.

153. 엄경근, 이세형, 오규환, 이동녕(Kyung-Keun Um, Se-Hyeong Lee, Kyu Hwan Oh and Dong Nyung Lee); 택트 스프링타발과 스위치작동의 유한요소해석(Finite element analysis of stamping tact spring and operation of tact switch), 한국소성가공학회지*(Trans. Materials Processing)*, 4(1), 17-27, 1995.

154. 정재한, 김성수, 김현기, 최창희, 이동녕(Jae-Han Jeong, Sung-Su Kim, Hyun-Gi Kim, Chang-hee Choi, Dong Nyung Lee); 염산용액에서 교류전해에칭에 미치는 주파수영향(Effect of frequency on alternating current electrochemical etching in hydrochloric acid electrolytes), 대한금속학회지*(J. Korean Inst. of Met.& Mater.)*, 33(9), 1219-1226, 1995.

155. 최창희, 홍승현, 권재욱, 오규환, 이동녕(Chang-Hee Choi, Seung-Hyun Hong, Jae Wook Kwon, Kyu Hwan Oh, Dong Nyung Lee); 다층압연된 알루미늄의 불균질 압연집합조직(Inhomogeneous rolling texture of multilayered alumiunum sheet), 한국소성가공학회지*(Trans. Materials Processing)*, 4(4), 353-364, 1995.

156. 김형섭, 한흥남, 이동녕(Hyoung Seop Kim, Heung Nam Han, Dong Nyung Lee); 초기불균질 밀도분포 다공질금속의 소성변형(Plastic deformation of porous metal with initial inhomogeneous density distribution), 대한금속학회지*(J. Korean Inst. Met. & Mater.)* 33(12),

1686-1689, 1995.

157. Dong Nyung Lee, Sooyoung Kang, Jeomsik Yang; Relationships between initial and recrystallization textures of copper electrodeposits, *Plating and Surface Finishing*, 82(3), 76-79, 1995.

158. Dong Nyung Lee; The evolution of recrystallization textures from deformation textures, *Scripta Metallurgica et Materialia*, 32(10), 1689-1694, 1995.

159. Tetsuo Mohri, Isao Yamagishi, Tomoo Suzuki, Chang-Seok Oh, Dong Nyung Lee, Masatomo Yashima, Masahiro Yoshimura and Chikako Ohno; Phenomenological Investigation of disorder-L10 phase equilibria for Au-Pd and Ni-Pt alloy systems, *Zeitschrift für Metallkunde*, 86, 353-358, 1995.

160. Sooyoung Kang, Jeomsik Yang, Dong Nyung Lee; Relation between texture and surface morphology of copper electrodeposits, *Plating and Surface Finishing*, 82, 67-70, Oct.1995. RG

161. Heung Nam Han, Kyu Hwan Oh, Dong Nyung Lee; Analysis of forging limit for sintered porous metals, *Scripta Metallurgica et Materialia*, 32(12), 1937-1944, 1995.

162. Seung Chul Baik, Kyu Hwan Oh, Dong Nyung Lee; Forming limit diagram of perforated sheet, *Scripta Metallurgica et Materialia*, 33(8), 1201-1207, 1995.

163. 김형섭, 이동녕(Hyoung Seop Kim, Dong Nyung Lee); 유한요소해석을 이용한 다공질 금속의 성형한계 예측(Prediction of forming limit of porous metals using finite element analysis), 대한금속학회지*(J. Korean Inst. Met. & Mater.)*, 34(1), 100-104, 1996.

164. 오규환, 한흥남, 최창희, 이동녕(Kyu-Hwan Oh, Heung-Nam Han, Chang-Hee Choi and Dong Nyung Lee); 평면변형과 순수전단변형 복합 변형에 의한 fcc금속의 초기집합조직의 변화계산(Calculation of changes

in initial textures of fcc metals under a combined load of plane strain compression and shear), 대한금속학회지*(J. Korean Inst. Met. & Mater.)*, 34(9), 1145-1151, 1996.

165. 한흥남, 이동녕(Heung Nam Han and Dong Nyung Lee); 22% 주석함 유 청동판재의 디프드로잉 성형성(Deep drawability of 22% Sn-bronze sheets), 대한금속학회지*(J. Korean Inst. Met. & Mater.)*, 34(6), 713-722, 1996.

166. 심재혁, 오창석, 이동녕(Jae-Hyeok Shim, Chang-Seok Oh and Dong Nyung Lee); Fe-P 합금계의 열역학 성질과 상태도 계산(Thermodynamic Properties and Calculation of phase diagram of the Fe-P system), 대한 금속학회지*(J. Korean Inst. Met. & Mater.)* 34(11), 1385-1393, 1996. RG

167. 박현, 차명환, 엄경근, 이동녕(Hyun Park, Myung-Hwan Cha, Kyung-Keun Um and Dong Nyung Lee); 여러 가지 인발법으로 제조된 황동관 의 잔류응력 분포(Residual stress distributions in brass tubes made by various drawing methods), 대한금속학회지*(J. Korean Inst. Met. & Mater.)*, 34(11), 1453-1462, 1996.

168. 한흥남, 이세형, 이동녕, 유민호, 신택중(Heung-Nam Han, Se-Hyeong Lee, Dong Nyung Lee, Min-Ho Ryoo, Taek-Jung Shin); 벨트형 초고 압 발생장치의 열전달해석(Analysis of heat transfer in belt type ultra-high pressure apparatus), 대한금속학회지*(J. Korean Inst. Met. & Mater.)*, 34(12), 1658 - 1664, 1996.

169. Kyung-hyun Kim, Kyu Hwan Oh, Dong Nyung Lee; Mechanical behavior of carbon steels during continuous casting. *Scripta Materialia*, 34(2), 301-307, 1996.

170. Sung Ho Lee, Dong Nyung Lee; Estimation of the magnetic pressure in tube expansion by the electromagnetic forming, *Journal of Materials Processing Technology*, 57(3-4), 311-315, 1996.

171. Heung Nam Han, Yong-gi Lee, Kyu Hwan Oh, Dong Nyung Lee;

Analysis of hot forging of porous metals, *Materials Science and Engineering, A 206*, 81–89, 1996.

172. Kyung-hyun Kim, Tae-jung Yeo, Kyu Hwan Oh, Dong Nyung Lee; Effect of carbon and sulfur in continuously cast strand on longitudinal surface cracks, *ISIJ International*, 36(3), 284–289, 1996.

173. Seung Chul Baik, Kyu Hwan Oh, Dong Nyung Lee; Analysis of deformation of perforated sheet under uniaxial tension, *Journal of Materials Processing Technology*, 58(2–3), 139–144, 1996.

174. Jae-Hyeok Shim, Chang-Seok Oh, Byeong-Joo Lee, Dong Nyung Lee; Thermodynamic assessment of the Cu–Sn system, *Zeitschrift fur Metallkunde,* 87, 205–212, 1996.

175. Jae-Han Jeong, Chang-Hee Choi, Dong Nyung Lee; A model for the ⟨100⟩ crystallographic tunnel etching of aluminum, *Journal of Materials Science*, 31, 5811–5815, 1996.

176. Kyung-hyun Kim, Sang-Hyun Lee, Dong Nyung Lee; Analysis of refining of aluminum using fractional solidification with forced convection, *Journal of Materials Engineering and Performance*, 5(5), 651–656, 1996.

177. Y. B. Park, D. N. Lee, G. Gottstein; Development of texture inhomogeneity during hot rolling in interstitial free steel, *Acta Metallurgica and Materialia*, 44(8), 3421–3427, 1996.

178. Chang-Seok Oh, Jae-Hyeok Shim, Byeong-Joo Lee, Dong Nyung Lee; A thermodynamic study on the Ag–Sb–Sn system, *Journal of Alloys and Compounds*, 238, 155–166, 1996.

179. Dong Nyung Lee; Recrystallizatioin texture of plane strain compressed aluminum single crystal, *Textures and Microstructures*, 26–27, 361–367, 1996.

180. Jae-Hyeok Shim, Chang-Seok Oh, Dong Nyung Lee; A thermodynamic

evaluation of the Ti-Mo-C system, *Metallurgical & Materials Transactions*, B27, 955-966, 1996.

181. Jae-Han Jeong, Sung-Su Kim, Hyun-Gi Kim, Chang-Hee Choi, Dong Nyung Lee; Electrochemical AC etching of aluminum foils in hydrochloric acid electrolytes, *Materials Science Forum*, 217-222, 1565-1570, 1996.

182. Dong Nyung Lee; Maximum energy release theory for recrystallization textures, *Metals and Materials*, 2(3), 121-131, 1996.

183. Dong Nyung Lee; Texture and related microstructure and surface topography of vapor deposits, *J. Korean Inst. of Surface Eng.*, 29(5), 301-313, 1996. (in English)RG

184. 이상헌, 한흥남, 이동녕, 오규환, 박중길, 최주, 임창희(S. H. Lee, H. N.Han, D. N. Lee, K. H. Oh, J-K Park, J. Choi and C-H Yim); 연속주조 주형 변형의 유한요소해석(Finite element analysis of mold deformation during continuous casting), 대한금속학회지*(J. Korean Inst. Met. & Mater.)*, 35(1), 87-95, 1997.

185. 최창희, 김근환, 정세영, 이동녕(C.-H. Choi, K.-H. Kim, S.-Y Jeong and D. N. Lee); 비대칭 압연롤로 압연된 알루미늄합금 판재의 집합조직 해석(Analysis of texture in aluminum alloy sheets rolled using asymmetric rolls), 대한금속학회지*(J. Korean Inst. Met. & Mater.)*, 35(4), 429-439, 1997.

186. 鄭孝泰, 李東寧(정효태, 이동녕; Hyo-Tae Jeong and D. N. Lee); 인장변형률에 따른 소성변형비의 변화(Variation in the plastic strain ratio with tensile strain), 대한금속학회지*(J. Korean Inst. Met. & Mater.)*, 35(5), 550-557, 1997.

187. Dong Nyung Lee, Kyung-Hyun Kim, Yong-Gi Lee, Chang-Hee Choi; Factors determining orientation of dendritic growth, *Materials Chemistry and Physics*, 47, 154-158, 1997.

188. Shi-Hoon Choi, Keun-Hwan Kim, Kyu Hwan Oh, Dong Nyung Lee; Tensile deformation behavior of stainless steel clad aluminum sheet, *Materials Science and Engineering*, A222, 158–165, 1997.

189. Seung Chul Baik, Heung Nam Han, Sang Heon Lee, Kyu Hwan Oh, Dong Nyung Lee; Plastic behavior of perforated sheets under biaxial stress state, *International Journal of Mechanical Sciences*, 39(7), 781–793, 1997.

190. Kyung-hyun Kim, Heung Nam Han, Tae-jung Yeo, Yong-gi Lee, Kyu Hwan Oh, Dong Nyung Lee; Analysis of surface and internal cracks in continuously cast beam blank, *Iron Making & Steel Making*, 24(3), 249–256, 1997. RG

191. Kyung-Keun Um, Dong Nyung Lee; An upper bound solution of tube drawing, *Journal of Materials Processing Technology*, 63, 43–48, 1997.

192. Y.B. Park, D.N. Lee, G. Gottstein; Evolution of recrystallization textures from cold rolling textures in interstitial free steel, *Materials Science and Technology*, 13(4), 289–298, 1997.

193. S.-H. Hong, H.-T. Jeong, C.-H. Choi, D.N. Lee; Deformation and recrystallization textures of surface layer of copper sheet, *Materials Science and Engineering*, A229, 174–181, 1997.

194. Chang-Hee Choi, Dong Nyung Lee; Evolution of recrystallization texture from aluminum sheet cold rolled under unlubricated condition, *Metallurgical and Materials Transactions*, 28A, 2217–2222, 1997.

195. Jeomshik Yang, Se-Hyeong Lee, Dong Nyung Lee; Analysis of bending of cross sections of tensile tested electrodeposited copper foils, *Materials Science and Engineering*, A 234–236, 149–153, 1997

196. Chang-Hee Choi, Jae-Wook Kwon, Kyu Hwan Oh, Dong Nyung Lee; Analysis of deformation texture inhomogeneity and stability condition of shear components in fcc metals, *Acta materialia*, 45(12), 5119–

5128, 1997.

197. J. H. Jeong, S. S. Kim, H. G. Kim., K. Y. Park, D. N. Lee: Effect of Al+3 concentration on AC etching behavior of high purity aluminum plain foils in hydrochloric acid electrolytes, *Acta Technica Belcica Metallurgie*, 37(2-3-4), 79-84, 1997.

198. Jeom-Shik Yang, Soo-Young Kang, Dong Nyung Lee; Changes in the tensile strength and fracture mode with thickness of electrodeposited copper foil, *Metals and Materials*, 3(2), 130-136, 1997. RG

199. 엄경근, 안중규, 정효태, 이동녕(Kyung-Keun Um, Joong-Kyu An, Hyo-Tae Jeong and Dong Nyung Lee); 신선한 알루미늄선의 집합조직 측정 및 해석(Measurement and analysis of the texture of a drawn aluminum wire), 대한금속학회지*(J. Korean Inst. Met. & Mater.)* 36(6), 876-882, 1998.

200. 최창희, 남효승, 정재한, 이동녕(Chang-Hee Choi, Hyo-Seung Nam, Jae-Han Jeong, and Dong Nyung Lee); EBSD법에 의한 구리전착층의 미세조직과 결정방위에 관한 연구(A study on the microstructure and crystallographic orientation of Cu electrodeposit using EBSD method), 대한금속학회지*(J. Korean Inst. Met. & Mater.)*, 36(7), 1115-1122, 1998.

201. 최창희, 이효종, 민석홍, 김기범, 이동녕(C-H Choi, H-J Lee, S-H Min, K-B Kim and D. N. Lee); ULSI 금속배선용 구리의 전착 (Electrodeposition of copper for ULSI metallization), 대한금속학회지*(J. Korean Inst. Met. & Mater.)* 36(10), 1686-1691, 1998.

202. 이동녕, 박용범(D. N. Lee, Y. B. Park); 열간압연 IF강의 집합조직 발달 (Development of texture in hot rolled interstitial free steel), 대한금속학회지*(Journal of the Korean Institute of Metals & Materials)* 36(11), 1959-1965, 1998.; 1439-1445, 1998

203. 심재혁, 조영환, 정순효, 심재동, 이동녕(J.-H. Shim, Y. W. Cho, S. H. Chung, J.-D. Shim, D. N. Lee; Ti 함유 저탄소강의 입내 페라이트 핵생성에 의한 결정립 미세화(Intergranular ferrite nucleation and grain

refinement of Ti-containing low carbon steels), 대한금속학회지*(J. Korean Inst. Met. & Mater.)* 36(11) 1993-2002, 1998.

204. Chang-Hee Choi, Keun-Hwan Kim, Dong Nyung Lee; The effect of shear texture development on the formability of rolled aluminum alloy sheets, Materials Science Forum, 273-275, 391-396, 1998.

205. D. N. Lee, H.-T. Jeong; The evolution of the Goss texture in silicon steel, *Scripta Materialia*, 38(8), 1219-1223, 1998

206. H.-T. Jeong, D. N. Lee; Twin components in recrystallization textures of Fe-Ni alloys, *Scripta Materialia*, 38(7). 1051-1055, 1998.

207. Y. B. Park, D. N. Lee, G. Gottstein; The evolution of recrystallization textures in body centered cubic metals, *Acta materialia*, 46(10), 3371-3379, 1998.

208. Sang Heon Lee, Dong Nyung Lee; Shear rolling and recrystallization textures of interstitial-free steel sheet, *Materials Science and Engineering*, A249, 84-90, 1998.

209. B. Z. Lee, D. N. Lee; Spontaneous growth mechanism of tin whiskers, *Acta materialia*, 46(10), 3701-3714, 1998.

210. Y. B. Park, D. N. Lee, G. Gottstein; A model of the evolution of recrystallization textures in body centered cubic metals, *Materials Science and Engineering*, A257, 178-184, 1998.

211. Dong Nyung Lee, Hyo-Tae Jeong, Hyung-Joon Shin; The evolution of recrystallization textures in plastically deformed face centered cubic metals, *Metals and Materials*, 4(3), 391-396, 1998. RG

212. D.N. Lee; Texture and related phenomena of electrodeposits, *J. Kor. Inst. Surf. Eng.* 32(3), 317-330, 1999. RG

213. 최준환, 변정수, 이동녕(Joon Hwan Choi, Jung-Soo Byun and Dong Nyung Lee), Cu-Mn-P-(Sn) 합금의 시효특성 및 석출상 분석(Aging Characteristics and analysis of precipitate phase of Cu-Mn-P-

(Sn) alloy), 대한금속학회지*(Journal of the Korean Institute of Metals & Materials)*, 37(8), 917-922, 1999.

214. S.-J. Park, H. N. Han, K. H. Oh, D. N. Lee; Model for compaction of metal powders, *International Journal of Mechanical Sciences*, 41, 121-141, 1999.

215. Jae-Hyeok Shim, Hun-Jae Chung, Dong Nyung Lee; Calculation of phase equilibria and evaluation of glass forming ability of Ni-P alloy, *Journal of Alloys and Compounds*, 282, 175-181, 1999.

216. S.-H. Kim, D.N. Lee; (Technical note) Fabrication of alumina dispersion strengthened copper strips by internal oxidation and hot roll bonding, *Materials Science and Technology*, 15, 352-354, 1999. DOI: 10.1179/026708399101505798. RG

217. Hun-Jae Chung, Jae-Hyeok Shim, and Dong Nyung Lee; Thermodynamic evaluation and calculation of phase equilibria of the Ti-Mo-C-N quaternary system, *Journal of Alloys and Compounds*, 282, 142-148, 1999.

218. H.-T. Jeong, S.-H. Hong, D. N. Lee; Variation of plastic strain ratios of α-brass sheet with tensile strain, *Textures and Microstructures*, 32, 355-367, April 1999.

219. D. N. Lee; Textures and structures of vapor deposits, *Journal of Materials Science*, 34, 2575-2582, 1999.

220. D. N. Lee, K-H Hur; The evolution of texture during annealing of electroless Ni-Co-P deposits, *Scripta Materialia*, 40, 1333-1339, 1999.

221. Dong Nyung Lee, Hyo-Tae Jeong; Recrystallization textures of aluminum bicrystals with S orientation deformed by channel die compression, *Materials Science and Engineering*, A269, 49-58, 1999.

222. J.-H. Shim, Y. W. Cho, S. H. Chung, J.-D. Shim, D. N. Lee;

Nucleation of intragranular ferrite at Ti2O3 particle in low carbon steel, *Acta materialia*, 47, 2751–2760, 1999.

223. Hyoung Seop Kim, Dong Nyung Lee; Power–law creep model for densification of powder compacts, *Materials Science and Engineering*, A 271, 424–429, 1999.

224. Hyo–Seung Nam, Dong Nyung Lee; Recrystallization textures of silver electrodeposits, *Journal of the Electrochemical Society*, 146(9), 3300–3308, 1999.

225. Dong Nyung Lee; Strain energy release maximization model for recrystallization textures, *Metals and Materials*, 5(5), 401–417, 1999. RG

226. Jeom Sik Yang, Dong Nyung Lee; The deposition and recrystallization textures of copper electrodeposits obtained from a copper cyanide bath, *Metals and Materials*, 5(5), 465–470, 1999.

227. 106. H.–J. Shin, H.–T. Jeong, D.N. Lee; Deformation and annealing textures ofsilver wire, *Materials Science and Engineering*, A279(1–2) , 244–253, 2000.

228. D.N. Lee, K.H. Huh; The evolution of texture during annealing of nanocrystalline electroless Ni alloy deposits, *Textures and Microstructures*, 34, 181–195, 2000.

229. J.–H. Shim, C.–S. Oh, D.N. Lee; Thermodynamic assessment of the Fe–C–P system, *Zeischrift für Metallkunde*, 91, 114–120, 2000. RG

230. Seung Chul Baik, Heung Nam Han, Sang Heon Lee, Kyu Hwan Oh, Dong Nyung Lee; Plastic behavior of perforated sheets with slot–type holes under biaxial stress state, *International Journal of Mechanical Sciences*, 42, 523–536, 2000.

231. Kyung–Keun Um, Hyo–Tae Jeong, Joong–Kyu An, Dong Nyung Lee, Gyosung Kim, Ojun Kwon; Effect of initial sheet thickness on shear

deformation in ferritic rolling of IF-steel sheets, *ISIJ International*, 40(1), 58-64, 2000.

232. Jung-Soo Byun, Joon Hwan Choi, Dong Nyung Lee; Analysis of precipitate structure in a Cu-Ni-P alloy, *Scripta Materialia*, 42(7), 637-643, 2000.

233. Dong Nyung Lee, Guest Editorial, *International Journal of Mechanical Sciences*, 42, 1453, 2000.

234. Dong Nyung Lee; Strain energy release maximization model for evolution of recrystallization textures, *International Journal of Mechanical Sciences*, 42, 1645-1678, 2000. DOI:10.1016/S0020-7403(99)00095-8.

235. Dong Nyung Lee; An upper-bound solution of channel angular deformation, *Scripta Materialia*, 43(2) 115-118, 2000.

236. Jae-Hyeok Shim, Jung-Soo Byun, Young Whan Cho, Young Joo Oh, Jae-Dong Shim, Dong Nyung Lee; Hot deformation and acicular ferrite microstructure in C-Mn containing Ti2O3 inclusions, *ISIJ International*, 40(8), 819-823, 2000.

237. Hyung-Joon Shin, Joong-Kyu An, Dong Nyung Lee; The influence of tension on the development of rolling textures, *Materials Science Research International*, 6(3), 161-166, 2000. RG

238. Dong Nyung Lee; The evolution of the Goss texture in silicon steel, *Materials Science Research International*, 6(3), 167-172, 2000. RG

239. Sang Heon Lee, Dong Nyung Lee; Modelling of deformation textures of cold rolled bcc metals by the rate sensitivity model, *Key Engineering Materials*, 177-180, 115-120, 2000. RG

240. Dong Nyung Lee; Fracture and strength of solids associated with their textures, *Key Engineering Materials*, 183-187, 679-694, 2000.

241. Joon Hwan Choi, Soo Young Kang, Dong Nyung Lee; Relationship

between deposition and recrystallization textures of copper and chromium electrodeposits, *Journal of Materials Science*, 35, 4055-4066, 2000.

242. Joon Hwan Choi, Jung-Soo Byun, Dong Nyung Lee; Precipitation characteristics of Cu-Mn-P alloy, *Journal of Materials Science*, 35, 4151-4157, 2000.

243. Y-S Lee, D. N. Lee; Characterization of dislocations in copper electrodeposits, *Journal of Materials Science*, 35, 6161-6168, 2000.

244. Jin-Yoo Suh, Jung-Soo Byun, Jae-Hyuck Shim, Young-Joo Oh, Young Whan Cho, Jae-Dong Shim, Dong Nyung Lee; Acicular ferrite microstructure in Ti-bearing low carbon steels, *Materials Science and Technology*, 16(11-12), 1277-1281, 2000. RG

245. Jae-Hyeok Shim, Jung-Soo Byun, Young Whan Cho, Young-Joo Oh, Jae-Dong Shim, Dong Nyung Lee; Effect of Si and Al on acicular ferrite formation in C-Mn steel, *Metallurgical and Materials Transactions A*, 32A(1), 75-83, 2001.

246. Jae-Hyeok Shim, Jung-Soo Byun, Young Whan Cho, Young-Joo Oh, Jae-Dong Shim, Dong Nyung Lee; Mn absorption characteristics of Ti2O3 particle in low carbon steel, *Scripta Materialia*, 44(1), 49-54, 2001.

247. Hyo-Seung Nam, Tokihico Yokoshima, Takuya Nakanish, Tetsuya Osaka, Yohtaro Yamazaki, Dong Nyung Lee; Microstructure of electrodeposited soft magnetic CoNiFe thin film, *Thin Solid Films*, 384(2), 288-293, 2001.

248. Su-Hyeon Kim, Dong Nyung Lee; Recrystallization of alumina dispersion strengthened copper strips, *Materials Science and Engineering*, A313, 24-33, 2001.

249. Hyun Park, Dong Nyung Lee; Deformation and annealing textures

of drawn Al–Mg–Si alloy tubes, *Journal of Materials Processing Technology*, 113, 551–555, 2001.

250. Jong–Ho Ryu, Yoon–Soo Lee, Dong Nyung Lee; The effect of precipitation on the evolution of recrystallization textures in an AA 8011 aluminum alloy sheet, *Metals and Materials International*, 7(3), 251–256, 2001.

251. Jae–Hyuck Shim, Young–Joo Oh, Jin–Yoo Suh, Young Whan Cho, Jae–Dong Shim, Jung–Soo Byun, Dong Nyung Lee, Ferrite nucleation potency of non–metallic inclusions in carbon steels, *Acta materialia*, 49, 2115–2122, July 2001.

252. Keun–Hwan Kim, Dong Nyung Lee; Analysis of deformation textures of asymmetrically rolled aluminum sheets, *Acta materialia*, 49, 2583–2595, 2001.

253. Sang Heon Lee, Dong Nyung Lee; Analysis of deformation textures of asymmetrically rolled steel sheets, *International Journal of Mechanical Sciences*, 43, 1997–2015, Sept. 2001.

254. Jong Ho Lee, Dong Nyung Lee; Use of thermodynamic data to calculate surface tension and viscosity of Sn–based soldering alloy systems, *Journal of Electronic Materials*, 30(9) 1112–1119, 2001.

255. D.N. Lee, A stability criterion for deformation and deposition textures of metals during annealing, *Journal of Materials Processing Technology*, 117, 307–310, 2001.

256. Jung–Soo Byun, Jae–Hyeok Shim, Jin–Yoo Suh, Young–Joo Oh, Young Whan Cho, Jae–Dong Shim, Dong Nyung Lee; Inoculated acicular ferrite microstructure and mechanical properties, *Materials Science and Engineering*, A319–321, 326–331, Dec. 2001.

257. S–H Kim, D. N. Lee; The effect of rolling conditions on the strength and microstructure of dispersion strengthened copper strips, *Materials*

Science and Engineering, A 319-321, 326-331, Dec. 2001.

258. 이동녕(Dong Nyung Lee), 냉연 면심입방정 금속 압연판재의 재결정 집합조직 계산(Calculation of recrystallization textures of cold rolled metals with fcc structure), 한국소성가공학회지*(Transactions of Materials Processing)*, 11(1), 3-13, 2002. (해설).

259. Jong Hyun Seo and Dong Nyung Lee, Hydrogen ion transport through aluminum oxide films by cathodic polarization in hydrochloric acid, *Corrosion Science and Technology*, 31(4), 291-298, 2002.

260. Seung-Hyun Hong, Dong Nyung Lee; Deformation and recrystallization textures in cross-rolled copper sheets, *Journal of Engineering Materials and Technology(ASME JEMT)*, 124(1), 13-22, January 2002.

261. Su-Hyeon Kim, Jong-Ho Ryu, Keun-Hwan Kim, Dong Nyung Lee, The evolution of shear deformation texture and grain refinement in asymmetrically rolled aluminum sheets, *Materials Science Research International*, 8(1), 20-25, March 2002.

262. Su-Hyeon Kim, Dong Nyung Lee; Annealing behavior of alumina dispersion strengthened copper strips rolled under different conditions, *Metallurgical and Materials Transaction A*, 33A, 1605-1616, June 2002.

263. Dong Nyung Lee; Texture development in thin films, *Materials Science Forum*, 408-412, 75-94, 2002. RG

264. Hyung-Joon Shin, Joong-Kyu An, Soo-Ho Park, Dong Nyung Lee; Simulation of ridging of ferritic stainless steel using crystal plasticity finite element method, *Materials Science Forum*, 408-412, 401-406, 2002. RG

265. Kyung-Keun Um, Hyo-Tae Jeong, Sung Bo Lee, Dong Nyung Lee, Analysis of compression textures of aluminum and nickel rods,

Materials Science Forum, 408-412, 595-600, 2002. RG

266. Su-Hyun Kim, Dong Nyung Lee; Rolling and annealing textures of dispersion strengthened copper strips, *Materials Science Forum*, *408-412*, 631-636, 2002. RG

267. Hyun Park, Dong Nyung Lee, Effects of shear strain and drawing pass on the texture development in copper wire, *Materials Science Forum*, 408-412, 637-642, 2002.

268. Kyung-Keun Um, Hyo-Tae Jeong, Dong Nyung Lee; Comparison of torsion textures to rolling textures, *Materials Science Forum*, 408-412, 649-654, 2002. RT

269. Soo Young Kang, Dong Nyung Lee, Recrystallization texture of a copper electrodeposit with the ⟨111⟩ and ⟨110⟩ duplex orientation, *Materials Science Forum*, 408-412, 895-900, 2002. RG

270. Sangyum Kim, Chang-Hee Choi, Dong Nyung Lee, Deformation and annealing textures in drawn aluminum bronze wires, *Materials Science Forum*, 408-412, 913-918, 2002.

271. B.D. Lichter, W.F. Flanagan, D. N. Lee; The role of texture in stress-corrosion cracking of metals and alloys, *Materials Science Forum*, 408-412, 991-998, 2002.

272. Jong Hyun Seo, Jong-Ho Ryu, Dong Nyung Lee; Effects of cathodic polarization on pitting behaviors of aluminum single crystals in hydrochloric acid solution, *Materials Science Forum*, 408-412, 1037-1042, 2002. RG

273. Hyung-Joon Shin, Dong Nyung Lee; Plastic strain ratios of Fe and Ni Electrodeposits, *Materials Science Forum*, 408-412, 1115-1120, 2002. RG

274. Seung-Hyun Hong, Dong Nyung Lee; Effect of temper rolling on grain growth in IF steel, *Materials Science Forum*, 408-412, 1197-

1202, 2002. RG

275. Jong Kook Lee, Dong Nyung Lee; The shear texture development and grain refinement in asymmetrically rolled aluminum alloy sheets by varied reduction per pass, *Materials Science Forum*, 408–412, 1419–1424, 2002.

276. Seung–Hyun Hong, Keun–Hwan Kim, Dong Nyung Lee, Effects of initial textures on texture of aluminum after asymmetric rolling, *Materials Science Forum*, 408–412, 1425–1430, 2002.

277. Jae Yeol Park, Seung–Hyun Hong, Dong Nyung Lee; Analysis of deformation and recrystallization textures of shear deformed 1050 aluminum alloy, *Materials Science Forum*, 408–412, 1431–1436, 2002.

278. Joong–Kyu An, Keun–Hwan Kim, Kyung–Keun Um, Dong Nyung Lee, Torsion and annealing textures of 99.99 % aluminum, Materials *Science Forum*, 408–412, 1437–1442, 2002.

279. Hyo–Jong Lee, Dong Nyung Lee; Effects of current waveform and bath temperature on surface morphology and texture of copper electrodeposits for ULSI, *Materials Science Forum*, 408–412, 1657–1662, 2002.

280. Jong–Ho Ryu, Dong Nyung Lee; The effect of precipitation on the evolution of recrystallization texture in AA8011 aluminum alloy sheet, *Materials Science and Engineering*, A336, 225–232, October 2002.

281. Seung–Hyun Hong, Dong Nyung Lee; Recrystallization textures in cold–rolled Ti bearing IF steel sheets, *ISIJ International*, 42(11), 1278–1287, 2002.

282. Dong Nyung Lee, Hyung–Joon Shin, Seung–Hyun Hong; The evolution of the cube, rotated cube and Goss recrystallization textures in rolled copper and Cu–Mn alloys, *Key Engineering Materials*, 233–236, 515–520, 2003. RG

283. Jung-Soo Byun, Jae-Hyeok Shim, Young Whan Cho, Dong Nyung Lee; Non-metallic inclusion and intragranular nucleation of ferrite in Ti-killed C-Mn steel. *Acta materialia*, 51(6), 1593-1606, 2003.

284. Hyun Park, Dong Nyung Lee; The evolution of annealing textures in 90 pct drawn copper wire, *Metallurgical and Materials Transactions A*, 34A(3), 531- 541, 2003.

285. Seung-Hyun Hong, Dong Nyung Lee, The evolution of the cube recrystallization texture in cold rolled copper sheets, *Materials Science and Engineering*, A351, 133-147, 2003.

286. Dong Nyung Lee; Elastic properties of thin films of cubic system, *Thin Solid Films*, 434(1-2), 183-189, 2003.

287. D.N. Lee, H.-J. Shin; Recrystallization texture of (123)[-6-3 4] copper single crystal cold rolled up to 99.5%, *Materials Science Forum*, 426-432, 83-90, 2003.

288. Seung-Hyun Hong, Dong Nyung Lee; Grain coarsening in IF steel during strain annealing, *Materials Science and Engineering*, A357, 75-85, 2003.

289. Hyung-Jun Shin, Joong-Kyu An, Soo Ho Park, Dong Nyung Lee; The effect of texture on ridging of ferritic stainless steel, *Acta materialia*, 51(16), 4693-4706, 2003.

290. Jong Hyun Seo, Dong Nyung Lee; Assessment of proton transport in amorphous aluminum oxide by cathodic polarization: Time of flight-elastic recoil detection analysis method, *Journal of The Electrochemical Society*, 150(7), B329-B335, 2003.

291. Dong Nyung Lee, Hyo Jong Lee; Effect of stresses on the evolution of annealing textures in Cu and Al interconnects, *Journal of Electronic Materials*, 32(10), 1012-1022, 2003.

292. Jong Hyun Seo, Jong-Ho Ryu, Dong Nyung Lee; Formation of

crystallographic etch pits during AC etching of aluminum, *Journal of The Electrochemical Society*, 150(9), B433-B438, 2003.

293. 이동녕, 집합조직과 이랑형표면결함의 제어 및 결정립미세화 수단으로서의 비대칭압연(Asymmetric rolling as means of texture and ridging control and grain refinement), 한국소성가공학회지*(Transactions of Materials Processing)*, 13(7), 559-563, 2004. (해설).

294. Taek-Jung Shin, Jeang-Ook Oh, Kyu-Hwan Oh, Dong Nyung Lee; The mechanism of abnormal grain growth in polycrystalline diamond during high pressure-high temperature sintering, *Diamond and Related Materials*, 13(3), 488-494, 2004.

295. Dong Nyung Lee; Asymmetric rolling as means of texture and ridging control and grain refinement of aluminum alloy and steel sheets, *Materials Science Forum*, 449-452, 1-6, March 2004. RG

296. Yin Zhong Shen, Kyu Hwan Oh, Dong Nyung Lee; The effect of texture on the Portevin-Le Chatelier effect in 2090 Al-Li Alloy, *Scripta Materialia*, 51(4), 285-289, 2004.

297. Hyoung Seop Kim, Dong Nyung Lee; Prediction of the forming limit of porous metals using the finite element method, *Materials Transactions*, 45(6), 1829-1832, 2004.

298. Dong Nyung Lee, Hyo Jong Lee; Self-annealing textures of copper damascene interconnects, *Materials Science Forum*, 467-470, 1333-1338, 2004. RG

299. Hyung-Joon Shin, Seung Hyun Hong, Dong Nyung Lee; Analysis of ridging in ferritic stainless steel and aluminum alloy sheets, *Key Engineering Materials*, 274-276, 11-18, 2004. RG

300. Jong-Ho Ryu, Jong Hyun Seo, Jae-Han Jeong, Sung-Kap Kim, Dong Nyung Lee; The effect of aluminum ion on the d.c. etching of aluminum foil, *Journal of Applied Electrochemistry*, 34(9), 879-884, 2004.

301. 이동녕, 판금의 성형성과 집합조직(Formability and texture of sheet metals), 한국소성가공학회지*(Transactions of Materials Processing)*, 14 (4), 310-318, 2005 (해설).

302. Dong Nyung Lee; Annealing textures of thin films and copper interconnects, *Materials Science Forum*, 475-479, 1-8, 2005.1.

303. Hyo-Jong Lee, Dong Ik Kim, Jeong Hun Ahn, Dong Nyung Lee; Electron backscattered diffraction analysis of copper damascene interconnect for ultralarge-scale integration, *Thin Solid Films*, 474, 250-254, 2005

304. Dong Nyung Lee; Relationship between deformation and recrystallization textures, *Philosophical Magazine,* 85, 297-322, 2005. RG

305. Yin Zhong Shen, Kyu Hwan Oh, Dong Nyung Lee; The effect of texture on the serrated flow in peak-aged 2090 Al-Li alloy, *Solid State Phenomena*, 105, 227-232, 2005. RG

306. J.-Y. Cho, K. Mirpuri, D.N. Lee, J.-K. An, J.A. Szpunar; Texture investigation of copper interconnects with a different line width, *Journal of Electronic Materials*, 34(1), 53-61, 2005

307. Dong Nyung Lee; Current understanding of annealing texture evolution in thin films and interconnects, *Zeitschrift für Metalkunde*, 96 (3), 259-268, 2005.

308. Dong Nyung Lee; Effect of stacking fault energy on evolution of recrystallization textures in drawn wires and rolled sheets, *Materials Science Forum*, 495-497, 1243-1248, 2005. RG

309. Yin Zhong Shen, Kyu Hwan Oh, Dong Nyung Lee; Texture effect on serrated flow in 2090 Al-Li alloy, *Materialwissenschaft und Werkstofftechnik(Journal of Materials Science and Engineering Technology)* 36(10), 546-551, 2005.

310. Yin Zhong Shen, Kyu Hwan Oh, Dong Nyung Lee; Nitriding of steel

in potassium nitrate salt bath, *Scripta Materialia*, 53, 1345–1349, 2005.

311. Hyo Jong Lee, Heung Nam Han, Dong Nyung Lee; Annealing texture of copper interconnects for ultralarge scale integration, *Journal of Electronic Materials*, 34(12), 1493–1499, 2005.

312. Sung Bo Lee, Duck–Kyun Choi, Dong Nyung Lee; Transmission electron microscopy observations of Cu–induced directional crystallization of amorphous silicon, *Journal of Applied Physics*, 98, 114911–114917, 2005.

313. Yin Zhong Shen, Kyu Hwan Oh, Dong Nyung Lee; Nitriding of interstitial free steel in potassium–nitrate salt bath, *ISIJ International*, 46(1), 111–120, 2006.

314. Yin Zhong Shen, Kyu Hwan Oh, Dong Nyung. Lee; Nitrogen strengthening of interstitial free steel by nitriding in potassium nitrate salt bath, *Materials Science and Engineering*, A 434, 314–318, 2006.10.25.

315. Yin Zhong Shen, Kyu Hwan Oh, Dong Nyung Lee; Serrated flow behavior in 2090 Al–Li alloy influenced by texture and microstructure, *Materials Science and Engineering*, A435–436, 343–354, 2006.11.5

316. Dong Nyung Lee; Changes in lattice constants and orientation of ⟨100⟩ and ⟨111⟩ grains in nanocrystalline Ni and Ni–Fe electrodeposits after annealing, *Materials Science Forum*, 539–543, 149–154, 2007. RG

317. Jong–Kook Lee, Dong Nyung Lee; Texture evolution and grain refinement in AA1050 aluminum alloy sheets asymmetrically rolled with varied shear directions, *Key Engineering Materials*, 340–341, 619–626, 2007.

318. Joon Hwan Choi, Dong Nyung Lee; Aging characteristics and

precipitate analysis of Cu—Ni—Mn—P alloy, *Materials Science and Engineering*, A **458**, Issues 1–2, 295–302, 15 June 2007.

319. Yin Zhong Shen, Kyu Hwan Oh, Dong Nyung Lee; Serrated Flow Behavior in 2090 Al—Li Alloy, *Key Engineering Materials*, **345–346**, 157–160, 2007.

320. Dong Nyung Lee; Effect of stacking fault energy on evolution of recrystallization and grain growth textures of metals, *Materials Science Forum*, **558–559**, 93–100, 2007.

321. Dong Nyung Lee; Directed crystallization of amorphous silicon deposits on glass substrates, *Advanced Materials Research*, **26–28**, 623–628, 2007.

322. Jong—Kook Lee, Dong Nyung Lee; Texture control and grain refinement of AA1050 Al alloy sheets by asymmetric rolling, *International Journal of Mechanical Sciences*, **50**(5), 869–887, 2008. doi: 10.1016/j.ijmecsci.2007.09.008.

323. Sung Bo Lee, Rock—Kil Ko, Kyu—Jeong Song, Doh—Yeon Kim, Fritz Phillipp, Dong Nyung Lee; Role of elastic anisotropy in evolution of microstructure and texture in orthorhombic $YBa2Cu3O7-\delta$ thin film deposits, *Journal of Applied Physics*, **104**, 013511–15, 2008.

324. Jae Yeol Park, Dong Nyung Lee; Deformation and annealing textures of equal—channel angular pressed 1050 Al alloy strips, *Materials Science and Engineering*, A**497**, 395–407, 2008. (doi:10.1016/j.msea.2008.07.047).

325. Jae Yeol Park, Seung—Hyun Hong, Dong Nyung Lee; Textures of equal channel angular pressed 1050 aluminum alloy strips, *International Journal of Modern Physics B*, **22**(31,32), 5977–5984, 2008.12. (doi:10.1142/s0217979208051469).

326. Dong Nyung Lee, Jong Hyun Seo, Orientation dependent directed

etching of aluminum, *Corrosion Science and Technology*, 8(3), 93–102, 2009.

327. Sam Kyu Chang, Se Il Lee, Dong Nyung Lee; Change of rotated cube texture through multi-processing in 3% Si-steels, *ISIJ International*, 49(1), 105–108, 2009.

328. Min-ku Lee, Dong-sam Kim, Sung-chul Kim, Sang-won Han, Insoo Kim, Dong Nyung Lee; Effect of NaCl and CaCl2 additives on NaNO3 bath nitriding of steel, *Materials Science and Engineering*, A 527, 1048–1051, 2010. doi: 10.1016/j.msea.

329. Dong Nyung Lee, Recrystallization-texture theories in light of strain-energy-release-maximization, *Materials Science Forum*, 638–642, 182–189, 2010. doi:10.4028/www.scientific.net/MSF.638–642.182.

330. Sung Bo Lee, Chi Won Ahn, Sang-Hoon Lee, Eun Kyu Her, Kyu Hwan Oh, Doh- Yeon Kim, Dong Nyung Lee, Directed evolution of α-grains in thin metastable Al2O3 films deposited on Si(100) after post-deposition annealing, *Thin Solid Films*, 518, 4304–4311, 2010. doi:10.1061/j.tsf.2010.01.011.

331. Se-Jong Kim, Heung Nam Han, Dong Nyung Lee; Evolution of different recrystallization textures in steels having {111}⟨112⟩ rolling texture, *Materials Science Forum*, 654–656, 74–77, 2010. Doi:10.4028/www.scientific.net/MSF.654–656.74.

332. Jae Kyoum Kim, Yang Mo Koo, Dong Nyung Lee, The evolution of the Dillamore orientation in 80% rolled copper, *Scripta Materialia*, 63, 1017–1019, 2010. doi:10.1016/j.scriptamat.2010.07.035.

333. Jin Kyung Sung, Dong Nyung Lee, Duck Hyun Wang, Yang Mo Koo, Efficient generation of cube-on-face crystallographic texture in iron and its alloys, *ISIJ International*, 51(2), 284–290, 2011.

334. Se-Jong Kim, Heung Nam Han, Hyo-Tae Jeong, Dong Nyung

Lee; Evolution of the {110}⟨110⟩ texture in silver sheets, Materials *Research Innovations*, 15, Supplement 1, s390–s394, Feb. 2011.

335. Kyu Hwan Oh (POSTECH), Se Min Park, Yang Mo Koo, Dong Nyung Lee; Thermomechanical treatment for enhancing gamma fiber component in recrystallization texture of copper–bearing bake hardening steel, *Materials Science and Engineering*, A528(21), 6455–6462, 2011.

336. Dong Nyung Lee; Solid–phase crystallization of amorphous Si films on glass and Si wafer, *Journal of Physics and Chemistry of Solid*, 72(11), 1330–1333 (2011). doi:10.1016/j.jpcs.2011.08.006.

337. Dong Nyung Lee; Pyramidal defects in Mg–doped GaN in light of strain–energy minimization, *Applied Physics Letters*, 99, 241905, 2011. doi: 10.1063/1.3670307.

338. Dong Nyung Lee, Hyun–Sik Choi, Heung Nam Han; Recrystallization texture of cross rolled 3.3% Si Electrical Steel, *Metals and Materials International*, 17(6), 879–883, 2011.

339. Dong Nyung Lee, Heung Nam Han, Hyun–Sik Choi; Recrystallization textures of cross–rolled 3.3% Si electrical steel and 99.99% copper sheets, *Materials Science Forum*, 702–703, 722–725, 2012. doi: 10.4028/www.scientific.net/MSF.702–703.722

340. Dong Nyung Lee, Heung Nam Han; Orientation relationships between directionally grown precipitates and their parent phases in steels, *Materials Science Forum*, 706–709, 61–68, 2012. doi:10.4028/www.scientific.net/MSF.706–709.61.

341. Yang Mo Koo, Kyu Hwan Oh (POSTECH), Dong Nyung Lee; Thermomechanical treatment for enhancing deep drawability of copper–bearing bake hardening steel, *Materials Science Forum*, 706–709, 2634–2639, 2012. doi: 10.4028/www.scientific.net/MSF.706–

709.2634.

342. Jin Kyung Sung, Dong Nyung Lee; Evolution of crystallographic texture in pure iron and commercial steels by γ to α transformation, **Materials Science Forum**, 706−709, 2657−2662, 2012. doi: 10.4028/ www.scientific.net/MSF.706−709.2657.

343. Dong Nyung Lee; Corrigendum to "Elastic properties of thin films of cubic system" [Thin Solid Films 434 (2003) 183−189], **Thin Solid Films** 520, 3708, 2012.

344. Dong Nyung Lee, Heung Nam Han, Directed growth of ferrite in austenite and Kurdjumov−Sachs orientation relationship, **Materials Science Forum**, 715−716, 128−133, 2012.

345. Kyu Hwan Oh (POSTEC), Yang Mo Koo, Dong Nyung Lee; Evolution of textures and microstructures in low−reduction rolled and annealed low−carbon Steels, **Materials Science Forum**, 715−716, 173−178, 2012.

346. Dong Nyung Lee, Heung Nam Han; Orientation relationships between precipitates and their parent phases in steels at low transformation temperatures, **Journal of Solid Mechanics and Materials Engineering**, 6(5), 323−338, 2012 (Review). Doi: 10.1299/jmmp.6.323.

347. Jaewon Chang, Sun−Kyoung Seo, Moon Gi Cho, Dong Nyung Lee, Kyoo−Sik Kang, Hyuck Mo Lee; Effects of Be and Co addition on the growth of Sn whiskers and the properties of Sn−based Pb−free solders, **Journal of Materials Research**, 27(14), 1877−1886 (Jul 28, 2012). DOI: 10.1557/jmr.2012.182.

348. Dong Nyung Lee, Heung Nam Han, Hyun−Sik Choi, Deformation and recrystallization textures of surface layers of aluminum and copper sheets cold−rolled under unlubricated condition, **Key Engineering Materials**, 535−536, 211−214 (2013). Doi: 10.4028/www.scientific. net/KEM.535−536.211.

349. Sung Bo Lee, Dong-Ik Kim, Seong-Hyeon Hong, Dong Nyung Lee, Texture evolution of abnormal grains with post-deposition annealing temperature in nanocrystalline Cu thin films, *Metallurgical and Materials Transactions A: Physical Metallurgy and Materials Science*, 44A, 152-162 (2013). doi: 10. 1007/s11661-012-1542-5.

350. Sung Bo Lee, Yanghoo Kim, Young-Min Kim, Seung Jo Yoo, Heung Nam Han, Dong Nyung Lee; Stand-off dislocations at a twist grain boundary in gold as seen via high-resolution transmission electron microscopy, *Physical Review*, B 87, 060103-1 - 060103-4 (R) (2013), DOI: 10.1103/PhysRevB.87.060103.

351. Kyu Hwan Oh (POSTEC), Jae Suk Jeong, Yang Mo Koo, Dong Nyung Lee; Effect of stacking fault energy on formation of deformation twin in high Mn austenitic steel, Materials Research Innovations, 17, Supplement 2, s2-73 - s2-78, Dec. 2013.

352. Sung Bo Lee, In-Sung Park, Young-Min Kim, Seung Jo Yoo, Jin-Gyu Kim, Heung Nam Han, Dong Nyung Lee, Elastic softening of sapphire by Si diffusion for dislocation-free GaN, *Acta Materialia*, 66, 97-104 (2014). DOI: 10.1016/j.actamat.2013.11.055.

353. Jae Kyoum Kim, Dong Nyung Lee, Yang Mo Koo, The Evolution of the Goss and Cube textures in electrical steel, *Materials Letters*, 122, 110-113 (2014). Doi: org/10.1016/j.matlet.2014.01.166.

354. Dong Nyung Lee, Heung Nam Han, The cube recrystallization-texture related component in the beta-fiber rolling-texture of fcc metals, *Materials Science Forum*, 783-786, 51-56 (2014). Doi:10.4028/www.scientific.net/MSF.783-786.51.

355. Jin-Hyuk Lee, Gwang-Hee Kim, Su Kwon Nam, Insoo Kim, Dong Nyung Lee; Calculation of plastic strain ratio of AA1050 Al alloy sheet processed by heavy asymmetric rolling-annealing followed by

light rolling—annealing, *Computational Materials Science*, 100, 45–51 (2015), Doi:10.1016/j.commatsci. 2014.09.049.

356. Kyu Hwan Oh (POSTEC), Jae Suk Jeong, Yang Mo Koo, Dong Nyung Lee; The evolution of the rolling and recrystallization textures in cold—rolled Al containing high Mn austenitic steel, *Materials Chemistry and Physics*, 161, 9–18 (2015). DOI:10.1016/j/matchemphys. 2015.04.019.

357. Hyun—Sik Choi, Heung Nam Han, Dong Nyung Lee; Evolution of Recrystallization Textures in Plane—Strain Compressed (001)[110] Aluminum Single Crystals, *Key Engineering Materials*, 626, 489–494 (2015). DOI:10.4028/www.scientific.net/KEM.626.489.

358. Sung Bo Lee, Dong—Ik Kim, Yanghoo Kim, Seung Jo Yoo, Ji Young Byun, Heung Nam Han, Dong Nyung Lee; Effects of film stress and geometry on texture evolution before and after the martensitic transformation in a nanocrystalline Co thin film, *Metallurgical and Materials Transactions A*, 46A, 1888–1899(May 2015). DOI: 10.10007/ s11661–015–2778–7. (The Henry Marion Howe Medal for 2016).

359. Dong Nyung Lee, Heung Nam Han; Texture related unusual phenomena in electrodeposition and vapor deposition, *IOP Conference Series: Materials Science and Engineering*, 82, 012082 (2015). Doi:10.1088/1757–899X/82/1/012082.

360. Sung Bo Lee, Jin—woo Ju, Young—Min Kim, Seung Jo Yoo, Jin— Gyu Kim, Heung Nam Han, Dong Nyung Lee, Change in equilibrium position of misfit dislocations at the GaN/sapphire interface by Si—ion implantation into sapphire – I. microstructural characterization, *AIP ADVANCES*, 5, 077180 (2015). Doi:10.1063/1.4927770.

361. Dong Nyung Lee, Insoo Kim; Asymmetric rolling of aluminum and its advantages, (Review article) *LIGHT METAL AGE*, February 2016.

pp. 54–59, 94.

362. Su Kwon Nam, Insoo Kim, Dong Nyung Lee, Improvement in plastic strain ratio of AA1050 Al alloy sheet by enhancing the⟨111⟩//ND texture component, **Applied Mechanics and Materials**, **835**, 203–209 (2016.5), doi:10.4028/www.scientific.net/AMM.835.203.

363. Hyun–Sik Choi, Heung Nam Han, Dong Nyung Lee; Deformation and annealing textures of surface layers of copper sheets cold–rolled under unlubricated condition, **Metals and Materials International**, 23(1), 132–140 (2017), doi: 10.1007/s12540–017–6227–6 .

364. Dong Nyung Lee, The evolution of the {110}⟨001⟩ and {236}⟨385⟩ recrystallization textures in Cu alloys and high Mn steels with the brass rolling texture, **Key Engineering Materials** 725, 177–182 (2017). ISSN: 1662–9806, Vol. 725, pp. 177–182 doi: 10.4028/www. Scientific.net/KEM.725.177 ©2017

365. Semin Park, Yang Mo Koo, Byoung Yul Shim, Dong Nyung Lee, Effects of process variables in decarburization annealing of Fe–3%Si–0.3%C steel sheet on texture and magnetic properties, Metals and Materials International, **23**(1), pp. 220–232 (2017). doi: 10.1007/ s12540–017–6042–0. 23 (1) Jan. 2017. Trans Tech Publications, Switzerland.

366. Dong Nyung Lee, Evolution of Recrystallization Textures in cold–rolled commercially pure Aluminum, **Materials Science Form**, ISSN: 1662–9760, Vol. **879**, pp. 2365–2370 (2017), doi: 10.4028/ www. scientific. net/MSF.879.2365©2017 Trans Tech Publications, Switzerland. 370.

367. Gwang Hee Kim, Nam, Su Kwon Nam, Lee, Dong Nyung Lee and Kim, Insoo Kim, 'A process for increasing plastic strain ratio of AA1050 Al alloy sheet', **The Int. J. Materials and Product Technology**,

Vol. **54**, Nos. 1/2/3, pp.202-211 (2017).

368. Dong Nyung Lee, Orientations of dendritic growth during solidification, *Metals and Materials International*, Vol. 23, no. 2, pp. 320-325 (2017). Doi: 10.1007/s12540-017-6360-2.

369. Jaimyun Jung, Jae Ik Yoon, Dong Nyung Lee, Hyoung Seop Kim, Numerical analysis on the formation of P-orientation near coarse precipitates in FCC crystals during recrystallization, *Acta Materialia*, 131 (2017) 363-372.

370. Dong Nyung Lee, Evolution of Recrystallization Textures in cold-rolled commercially pure Aluminum, Materials Science Forum, Vol. 879, pp. 2365-2370 (2017). Doi: 10.4028/www.scientific.net/MSF.879.2365

371. Su Kwon Nam, Jin Hyuk Lee, Gwang Hee Kim, Insoo Kim, Dong Nyung Lee, Improvement of the plastic strain ratio of AA1050 Al Alloy Sheet by heavy asymmetric rolling and annealing, followed by light rolling and annealing (review), *Metals and Materials International*,

국제학회 논문집 논문(International Conference Proceedings)

1. Dong Nyung Lee: Self-diffusion in sintering of nonspherical metallic particles, Sintering and Related Phenomena (Proceedings of the 3rd International Conference on Sintering and Related Phenomena, University of Notre Dame, June 5-7, 1972), edited by G.C.Kuczynski, Plenum Press, 01/1973, Materials Science Research, Vol. 6, pp.261-268. ISBN:978-1-4615-9001-9. *C2

2. Barry D. Lichter, Dong Nyung Lee: Densities and electrical conductivities of liquid Tl-Te, In-Te and Ga-Te systems, Proceedings of 107th AIME Annual Meeting, Denver, February 26- March 2, 1978 (Abstract).

3. Gil Chon Ye, Dong Nyung Lee: Preferred orientation and microstructure of dull nickel electrodeposits, Chemical Metallurgy − A Tribute to Carl Wagner (Proceeding of Carl Wagner Commemorative Symposium,110th AIME Meeting, Radisson Hotel, Chicago, 22−26, Feb. 1981), edited by A. Gokcen, The Metallugical Society of AIME, pp. 493−505.

4. Dong Nyung Lee, Yeon Chul Yoo: Formability of Ni−Fe alloy sheets, Strength of Metals and Alloys (Proceedings of 6th International Conference on Strength of Metals and Alloys, Melbourne, Australia, 16−20 August, 1982), edited by R. C. Gifkin, Pergamon Press, pp.559−566.

5. Dong Nyung Lee: Calculation of ternary free energy of mixing using binary data, TMS paper selection Paper No. A82−19, TMS of AIME, Feb. 1982, pp.1−13.

6. Dong Nyung Lee, Young Min Kim: Hardness distribution in internally oxidized Ag−10%CdO composites, Deformation of Multi−Phase and Particle Containing Materials (Proceedings of the 4th Risø International Symposium on Metallurgy and Materials Science, Risø National Laboratory, Roskilde, Denmark, September 5−9, 1983), edited by J. B. Bilde−Sørensen, N. Hansen, A. Horsewell, T. Leffers, H. Lilholt, pp. 363−368.

7. Dong Nyung Lee: Relationship between planar anisotropy and texture in FCC and BCC sheet metals, Proceedings of the 7th International Conference on Textures of Materials, Noortwijkerhout, The Netherlands, September 17−21, 1984, edited by C. M. Brakman, P. Jongenburger and E. J. Mittemeijer, Netherlands Society for Materials Science, pp. 101−108.

8. Dong Nyung Lee, Young Hoon Chung, Myung Chul Shin: Preferred orientation in extruded aluminum alloy rod, Proceedings of 7th International Conference on Textures of Materials, edited by C. M. Brakman, P. Jongenburger, E. J. Mittemeijer, Netherlands Society for

Materials Science, pp. 109—114.

9. Jae Bong Lee, Dong Nyung Lee: Correlation of two constants in the Paris equation for fatigue crack propagation rate in region II, Advances in Fracture Research (Proceedings of 6th International Conference on Fracture [ICF6], New Delhi, India, 4—10 Dec. 1984), edited by S. R. Valluri, D. M. R. Taplin, P. Rama Rao, J. F. Knott, R. Dubey, Pergamon Press, pp.1727—1734.

10. Hong Ro Lee, Dong Nyung Lee: Electrodeposition of nickel from nickel sulphamate baths, Proceedings of 4th Asian—Pacific Corrosion Control Conference, Tokyo, Japan, May 26—31, 1985, Organizing Committee for the 4th Asian—Pacific Corrosion Control Conference, Tsuyota Printing Co., pp. 955—962.

11. Dong Nyung Lee, Yoon Keun Kim: Variations of texture, surface morphology and mechanical property of copper foils with electrolysis condition, Proceedings of 2nd Asian Metal Finishing Forum, Tokyo, Japan, June 1—3, 1985, edited by H. Kanematsu, The Metal Finishing Society of Japan, pp.130—133.

12. In Bum Jeong, Kyu Hwan Oh, Dong Nyung Lee: Finite—element analysis of the bulging deformation in continuously cast slab by thermo—elastoplastic creep model, Proceedings of International Symposium on the Continuous Casting of Steel Billets, Met. Soc. Canadian Inst. Mining and Met., Vancouver, B. C. Canada, August 1985, pp.260—272.

13. Seung Eui Nam, Dong Nyung Lee: Accelerated spheroidization of cementite in high carbon steel wire rod by drawing at elevated temperature, Strength of Metals and Alloys (Proceedings of 7th International Conference on Strength of Metals and Alloys, Montreal, Canada, August 12—16, 1985), edited by H. J. McQueen, J. P. Bailon, J.

I. Dickson, J. J. Jonas, M. G. Akben, Pergamon Press, pp.1061-1066.

14. Dong Nyung Lee: Theoretical dependence of limiting drawing ratio on plastic strain ratio, Strength of Metals and Alloys (Proceedings of 7th International Conference on Strength of Metals and Alloys, Montreal, Canada, August 12-16, 1985), edited by H. J. McQueen, J. P. Balio, J. I. Dickson, J. J. Jonas, M.G. Akben, Pergamon Press, pp.971-976.

15. Dong Nyung Lee, Seung Keun Lee: Corrosion fatigue of 1%C-1%Cr alloy steel, Proceedings of The 2nd ROC-ROK Joint Workshop on Fracture of Metals, National Tsing Hua Univ., Hsinchu, Taiwan, R. O. C. April 6-7, 1986, pp.39-56.

16. Sung Keun Lee, Dong Nyung Lee: Corrosion fatigue of high carbon chromium steel, Proceedings of 2nd Conference of Asian-Pacific Congress on Strength Evaluation, Seoul National Univ., Seoul, Korea, July 3-5, 1986, The Korean Society for NDT, pp.395-402.

17. Dong Nyung Lee, Yoon Keun Kim: On the rule of mixtures for flow stresses of sandwich sheet metals, Strength of Metals and Alloys (Proceedings of 8th International Conference on Strength of Metals and Alloys, Tampere, Finland, 22-26 August, 1988) edited by P. O. Kettunen, T. K. Lepisto, M. E. Lehtonen, Pergamon Press, pp. 481-488.

18. Dong Nyung Lee, Yoon Keun Kim: Tensile properties of sandwich sheet metals in terms of component properties, Strength of Metals and Alloys (Proceedings of 8th International Conference on Strength of Metals and Alloys, Tampere, Finland, August 22-26, 1988), edited by P. O. Kettunen, T. K. Lepisto, M. E. Lehtonen, Pergamon Press, pp.1401 - 1408.

19. Byeong-Joo Lee, Dong Nyung Lee: Calculation of phase diagrams for the YO1.5 - BaO - CuOx system, Proceedings of International Workshop on Superconducting Materials and Its Application, Korea

Electrotechnology Research Institute, Changwon, Sept. 22-23, 1988, pp.36-42.

20. I. B. Jeong, D. N. Lee, K. H. Oh, H. S. Kim: Three-dimensional finite analysis of tensile behavior of SiC whisker-reinforced Al alloy composite, Proceedings of The Korean-Japan Metals Symposium on Composite Materials, The Korean Institute of Metals, Seoul, Korea, Oct. 1988, edited by Dong Nyung Lee, pp.1-18.

21. Kang-Heon Hur, Jae-Han Jeong, Dong Nyung Lee: Effect of annealing on magnetic properties and microstructure of electroless nickel- copper - phosphorous alloy deposites, Proceedings of 3rd. Asian Surface Finishing Forum, Seoul, Korea, Sept. 25-27, 1989, edited by Dong Nyung Lee, The Metal Finishing Society of Korea, pp.133-143.

22. Dong Nyung Lee: Development of orientation and microstructure of vapor deposits, Proceedings of 3rd. Asian Surface Finishing Forum, Seoul, Korea, Sept. 25-27, 1989, edited by Dong Nyung Lee, The Metal Finishing Society of Korea, pp. 203-210.

23. In Bum Jeong, Dong Nyung Lee, Kyu Hwan Oh, Ho In Lee: A model for fracture stress of SiC short reinforced aluminum composite, Fundamental Relationships between Microstructures and Mechanical Properties of Metal Matrix Composites (Proceedings of a symposium sponsored by the TMS Composite, Structural Materials and Flow and Fracture Committees, TMS Fall Meeting, Indianapolis, Indiana, USA, October 1-5, 1989,), edited by P. K. Liaw and M. N. Grunger, TMS. Penn. USA. pp.187-208.

24. D. N. Lee, S. K. Lee: Effect of stress waveform on fatigue crack growth rates of SAE 51100 steel in 3% NaCl solution, Proceedings of International Conference on Evaluation of Materials Performance in

Severe Environments, Kobe, Japan, Nov. 20-23, 1989, pp.167-174.

25. K. H. Hur, J. H. Jeong, D. N. Lee: Microstructure and Phase Transformations of electroless nickel alloy deposits, Thin Films and Beam-Solid Interactions (Chinese Materials Research Society International 1990 Symposia Proceedings Vol. 4, Beijing, China, 18- 22, June 1990), edited by L.Huang, Elselvier Science Publishers B.V., 1991, pp.247-256 (Invited talk).

26. Dong Nyung Lee: Development of orientation and microstructure of vapor deposits, Textures and Microstructures, 14-18, 763-768, 1991 (Proceedings of 9th international Conference on textures of Materials (ICOTOM-9)), Avignon France, September 17-21, 1990). *JA113

27. B. G. You, S. H. Lee, D. N. Lee, U. S. Yoon, Y. K.Shin: Coupled analysis of heat transfer and deformation behavior of the solidifying shell due to air gap formation in continuous casting of slab, Modeling of Casting and Solidification Processes (Proceedings of the First Pacific Rim International Conference on Modeling of Casting and Solidification Processes, Seoul Korea, October 18-20, 1991), edited by C. P. Hong, E. Niyama, W. S. Hwang, Yonsei University Press, Seoul Korea, pp.101-112.

28. S. H. Lee, D. N. Lee: A finite element analysis of electromagnetic forming for tube expansion, Computer Aided Innovation of New Materials, edited by M. Doyama, T. Suzuki, J. Kihara, R. Yamamoto, Elsevier Science Publishers B. V. North-Holland, 1991, pp.667- 672 (Invited talk). *JA141

29. Dong Nyung Lee, Hyoung Seop Kim: The finite element analysis of deformation of porous materials, Proceedings of The First Pacific Rim International Conference on Advanced Materials and Processing, Hangzhou, China, June 23-27, 1992, edited by Changxu Shi, Hengde Li and Alexander Scott, TMS, Warrendale, Penn. pp.733-738 (Invited talk).

30. Dong Nyung Lee, Chang-Seok Oh: Thermodynamic assessment of the IIIB - VI systems using the two-sublattice ionic melt model, Computer aided innovation of new material (Proceedings of the Second Internationl Conference and Exhibition on Computer Application to Materials and Molecular Sci. and Engineering, Yokohama, Japan. 1992. 9. 22-25(CAMSE'92)), edited by M. Doyama, J. Kihara, M. Tanaka, R. Yamamoto, Elsevier Science Publishers B. V., North-Holland, 1993, pp.759-762.

31. Dong Nyung Lee, H. N. Han, H. S. Kim: Analysis of deformation of porous metals, Proceedings of the Korea-U.S. Joint Symposium on Advanced Materials, Seoul National University, Dec. 7-12, 1992, Korean Inst. Metals & Mater. edited by Dong Nyung Lee, pp.156-166.

32. H. N. Han, H. S. Kim, K. H. Oh, D. N. Lee: Analysis of plastic deformation of porous metals, Proceedings of Fourth International Symposium on Plasticity and Its Current Applications, Baltimore, MD, USA, July 19-23, 1993 (Invited talk)

33. Jae Wook Kwon, Kwan-Young Oh, Dong Nyung Lee, Kyu Hwan Oh: Blow forming of superplastic 8090 Al alloy sheets, Light Materials for Transportation Systems (Proceedings of an International Symposium on Light Materials for Transportation Systems, Kyongju Korea June 20-23, 1993) edited by Nack J. Kim, Center for Advanced Aerospace Materials, Pohang Korea, pp.951-963.

34. H. T. Jeong, D. N. Lee, K. H. Oh: Derivation of yield criteria of cubic metals from Schmid's law, Materials Science Forum, 157-162, (1994) (Proceedings of the 10th International Conference on Textures of Materials (ICOTOM-10), Clausthal Germany, September 20-24, 1993). pp. 1603-1608. *JA148

35. Jae-Hwan Chung, Dong Nyung Lee: Effect of strain path change on

anisotropy of yield stresses of cubic structure sheet metals, Materials Science Forum, 157-162, (1994) (Proceedings of the 10th International Conference on Textures of Materials: ICOTOM-10, Clausthal Germany, September 20-24, 1993). pp. 1947-1952. *JA149

36. Dong Nyung Lee, Kyung-Hyun Kim, Yong-Gi Lee, Chang-Hee Choi: A factor determing crystal orientation of dendritic growth, Proceedings of International Conference on Recent Advances in Materials and Mineral Resources'94, Parkroyal Penang Malaysia, May 3-5, 1994, organized by School of Materials and Mineral Resources Engineering, Universiti Sains Malaysia, Perak Branch Campus 31750 Tronoh Perak, Malaysia, printed by Percetakam Zainon Kassim, Ipoh Perak Darul Ridzuan Malaysia, pp.64-72.

37. Yong Beom Park, Dong Nyung Lee, G. Gottstein: Texture evolution in deep drawing steels, Metal Forming '94, Birmingham.

38. Sung Keun Lee, Dong Nyung Lee: Effect of stress waveform on fatigue crack growth rates of steels in NaCl solutions, Strength of Materials (Proceedings of the 10th International Conference on Strength of Materials, Sendai Japan, August 21-26, 1994) edited by Oikawa et al. The Japan Inst. of Metals, pp.949-952

39. Kyung-Hyun Kim, Sang Hyun Lee, Kyu Hwan Oh, Dong Nyung Lee: Analysis of refining of aluminum using fractional solidification with forced convection, Proceedings of 4th International Conference on Aluminum Alloys, Atlanta Geogia USA, Sept. 11-16, 1994, Geogia Institute of Technology, edited by T. H. Sanders, Jr., E. A. Starke, Jr., pp. 74-81.

40. Kyung-Hyun Kim, Yong-Gi Lee Heung Nam Han, Kyu Hwan Oh, Dong Nyung Lee: Coupled analysis of heat transfer and deformation behavior in continuously cast beam blank, Proceedings of the 2nd

Pacific Rim International Symposium on Modeling of Casting and Solidification Process, Hitachi, Japan, January 25-27, 1995, edited by E. Niyama, H. Kodama, pp.37-50.

41. D. N. Lee, S. C. Baik, H. N. Han, S. H. Lee, K. H. Oh, Plastic behaviour of perforated sheets under biaxial stress state, 7th international Conference on Mechanical Behaviour of Materials (ICM 7), The Netherlands Congress Centre, The Hague, The Netherlands, May 28 - June 2, 1995, Programme p. 39.

42. Kyung-Hyun Kim, Tae-Jung Yeo, Yong-Gi Lee, Heung Nam Han, Kyu Hwan Oh, Dong Nyung Lee: Analysis of solidification cracking in continuously cast beam blank, Advanced Materials and Processing (Proceedings of the Second Pacific Rim International Conference on Advanced Materials and Processing, Kyongju, Korea, June 18-22, 1995), edited by K. S. Shin, J. K. Yoon, S. J. Kim, The Korean Institute of Metals and Materials, Seoul Korea, pp.109-114.

43. Dong Nyung Lee: Deformation of porous metals, Advanced Materials and Processing (Proceedings of the Second Pacific Rim International Conference on Advanced Materials and Processing, Kyongju, Korea, June 18-22, 1995), edited by K. S. Shin, J. K. Yoon, S. J. Kim, The Korean Institute of Metals and Materials, Seoul Korea, pp.245-252 (Invited talk).

44. Jae-Wook Kwon, Chang-Hee Choi, Kyu Hwan Oh, Dong Nyung Lee: Analysis of inhomogeneous rolling texture in aluminum, Advanced Materials and Processing (Proceedings of the Second Pacific Rim International Conference on Advanced Materials and Processing, Kyongju, Korea, June 18-22, 1995), edited by K. S. Shin, J. K. Yoon, S. J. Kim, The Korean Institute of Metals and Materials, Seoul Korea, pp.293-298.

45. Young—Mok Won, Kyu Hwan Oh, Dong Nyung Lee: Effect of preheating on the mechanical and electrical properties of tough pitch copper made from copper scraps, Advanced Materials and Processing (Proceedings of the Second Pacific Rim International Conference on Advanced Materials and Processing, Kyongju, Korea, June 18—22, 1995), edited by K. S. Shin, J. K. Yoon, S. J. Kim, The Korean Institute of Metals and Materials, Seoul Korea, pp.317—322.

46. Chang—Hee Choi, Jae—Han Jeong, Chang—Seok Oh, Kyu Hwan Oh, Dong Nyung Lee: Room temperature recrystallization of 99.999 pct aluminum, Advanced Materials and Processing (Proceedings of the Second Pacific Rim International Conference on Advanced Materials and Processing, Kyongju, Korea, June 18—22, 1995), edited by K. S. Shin, J. K. Yoon, S. J. Kim, The Korean Institute of Metals and Materials, Seoul Korea, pp.323—328.

47. Heung Nam Han, Yong—Gi Lee, Kyu Hwan Oh, Dong Nyung Lee: Analysis of hot forging of porous metals, Advanced Materials and Processing (Proceedings of the Second Pacific Rim International Conference on Advanced Materials and Processing, Kyongju, Korea, June 18—22, 1995), edited by K. S. Shin, J. K. Yoon, S. J. Kim, The Korean Institute of Metals and Materials, Seoul Korea, pp.461—466.

48. Seung Chul Baik, Heung Nam Han, Sang—Hyun Lee, Kyu Hwan Oh, Dong Nyung Lee: Stretch forming of a perforated sheet, Advanced Materials and Processing (Proceedings of the Second Pacific Rim International Conference on Advanced Materials and Processing, Kyongju, Korea, June 18—22, 1995), edited by K. S. Shin, J. K. Yoon and S. J. Kim, The Korean Institute of Metals and Materials, Seoul Korea, pp.837—842.

49. Yong—Gi Lee, Heung Nam Han, Kyu Hwan Oh, Dong Nyung Lee:

Coupled analysis of thermo-elasto-plastic deformation and heat transfer, Advanced Materials and Processing (Proceedings of the Second Pacific Rim International Conference on Advanced Materials and Processing, Kyongju, Korea, June 18-22, 1995), edited by K. S. Shin, J. K. Yoon and S. J. Kim, The Korean Institute of Metals and Materials, Seoul Korea, pp.861-866.

50. Se-Hyeong Lee, Kyung-Keun Um, Kyu Hwan Oh, Dong Nyung Lee: Finite element analysis of stamping tact spring and operation of tact switch, Advanced Materials and Processing (Proceedings of the Second Pacific Rim International Conference on Advanced Materials and Processing, Kyongju, Korea, June 18-22, 1995), edited by K. S. Shin, J. K. Yoon and S. J. Kim, The Korean Institute of Metals and Materials, Seoul Korea, pp.867-872.

51. Chang-Hee Choi, Kyu Hwan Oh, Dong Nyung Lee: Analysis of inhomogeneous rolling texture in aluminum, Dynamic Plasticity and Structural Behaviors (Proceedings of Plasticity 95, July 17-21, 1995, Osaka, Japan), edited by S. Tanimura and A. S. Khan, Gordon and Breach Publishers, pp. 257-260.

52. C. H. Choi and D. N. Lee: Shear texture formation in cold rolled aluminum and its recrystallization texture, Microstructural and Crystallographic Aspects of Recrystallization (Proceedings of 16th Riso International Symposium on Materials Science, Risø National Laboratory, Roskilde, Denmark, 4-8 September 1995), edited by N. Hansen, D. Juul Jensen, Y. L. Liu, B. Ralph, Risø National Laboratory, Roskilde, Denmark, pp.289-294.

53. Y. B. Park, D. N. Lee, G. Gottstein: The evolution of recrystallization texture in IF steel, Microstructural and Crystallographic Aspects of Recrystallization (Proceedings of 16th Risø International Symposium

245

on Materials Science, Riso National Laboratory, Roskilde, Denmark, 4-8 September 1995), edited by N. Hansen, D. Juul Jensen, Y. L. Liu, B. Ralph, Risø National Laboratory, Roskilde, Denmark, pp.479-484.

54. Heung Nam Han, Kyu Hwan Oh, Dong Nyung Lee: Analysis of forging limit for sintered porous metals, Euro PM 95 (Proceedings of 1995 European Conference on Advanced PM Materials, Birmingham 23-25 October 1995), European Powder Metallurgy Association, pp.57-64.

55. Kyung-Hyun Kim, Heung Nam Han, Tae-jung Yeo, Yong-gi Lee, Kyu Hwan Oh, Dong Nyung Lee: Heat flow, deformation behavior and crack formation during continuous casting of beam blank, Melt Spinning, Strip Casting and Slab Casting (Proceedings of Symposium on Melt Spinning, Strip Casting and Slab Casting, Feb. 4-8, 1996, Anaheim California), edited by Eric F. Matthys and William G. Truckner, The Minerals, Metals and Materials Society, pp.87-102.

56. D. N. Lee: Texture and related phenomena of copper electrodeposits, MRS Symposium Proceedings, Vol. 427, pp.167-178, (1996) (Invited talk)

57. J. H. Jeong, S. S. Kim, H. G. Kim, C. H. Choi, D. N. Lee: Electrochemical AC etching of aluminum foils in hydrochloric acid electrolytes, Materials Science Forum, 217-222 (Proceedings of the 5th International Conference ICAA5, Grenoble, France, July 1-5, 1996), pp.1565-1570. *JA182

58. D. N. Lee: Maximum energy release theory for recrystallization textures, AEPA 96(Proceedings of the 3rd Asia-Pacific Symposium on Engineering Plasticity and its Applications, Hiroshima Japan, 21-24 August 1996), edited by T. Abe, T. Tsuta, Pergamon, Amsterdam-Oxford-New York-Tokyo, pp.21-36. (Plenary lecture)

59. Y. B. Park, D. N. Lee, G. Gottstein: Development of hot rolling

textures in interstitial free steel, Textures of Materials (ICOTOM11) (Proceedings of 11th International Conference on Textures of Materials, Xi'an, China, 1996), edited by Z. Liang, L. Zuo, Y. Chu. International Academic Publishers, Beijing, pp.324-329.

60. S. H. Hong, H. T. Jeong, C. H. Choi, D. N. Lee: Analysis of inhomogeneous rolling texture and recrystallization texture in multilayer rolled copper sheet, Textures of Materials (ICOTOM11) (Proceedings of 11th International Conference on Textures of Materials, Xi'an, China, 1996), edited by Z. Liang, L. Zuo, Y. Chu. International Academic Publishers, Beijing, pp. 447-454.

61. D. N. Lee: The evolution of recrystallization textures from deformation textures, Textures of Materials (ICOTOM11) (Proceedings of 11th International Conference on Textures of Materials, Xi'an, China, 1996), edited by Z. Liang, L. Zuo, Y. Chu. International Academic Publishers, Beijing, pp. 503-508.

62. Y. B. Park, D. N. Lee, G. Gottstein: The texture evolution during annealing of interstitial free steel, Textures of Materials (ICOTOM11) (Proceedings of 11th International Conference on Textures of Materials, Xi'an, China, 1996), edited by Z. Liang, L. Zuo, Y. Chu. International Academic Publishers, Beijing, pp. 531-536.

63. D. N. Lee, S. Kang, J. Yang: Textures of as-deposited and recrystallized copper electrodeposits, Textures of Materials (ICOTOM11) (Proceedings of 11th International Conference on Textures of Materials, Xi'an, China, 1996), edited by Z. Liang, L. Zuo, Y. Chu. International Academic Publishers, Beijing, pp. 1153-1158.

64. Y. B. Park, D. N. Lee, G. Gottstein: A model of recrystallization texture evolution in bcc steels, Proceedings of 3rd International conference on Recrystallization and Related Phenomena, Monterey,

1996, p. 469.

65. D. N. Lee: Texture and related microstructure and surface topography of vapor deposits, 2nd Korea-Japan Symposium on Plasma and Thin Film Technology, Oct. 11-12, 1996, National Institute of Technology and Quality, Kwachun Korea (Plenary lecture)

66. C. H. Choi, K. H. Kim, D. N. Lee, Texture control of aluminum alloy sheets, Synthesis/Processing of Lightweight Metallic Materials II (Proceedings of a Symposium held in Orlando, Florida, Feb.9-13,1997), edited by C. M. Ward-Close, F. H. Froes, S. S. Cho and D. J. Chellman, TMS, Warrendale, PA, USA,1997,pp. 37-48.

67. J. H. Jeong, S. S. Kim, H. G. Kim, K. Y. Park, D. N. Lee: Effect of Al+3 concentration on AC etching behavior of high purity aluminum plain foils in hydrochloric acid electrolytes, Acta Technica Belcica Metallurgie, 37 (2-3-4), 79-84, 1997 (Proceedings of International Symposium on Aluminum Surface Science and Technology, Antwerp, Belgium, May 12-15, 1997 *JA198

68. C. H. Choi, S. H. Hong, D. N. Lee : Deformation and recrystallization textures of surface layers of aluminum and copper sheets, Physics and Mechanics of Finite Plastic and Viscoplastic Deformation (Proceedings of Plasticity '97: The Sixth International Symposium on Plasticity and Its Current Application, Juneau, Alaska, July 14-18, 1997), edited by A. S. Kahn, Neat Press, Fulton , Maryland. pp.245-246 (Invited talk)

69. S. J. Park, H. N. Han, K. H. Oh, D. N. Lee: Modeling of metal powder compaction, Physics and Mechanics of Finite Plastic and Viscoplastic Deformation (Proceedings of Plasticity '97: The Sixth International Symposium on Plasticity and Its Current Application, Juneau, Alaska July 14-18, 1997), edited by A. S. Kahn, Neat Press, Fulton , Maryland. pp. 325-326.

70. Sang Heon Lee, Dong Nyung Lee: Shear rolling and recrystallization textures of interstitial free steel sheet, THERMEC'97 (Proceedings of International Conference on Thermomechanical Processing of Steels & Other Materials, Wollongong, Australia, 1997), edited by T. Chandra, T. Sakai, The Minerals, Metals & Materials Society, pp. 2357-2363.

71. K. K. Um, J. K An, H. T. Jeong, D. N. Lee: Circular texture of drawn high-carbon steel wire, Mechanical Properties of Advanced Engineering Materials (Proceedings of 3rd International Symposium on Microstructures and Mechanical Properties of New Engineering Materials [IMMM'97],Mie Univ., Tsu, Japan, 6-8 August 1997) edited by Masahumi SENDO, Bingye XU, Masataka Tokuda and Borut BUNDARA, Mie Univ. Press, pp.185-192 (Keynote lecture).

72. Jeom Shik Yang, Se-Hyeong Lee, Dong Nyung Lee: Analysis of bending of cross sections of tensile tested electrodeposited copper foils, Materials Science and Engineering, A234-236 (Proceedings of 11th International Conference on the Strength of Materials, 25-29 August 1997, Prague, Czech Republic, Guest Editor: P. Lucas), pp. 149-153. *JA196

73. Dong Nyung Lee, Keun-Hwan Kim, Chang-Hee Choi, Hyung-Gu Kang: Improvement in formability of aluminum alloy sheets for use of automobiles, Advanced Automobile Materials (Proceedings of the International Conference on Advanced Automobile Materials, Beijing, China, Nov.4-7, 1997), edited by Wang Xianjin and Wang Zubin, The Chinese Society for Metals, pp.67-76 (Plenary lecture).

74. Se-young Jeong, Jong Hyun Seo, Jae-Han Jeong, Dong Nyung Lee: Morphology and capacitance of AC etched aluminum foils under various etching conditions, Aluminum Alloys (Proceedings of ICAA-6, 1998 Japan) pp. 1699-1704.

75. D. N. Lee: Advances in Energy Release Maximization Theory for Recrystallization Textures, AEPA'98 (The fourth Asia—Pacific Symposium on Advances in Engineering Plasticity and Its Applications, Seoul National University, Seoul, Korea, June 21—25, 1998) Abstracts p.5 (Plenary Lecture).

76. D. N. Lee, H. T. Jeong: The evolution of the Goss texture in silicon steel, Advanced Materials and Processing (Proceedings of The Third Pacific Rim International Conference on Advanced Materials and Processing, Hawaii, July 12—16, 1998, The Minerals, Metals and Materials Society), edited by M. A. Imam, R. DeNale, S. Hanada, Z. Zhong, D. N. Lee, pp. 205—213

77. H. S. Nam, D. N. Lee: Recrystallization textures of silver electrodeposits, Advanced Materials and Processing (Proceedings of The Third Pacific Rim International Conference on Advanced Materials and Processing, Hawaii, July 12—16, 1998, The Minerals, Metals and Materials Society), edited by M. A. Imam, R. DeNale, S. Hanada, Z. Zhong, D. N. Lee, pp. 2745—2750.

78. D. N. Lee, H. T. Jeong, H. J. Shin: The evolution of recrystallization textures in plastically deformed fcc cubic metals, Metals and Materials Vol. 4, No. 3—4 (Special Volume including Proceedings of The 4thAsia—Pacific Symposium on Advances in Engineering Plasticity and Its Applications, AEPA'98, SNU Seoul, Korea, June 21—25, 1998), The Korean Institute of Metals and Materials, pp. 391—396. *JA212

79. D. N. Lee, H. N. Han, K. H. Oh, H. S. Kim: Analysis of porous metals, MRS Symposium Proceedings vol.521 (Porous and Cellular Materials for Structural Applications) MRS meeting, San Francisco California, April 13—17,1998, pp. 33—38

80. D. N. Lee, K. H. Kim: Textures and plastic strain ratios of sheet

metals for automobile, Proceedings of 98 International Symposium of the RCAPAM, Sunchon Korea, Nov. 4–6, 1998, eds. B. I. Kim, Y. B. Park, S. S. Kim, Sunchon National University, pp. 39–49. (Invited lecture)

81. D. N. Lee, H. T. Jeong, H. J. Shin: The evolution of recrystallization textures in plastically deformed metals, Constitutive and Damage Modeling of Inelastic Deformation and Phase Transformation (Proceedings of Plasticity 99: The Seventh International Symposium on Plasticity and Its Current Applications, Cancun, January 5–13, 1999. pp.487–490. (Invited lecture)

82. H. T. Jeong, D. N. Lee: Twin components in rolling and recrystallization textures of Fe–Ni alloys, Advances in Twinning (Proceedings of International symposium sponsored by the Physical Metallurgy Committee of the Structural Materials Division of TMS held at the 1999 TMS Annual Meeting in San Diego California Feb. 28–March 4, 1999), edited by S. Ankem and C. S. Pande, pp.301–311.

83. D. N. Lee: Model for evolution of recrystallization textures in metals, The Japan Institute of Metals 1999 Spring Annual Meeting Proceedings (Abstracts), Tokyo Institute of Technology, Tokyo Japan, March 29–31, 1999 (Invited Lecture).

84. D. N. Lee: Strain energy release maximization model for recrystallization textures, Metals and Materials, 5 (5), 401–417, 1999, (Proceedings of '99 International Symposium on Textures of Materials, Research and Development Center for Automobile's parts and Materials, Sunchon National University, Sunchon Korea, April 21–22, 1999) (Invited Lecture). *JA226

85. Seung–Hyun Hong, Yoon–Soo Lee, No–Jin Park, Dong Nyung Lee: The evolution of recrystallization textures of cross rolled copper sheets,

Proceedings of 4th International Conference on Recrystallization and Related Phenomena, NRIM, Tsukuba Japan, July 13–16, 1999, edited by T. Sakai, H. G. Suzuki, the Japan Institute of Metals, Japan, pp.845–850.

86. H. J. Shin, H. T. Jeong, D. N. Lee: Deformation and annealing textures of silver wire, Proceedings of 4th International Conference on Recrystallization and Related Phenomena, 1999, edited by T. Sakai, H. G. Suzuki, the Japan Institute of Metals, Japan, pp.863–868.

87. H. T. Jeong, K. K. Um, D. N. Lee: Analysis of inhomogeneous rolling texture of fcc metal sheets, Proceedings of The Twelfth International Conference on Texture of Materials (ICOTOM 12), edited by Jerzy A. Szpunar, NRC Research Press, Ottawa Canada, 1999, pp.267–272.

88. J. H. Choi, S. Y. Kang, D. N. Lee, J. Yang: Relationship between deposition and recrystallization textures of electrodeposits, Proceedings of The Twelfth International Conference on Texture of Materials (ICOTOM 12), edited by Jerzy A. Szpunar, NRC Research Press, Ottawa Canada, 1999, pp.298–303.

89. D. N. Lee, H. T. Jeong: Recrystallization texture of aluminum bicrystals with S orientations deformed by channel die compression, Proceedings of The Twelfth International Conference on Texture of Materials (ICOTOM 12), edited by Jerzy A. Szpunar, NRC Research Press, Ottawa Canada, 1999, pp. 304–309.

90. K. H. Kim, D. N. Lee and C. H. Choi: The deformation textures and Lankford values of asymmetrically rolled aluminum alloy sheets, Proceedings of The Twelfth International Conference on Texture of Materials (ICOTOM 12), edited by Jerzy A. Szpunar, NRC Research Press, Ottawa Canada, 1999, pp. 755–760.

91. K. K. Um, H. T. Jeong, J. K. An, D. N. Lee: Effect of roll bite

geometry on sheet deformation in ferritic rolling of IF—steel sheets, Proceedings of The Twelfth International Conference on Texture of Materials (ICOTOM 12), edited by Jerzy A. Szpunar, NRC Research Press, Ottawa Canada, 1999, pp. 779—784.

92. K. K. Um, H. T. Jeong, J. K. An, D. N. Lee: The texture of drawn high—carbon steel wire, Proceedings of The Twelfth International Conference on Texture of Materials (ICOTOM 12), edited by Jerzy A. Szpunar, NRC Research Press, Ottawa Canada, 1999, pp. 779—784.

93. C. H. Choi, K. H. Oh, G. Gottstein, D. N. Lee: Texture evolution of aluminum single crystals during asymmetric rolling, Proceedings of The Twelfth International Conference on Texture of Materials (ICOTOM 12), edited by Jerzy A. Szpunar, NRC Research Press, Ottawa Canada, 1999, pp. 791—796.

94. S. H. Hong, N. J. Park, D. N. Lee: The evolution of deformation and recrystallization textures of cross rolled copper sheets, Proceedings of The Twelfth International Conference on Texture of Materials (ICOTOM 12), edited by Jerzy A. Szpunar, NRC Research Press, Ottawa Canada, 1999, pp. 950—955.

95. H. J. Shin, J. K. An, D. N. Lee: The influence of tension on the development of rolling textures, Proceedings of IMMM'99, Beijing, Sept. 20—23, 1999, pp. 273—278.

96. D. N. Lee: The evolution of the Goss texture in silicon steel, Proceedings of IMMM'99, Beijing, Sept. 20—23, 1999, pp. 19—26. (Invited lecture)

97. D. N. Lee: Strain energy release maximization model for evolution of recrystallization textures, Cold Rolling: Technology and Products Vol.II, (Proceedings of International Symposium on Cold Rolling: Technology and Products, organized by Tata steel, The Indian Institute

of Metals, and The Texture Society of India, at Tata Steel, Jamshedpur India, 14–16 Feb., 2000) pp.49–60. (Invited talk)

98. D. N. Lee: A stability criterion for deformation and deposition textures of metals during annealing, Journal of Materials Processing Technology, 117, 307–310, 2001 (Proceeding of THERMEC 2000, LasVegas, U.S.A). *JA256

99. D. N. Lee: Relation between deposition and recrystallization textures of copper and chromium electrodeposits, Surface Engineering: In Materials Science, edited by S. Seal, N. B. Dahotre, J. J. Moore, B. Mishra, TMS, March 2003, pp. 221–222.

100. Sang Heon Lee, Dong Nyung Lee: Modelling of deformation textures of cold rolled bcc metals by the rate sensitivity model, Advances in Engineering Plasticity (Key Engineering Materials Vol. 177–180): Proceedings of Asia–Pacific Symposium in Engineering Plasticity and Its Applications, 12–16 June 2000, Hong Kong), Trans. Tech. Publications, edited by T. X. Yu, Q. P. Sun, J. K. Kim, pp.115–120 (Invited talk). *JA240

101. Dong Nyung Lee, Keun–Hwan Kim: The stability of textures of asymmetrically rolled aluminum alloy sheets during annealing, Plastic and Viscoplastic Response of Materials and Metal Forming (Proceedings of Plasticity '00: 8th Int. Symposium on Plasticity and Its current Applications, Whistler, Canada, July 17–21, 2000), edited by Akhtar S. Khan, Haoyue Zhang, Ye Yuan, Neat Press, pp. 74–76. (Invited Lecture)

102. Dong Nyung Lee: Fracture and Strength of solids associated with their textures, Fracture and Strength of Solids (Proceedings of 4th International Conference on Fracture & Strength of Solids, Pohang, Korea, August 16–18, 2000), edited by W. Hwang, K. S. Han, Trans

Tech Publications, pp.679–694. (Planary lecture).

103. D. N. Lee: The evolution of recrystallization textures from plastically deformed aluminum crystals, Microstructure and Properties (Proceedings of the International Symposium on Light Metals: 39th Annual Conference of Metallurgists of CIM, Ottawa, Ontario, Canada, August 20–23, 2000), edited by J. Kazadi, J. Masounave, pp. 225–239.

104. Keun Hwan Kim, Dong Nyung Lee: The evolution of texture in aluminum alloy sheet during asymmetric rolling, Mathematical Modelling in Metal Processing and Manufacturing (Proceedings of 39th Annual Conference of Metallurgists of CIM, Ottawa, Ontario, Canada, August 20–23, 2000), edited by P. Martin, S. MacEwen, Y. Verreman, W. Lui, J. Goldak, (CD–Rom format)

105. S. H. Hong, D. N. Lee: Recrystallization textures from different cold rolling textures of IF steel, Thermomechanical Processing of Steel (Proceedings of J.J. Jonas Symposium on Thermomechanical Processing of Steel, 9th Annual Conference of Metallurgists of CIM, Ottawa, Ontario, Canada, August 20–23, 2000), edited by S. Yue, E. Essadiqi, The Metallurgical Society of The Canadian Institute of Mining, Metallurgy and Petroleum, pp. 423–437.

106. S. H. Kim, D. N. Lee: The Effect of rolling conditions on the strength and microstructure of dispersion strengthened copper strips, Materials Science and Engineering, Vol. A319–321, 2001 (Proceedings of 12th International Conference on the Strength of Materials, Asiloma California, Aug. 28–Sept. 1, 2000), pp. 326–331. *JA258

107. D. N. Lee, K. H. Kim: Effects of asymmetric rolling parameters on texture development in aluminum sheets, Innovations in Processing and Manufacturing of Sheet Materials (Proceedings of The Second

Gloval Symposium on Innovation in Materials Processing and Manufacturing: Sheet Materials, New Orleans, Louisiana, Feb. 11-15, 2001), edited by M. Y. Demeri, TMS, Warrendale, Penn., 2001, pp. 219-235.

108. D. N. Lee, S. H. Kim, K. H. Kim: Texture and structures of asymmetrically rolled aluminum sheets, LiMAT-2001 (Proceedings of the 2nd International Conference on Light Materials for Transportation Systems, May 6-10, 2001, Busan Exhibition & Convention Center, Busan) edited by Nack J. Kim, C.S. Lee, D. Eylon, Center for Advanced Aerospace Materials, Pohang University of Science and Technology, pp. 297-304 (Invited talk)

109. J. H. Ryu, Y. S. Lee, D. N. Lee: Effect of precipitation on the formation of recrystallization textures in AA 8011 aluminum alloy sheet, Mechanical Properties of Advanced Engineering Materials (Proceedings of The 5th International Symposium on Microstructures and Mechanical Properties of New Engineering Materials, Mie University, Tsu, 27-31 May, 2001, Organized by Mie University and Tsinghua Univ.), edited by Masataka Tokuda, Bingye Xu, Mie University Press, pp. 397-403.

110. H. Park, D. N. Lee: Deformation and annealing textures of drawn Al-Mg-Si alloy tubes, Journal of Materials Processing Technology Vol. 113, No. 1-3, 2001 (Proceedings of 5th Asia Pacific Conference on Materials Processing, TEMF Hotel, Seoul Korea, 25-27 June 2001), pp. 551-555. *JA250

111. S. H. Kim, J. H. Ryu, K. H. Kim, D. N. Lee: The strength and structure of asymmetrically rolled sheets, Mechanical Properties of Advanced Engineering Materials (Proceedings of The 5th International Symposium on Microstructures and Mechanical Properties of New

Engineering Materials, Mie University, Tsu, 27–31 May, 2001, Organized by Mie University and Tsinghua Univ.), edited by Masataka Tokuda, Bingye Xu, Mie University Press, pp.405–412.

112. S. H. Hong, J. K. An, J. H. Choi, D. N. Lee: On the grain coarsening in IF steel sheet after strain annealing, Proceedings of the First Joint International Conference on Recrystallization and Grain Growth, August 27–31, 2001, RWTH Aachen, Germany, edited by G. Gottstein and D. A. Molodov, pp. 1101–1106.

113. D. N. Lee, S. H. Hong: Recrystallization textures of plane strain rolled Polycrystalline aluminum alloys and copper, Proceedings of the First Joint International Conference on Recrystallization and Grain Growth, August 27–31, 2001, RWTH Aachen, Germany, edited by G. Gottstein, D. A. Molodov, pp. 1349–1354.

114. H. Park, D. N. Lee: Inhomogeneities of deformation and annealing textures in a 90% drawn electrolytic copper wire, Proceedings of the First Joint International Conference on Recrystallization and Grain Growth, August 27–31, 2001, RWTH Aachen, Germany, edited by G. Gottstein, D. A. Molodov, pp. 1377–1382.

115. Dong Nyung Lee, Su–Hyeon Kim, Keun–Hwan Kim: Textures and structures of asymmetrically rolled aluminum sheets, LiMAT–2001 (Proceedings of The Second International Conference on Light Materials for Transportation Systems, May 6–10, 2001, Pusan Korea), Center for Advanced Aerospace Materials, Pohang University of Science and Technology, edited by Nack J. Kim, C. S. Lee, D. Eylon, pp. 297–304. (Invited talk).

116. Joong–Kyu An, Hyung–Joon Shin, Seung Hyun Hong, Dong Nyung Lee, Sung–Ho Park, Back–Seok Seong: Average texture and plastic anisotropy in Nb bearing high strength steel, THERMEC'

2000 (Proceedings International Conference on Processing and Manufacturing of Advanced Materials, Las Vegas, USA, December 2000): CDROM, Section A1, Vol 117/3 "Special Issue: Journal of Materials Processing Technology, edited by T. Chandra, K. Higashi, C. Suryanarayana, C. Tome, Elsevier Science, UK (October 2001)

117. Hyun Park, Dong Nyung Lee: Deformation and annealing textures of a 90% drawn electrolytic copper wire, THERMEC'2000 (Proceedings International Conference on Processing and Manufacturing of Advanced Materials, Las Vegas, USA, December 2000: CDROM, Section A1, Vol 117/3 "Special Issue:Journal of Materials Processing Technology, edited by T. Chandra, K. Higashi, C. Suryanarayana, C. Tome, Elsevier Science, UK (October 2001)

118. Hyung-Joon Shin, Joong-Kyu An, Dong Nyung Lee: The influence of tension on the development of rolling textures of steel and aluminum, THERMEC'2000 (Proceedings International Conference on Processing and Manufacturing of Advanced Materials, Las Vegas, USA, December 2000: CDROM, Section A1, Vol 117/3 "Special Issue: Journal of Materials Processing Technology, edited by T. Chandra, K. Higashi, C. Suryanarayana, C. Tome, Elsevier Science, UK, October 2001) (Invited talk)

119. Seung-Hyun Hong, Jang Hyun Choi, Dong Nyung Lee: Transformation from rolling texture to recrystallization texture in copper, THERMEC'2000 (Proceedings International Conference on Processing and Manufacturing of Advanced Materials, Las Vegas, USA, December 2000: CDROM, Section A1, Vol 117/3 "Special Issue: Journal of Materials Processing Technology, edited by T. Chandra, K. Higashi, C. Suryanarayana, C. Tome, Elsevier Science, UK, October 2001) (Invited talk)

120. Dong Nyung Lee: The evolution of primary recrystallization textures in metals and alloys, Proceedings of The Fourth Pacific Rim International Conference on Advanced Materials and Processing (PRICM4), edited by S. Hanada, Z. Zhong, S.W. Nam, R. N. Wright, The Japan Institute of Metals, December 2001, pp. 13–18 (Plenary lecture).

121. D. N. Lee: The evolution of the cube recrystallization texture in cold rolled fcc alloys, Plasticity, Damage and Fracture at Macro, Micro and Nano Scales (Proceedings of Plasticity '02: The Ninth International Symposium on Plasticity and Its Current Applications, Aruba, Jan. 3–9, 2002), edited by Akhtar S. Khan, Oscar Lopez–Pamies, NEAT Press, Maryland, U.S.A., pp. 245–247 (Keynote lecture).

122. Su–Hyun Kim, Jong Kook Lee, Dong Nyung Lee: Grain refinement and texture development in asymmetrically rolled aluminum alloy sheets, Ultrafine Grained Materials II, edited by Y. T. Zhu, T.G. Langdon, R. S. Mishra, S. L. Semiatin, M. J. Saran, T. Y. Lowe, TMS (The Minerals, Metals & Materials Society), Seattle, February 17–21, 2002, pp. 55–63.

123. Dong Nyung Lee, Hyo Jong Lee: Metallurgical characteristics of jing and kkwaenggwari (percussion instruments), Proceedings of the Fifth International Conference on the Biginnings of the Use of Metals and Alloys(BUMA–V), Gyeongju, Korea, April 21–24, 2002, edited by Gyu–Ho Kim, Kyung–Woo Yi, Hyung–Tai Kang, The Korea Institute of Metals and Materials, pp.249–259.

124. Dong Nyung Lee: Texture development in thin films, Textures of Materials: Materials Science Forum Vol. 408–412 (Proceeding of the 13th International Conference on Textures of Materials, ICOTOM 13, Seoul, August 26–30, 2002), edited by Dong Nyung Lee, pp. 75–94,

2002 (Plenary lecture). *JA264

125. H. J. Shin, J. K. An, D. N. Lee: Investigation of ridging in ferritic stainless steel using crystal plasticity finite element method, Multiscale Modeling and Characterization of Elastic- Inelastic Behavior of Engineering Materials (Proceedings of the IUTAM Symposium, October 20-25, 2002, Marrakech, Morocco), edited by S. Ahzi, M. Cherkaoui, M. A. Khaleel, H. M. Zbib, M. A. Zikry, B. Lamatina, Kluwer Academic Publishers, Dortrecht/ Boston/ London, 2004, pp. 275-282.

126. Dong Nyung Lee, Hyung-Joon Shin, Seung-Hyun Hong: The evolution of the cube, rotated cube and Goss recrystallization textures in rolled copper and Cu-Mn alloys, Engineering Plasticity from Macroscale to Nanoscale (Proceedings of 6th Asia-Pacific Symposium on Engineering Plasticity and Its Applications (AEPA2002), 2-6 Dec. 2002, Sydney), edited by L. C. Zhang, G. Lu, Trans Tech Publications Inc., Switzland, Germany, UK, USA: Key Engineering Materials, 233-236, 515-520, 2003. *JA283

127. Dong Nyung Lee: Spontaneous growth mechanism of tin whiskers, Tin Whisker Workshop, March 2, 2003, Convention Center, San Diego, California (Lecture, no proceedings)

128. Dong Nyung Lee, Hyo Jong Lee: Effect of stresses on the evolution of annealing textures in Cu and Al interconnects, The Symposium on Submicron Technology, TMS Annual Meeting, March 3-6, 2003, Convention Center, San Diego, Journal of Electronic Materials, 32, 1012-1022 (2003). *JA292

129. Dong Nyung Lee: Relation between deformation and recrystallization textures, The Man Yoo Symposium, TMS Annual Meeting, March 3-6, 2003, Convention Center, San Diego, Phylosophical Magagine,

85, 297–322, 2005 (Invited talk). *JA305

130. D. N. Lee, H. J. Shin: Recrystallization texture of (123)[−6–3 4] copper single crystal cold rolled up to 99.5%, Materials Science Forum, 426–432, 83–90 (2003) (Proceedings of International Conference on Processing and Manufacturing of Advanced Materials: THERMEC' 2003, July 7–11, 2003, Leganes, Madrid, Spain, Eds T. AChandra, J. M. Torralba, T. Sakai), Keynote paper. *JA288

131. S. H. Hong, H. Kang, J. M. Kim, J. D. Lim, D. N. Lee: Analysis of ridging in AA6022 automotive sheet using crystal plasticity finite element method, Dislocations, Plasticity and Metal Forming (Proceedings of Plasticity 2003, July, 7–11, Vancouver), edited by A. S. Khan, Neat Press, Maryland, USA, pp. 358–360.

132. D. N. Lee: Texture development and grain refinement in asymmetrically rolled aluminum alloy sheets, International Mini-Symposium on Computational Mechanics, July 11–15, 2003, Center for Mechanical Technology and Automation, Universidade de Aveiro, Aveiro Portugal (No proceedings), Invited talk.

133. Dong Nyung Lee: Evolution of recrystallization textures in metals with medium and high stacking fault energies on emphasis of IF steel, Proceedings of The 3rd China–Korea Joint Symposium on Advanced Steel Technology, October 13–17, 2003, Baoshan Iron and Steel Co., Ltd. (Baosteel), Shanghai, China, edited by Weimin Mao, Kyoo Young Kim, pp. 67–81, (Invited talk).

134. Hyun Park, Dong Nyung Lee: The distribution of deformation and annealing textures in 90% drawn AA1050 aluminum wire, Mechanical Properties of Advanced Engineering Materials (Proceedings of the Sixth International Symposium on Microstructures and Mechanical Properties of New Engineering Materials: IMMM2003, October 27–

31, 2003, Wuhan University of Technology, Wuhan, China), edited by Bingye Xu, Masataka Tokuda and Guozheng Sun, Tsinghua University Press, Beijing, pp. 13-18, (Plenary lecture).

135. Dong Nyung Lee: Asymmetric rolling as means of texture and ridging control and grain refinement of aluminum alloy and steel sheets, Materials Science Forum Vol. 449-452, March 2004 (Proceedings of 3rd International Conference on Designing, Processing and Properties of Advanced Engineering Materials (ISAEM-2003), November 5-8, 2003, Hyatt Regency Jeju, Korea), pp. 1-6. (Plenary lecture). *JA296

136. Dong Nyung Lee: The trends of research and development in science and technology of aluminum alloys in Korea, International Light Metals Forum in 2004, February 13, 2004, Kyushu University, (Invited lecture) (No proceedings).

137. Jong Kook Lee, Dong Nyung Lee: Shear texture development and grain refinement in asymmetrically rolled aluminum alloy sheets: Effects of shear combinations, Ultrafine Grained materials III, (Proceedings of Third International Symposium on Ultrafine Grained materials, TMS Annual meeting, March 14-18, 2004, Charlotte Convention Center, Charlotte, North Carolina, USA), edited by Y. T. Zhu, T. G. Langdon, R. Z. Valief, S. L. Semiatin, D. H. Shin, T. C. Lowe, TMS, 2004, pp. 303-308, (Invited talk).

138. Dong Nyung Lee: Differences in lattice constant between the $\langle 100 \rangle$ and $\langle 111 \rangle$ oriented grains in nanocrystalline Ni and Ni-20% Fe electrodeposits, Surfaces and Interfaces in Nanostructured Materials and Trends in LIGA, Miniaturization, and Nanoscale materials (Proceedings of Symposium sponsored by the Materials Processing & manufacturing Division of TMS, TMS Annual meeting, March 14-18, 2004, Charlotte Convention Center, Charlotte, North Carolina, USA),

edited by S. M. Mukhopadhyay, S. Seal, N. Dahotre, A. Agarwal, J. E. Smugeresky, N. Moody, TMS, pp. 71–80.

139. D. N. Lee: The evolution of annealing textures in thin films and interconnects, Second Korean–German Symposium on Interfaces in Solids, RWTH Aachen, March 22–23, 2004. (Current understanding of annealing texture evolution in thin films and interconnects, Zeitschrift für Metallkunde, 96 (3), 295–298, 2005). *JA308

140. Y. Z. Shen, K. H. Oh, D. N. Lee: The effect of texture on the serrated flow in peak–aged 2090 Al–Li alloy, Texture and Anisotropy of Polycrystals II: Solid State Phenomena, Vol. 105 (2005), (Proceedings of the 2nd International Conference on Texture and Anisotropy of Polycrystals (ITAP 2), Metz, France, July 7–9, 2004), edited by C. Esling, M. Humbert, R. A. Schwarzer, F. Wagner, Trans Tech Publications Ltd., Switzland, Germany, UK, USA, pp. 227–232.

141. Dong Nyung Lee, Hyo Jong Lee: Self–annealing textures of copper damascene interconnects, Recrystallization and Grain Growth: Materials Science Forum Vol. 467–470 (Proceedings of 2nd International Conference on Recrystalliztion and Grain Growth–ReX & GG, August 30–September 3, 2004, Annecy, France), edited by B. Bacroi, J. H. driver, R. Le Gall, Cl. Maurice, R. Penelle, H. Rgl, L. Tabourot, pp. 1333–1338. *JA299

142. Hyung–Jun Shin, Seung Hyun Hong, Dong Nyung Lee: Analysis of ridging in ferritic stainless steel and aluminum alloy sheets, Advances in Engineering Plasticity and Its Applications: Key Engineering Materials Vol. 274–276 (Proceedings of Asia–Pacific Symposium on Engineering Plasticity and Its Applications (AEPA2004), September 22–26, 2004, Shanghai, China), edited by W. P. Shen, J. Q. Xu, pp. 1333–1338. (Keynote lecture). *JA300

143. Dong Nyung Lee: The evolution of annealing textures in thin films and interconnects, Materials Science Forum Vol. 475-479, 2005 (Proceedings of The Fifth Pacific Rim International Conference on Advanced Materials and Processing (PRICM 5), November 2-5, 2004, Beijing, China), pp. 1-8. (Plenary lecture) *JA303

144. D. N. Lee: Texture-related unusual phenomena in materials, Proceedings of The 6th International Symposium on Eco-materials Processing & Design (ISEPD 2005), January 16-18, 2005, Gyeonsang National University (Dongbang Hotel), Jinju, p. F36. (Plenary lecture).

145. Dong Nyung Lee, Hyo-Jong Lee, Ui-Hyung Lee, Seok-Hoon Kang, Kyu Hwan Oh: Textures of copper interconnects with different geometries, Symposium on Texture and Microstructure in Thin Films and Coatings, TMS 2005, 134th Annual Meeting & Exhibition, San Francisco, California, Feb. 13-17 (Abstract in JOM 57 (2), 60).

146. Yin Zhong SHEN, Kyu Hwan OH, Dong Nyung LEE: Texture effect on serrated flow in 2090 Al-Li Alloy, Proceedings of The First International Conference on Diffusion in Solids and Liquids (DSL-2005), University of Aveiro, Aveiro, Portugal, July 6 - 8, 2005, pp. 415-420. (Invited lecture).

147. D. N. Lee: Effect of stacking fault energy on evolution of recrystallization textures in drawn wires and rolled sheets, Textures of Materials: Materials Science Forum Vol. 495-497, 2005 (Proceedings of 14th International Conference on Textures of Materials, Leuven, Belgium, July 11-15, 2005. (ICOTOM 14)) pp. 1243-1248. *JA309

148. D. N. Lee: Deposition and annealing textures of electrodeposits, Book of Abstracts of the 56th Annual Meeting of the International Society of Electrochemistry, Busan, Korea, September 25-30, 2005, The Korean Electrochemical Society, P. 627. (Invited speaker).

149. Hyo-Jong Lee, Gyu Seok Kim, Heung Nam Han, Dong Nyung Lee, Stress-induced texture evolution in copper interconnects, Book of Abstracts of the 56th Annual Meeting of the International Society of Electrochemistry, Busan, Korea, September 25-30, 2005, The Korean Electrochemical Society, p. 621.

150. D. N. Lee: Changes in lattice constants and orientation of ⟨100⟩ and ⟨111⟩ grains in nanocrystalline Ni and Ni-Fe electrodeposits after annealing, Materials Science Forum Vol. 539-543, 2007 (Proceedings of THERMEC2006, Vancouver, Canada, July 4-8, 2006), pp. 149-154 (keynote paper). *JA317

151. Dong Nyung LEE, Yin Zhong SHEN, Kyu Hwan OH: Strengthening of interstitial free steel by nitriding in potassium-nitrate salt bath, Proceedings of US-Korea Conference on Science, Technology, and Entrepreneurship (UKC 2006), August 10-13, 2006, Marriott at Glenpointe, Teaneck, NJ, USA, AMT-4.1.

152. Yin Zhong SHEN, Kyu Hwan OH, Dong Nyung LEE: Strengthening of interstitial free steel by nitriding in potassium-nitrate salt bath, Proceedings of the 3rd International Conference on Advanced Structural Steels (ICAA2006), August 22-24, Gyeongju, Korea, Korean Institute of metals and Materials, Seoul, Korea, pp. 428-432.

153. Dong Nyung LEE: Goss recrystallization texture in bcc steel, Proceedings of the 3rd International Conference on Advanced Structural Steels (ICAA2006), August 22-24, Gyeongju, Korea, Korean Institute of Metals and Materials, Seoul, Korea, pp. 790-797. (Invited paper).

154. Jong-Kook. Lee, D. N. Lee: Texture evolution and grain refinement in AA1050 aluminum alloy sheets asymmetrically rolled with varied shear directions, Key Engineering Materials, 340-341, 2007

(Proceedings of The 8th Asia-Pacific symposium on Engineering Plasticity and Its Applications (AEPA2006), September 25-29, 2006, Nagoya, Japan) pp. 619-626. (Keynote lecture). *JA318.

155. Dong Nyung Lee, Jong Hyun Seo: Orientation dependent directed etching of aluminum, Proceedings of International Corrosion Engineering Conference, Seoul, Korea, May 20-24, 2007 (ICEC 2007), Paper No. RPL-K-2. (Keynote lecture).

156. Yin Zhong Shen, Kyu Hwan Oh, Dong Nyung Lee: Serrated Flow Behavior in 2090 Al-Li Alloy, Key Engineering Materials, 345-346, 2007 (Proceedings of The 10th International Conference on the Mechanical Behavior of Materials (ICM 10), May 27-31, 2007, BEXCO, Busan, Korea). pp. 157-160. (Keynote lecture). *JA320

157. Jae Yeol Park, Dong Nyung Lee: Deformation and annealing textures of equal channel angular pressed aluminum sheets, Plasticity of Conventional and Emerging materials: Theory & Applications, edited by Akhtar S. Khan and Babak Farrokh, The Neat Press, Maryland, USA, (Proceedings of Plasticity 2007: The 13th international Symposium on Plasticity and its Current Applications, June 2-6, Alaska, USA) pp. 13-15. (Keynote lecture).

158. Dong Nyung Lee: Effect of stacking fault energy on evolution of recrystallization and grain growth textures of metals, Materials Science Forum, 558-559, 2007 (Proceedings of The Third International Conference on Recrystallization and Grain Growth (Rex & GG III), Jeju Island, Korea, June 10-15, 2007) pp. 93-100. (Invited paper). *JA321.

159. Yin Zhong Shen, Kyu Hwan Oh, Dong Nyung Lee: Strengthening of IF steel by potassium nitrate salt-bath nitriding, Proceedings of The 4th Korea-China Joint Symposium on Advanced Steel Technology,

Pohang Korea, August 19–22, 2007, Edited by Kyoo Young Kim, Xinhua Wang, PP. 57–66.

160. Dong Nyung Lee: Directed crystallization of amorphous silicon deposits on glass substrate, Advanced Materials Research, 26–28, 2007 (Proceedings of The 6th Pacific Rim International Conference on Advanced Materials (PRICM 6), Nov. 6–9, 2007, ICC, Jeju, Korea) pp. 623–628. (Invited paper). *JA322

161. Dong Nyung Lee, Heung Nam Han, Se–Jong Kim: Rolling and annealing textures of silver sheets, Proceedings of the 15th International Conference on Textures of Materials (ICOTOM 15), Carnegie Mellon University, Pittsburgh, Pennsylvania, USA, June 1–6, 2008, Edited by A.D. Rollett, The American Ceramic Society and The Minerals, Metals and Materials Society (Symposium 10: Recrystallization Texture: Retrospective vs. Current Problems), Paper 10_Lee.

162. Dong Nyung Lee: Overview of asymmetric rolling, Advanced Technology of Plasticity (Proceedings of The 9th International Conference on Technology of Plasticity (ICTP 2008), September 7–11, 2008, Hotel Hyundai, Gyeongju, Korea), edited by D.Y. Yang, Y.H. Kim, C.H. Park, Korean Society for Technology of Plasticity, pp. 77–83. (Plenary speaker).

163. Jae Yeol Park, Seung–Hyun Hong, Dong Nyung Lee: Textures of equal channel angular pressed 1050 aluminum alloy strips, Engineering Plasticity and Its Applications – From Nanoscale to Macroscale (Proceedings of The 9th Asia–Pacific Conference on Engineering Plasticity and Its Applications, October 20–24, 2008, Daejeon Convention Center, Daejeon, Korea), edited by Hoon Huh, C. G. Park, C. S. Lee, Y. T. Keum, World Scientific Publishing Co. Pte. Ltd., Singapore, 2009, pp. 605–612. (International Journal of Modern

Physics B, 22 (31,32), Dec. 2008, 5977–5984. *JA325

164. Dong Nyung Lee: Texture control of aluminum and iron alloy sheets to increase their plastic strain ratios, Macro–to Nano–scale Inelastic Behavior of Materials: Plasticity, Fatigue, & Fracture, edited by Akhtar S. Khan, Babak Farrokh, NEAT PRESS (Proceedings of The 15th International Symposium on Plasticity & Its Current Applications (Plasticity 2009), Jan. 3–8, 2009, Frenchman's Reef and Morning Star Marriott Beach Resort, St. Thomas, U.S. Virgin Islands), pp. 115–117. (Key–note lecture on Jan. 6).

165. Kyu Hwan Oh (POSTECH), Se Min Park, Sung–il Kim, Yang Mo Koo, Dong Nyung Lee: A thermomechanical treatment for enhancing gamma fiber component in recrystallization texture of MAFE steel, Proceedings of The 5th China–Korea Joint Symposium on Advanced Steel Technology, August 16–20, 2009, Baotou, China, organized by Inner Mongolia University of Science and Technology, edited by Huiping Ren, Kyoo Young Kim, pp. 71–76.

166. Dong Nyung Lee: Recrystallization–texture theories in light of strain–energy–release–maximization, THERMEC'2009 (International Conference on Processing & Manufacturing of Advanced Materials, August 25–29, 2009, Maritim Hotel Berlin, Germany), Keynote lecture. Materials Science Forum, 638–642, 182–189 (2010). *JA331

167. Dong Nyung Lee: Calculation of recrystallization textures using slip systems activated during deformation of metals, NUMIFORM 2010 (Proceedings of the 10th International Conference on Numerical Methods in Industrial Forming Processes dedicated to Professor O.C. Zienkiewicz (1921–2009), Pohang Korea, June13–17, 2010) edited by Frédéric Barlat, Young Hoon Moon, and Myoung–Gyu Lee, © 2010 American Institute of Physics 978–0–7354–0800–5/10/ pp. 116–123.

168. Dong Nyung Lee, Heung Nam Han: Directed growth of ferrite in austenite and Kurdjumov-Sachs orientation relationship, 4th International Conference on Recrystallization and Grain Growth (Rex & GG IV), July 4th (Sun.) - 9th (Fri.), 2010, The University of Sheffield, Sheffield, UK. Proceedings (Materials Science Forum 715-716, 2012). pp.128-133. *JA346

169. Kyu Hwan Oh (POSTECH), Yang Mo Koo, Dong Nyung Lee: Evolution of textures and microstructures in low-reduction rolled and annealed low-carbon steels, The 4th International Conference on Recrystallization and Grain Growth (Rex & GG IV), July 4-9, 2010, The University of Sheffield, Sheffield, UK. Proceedings (Materials Science Forum 715-716, 2012) pp.173-178. *JA347

170. Se-Jong Kim, Heung Nam Han, Dong Nyung Lee: Evolution of different recrystallization textures in steels having {111}⟨112⟩ rolling texture, The 7th Pacific Rim International Conference on Advanced Materials and Processing (PRICM 7), August 2-6, 2010, Convention Center Cairns, Australia. Proceedings (Materials Science Forum, 654-656, 2010.) pp. 74-77. *JA333

171. Se-Jong Kim, Heung Nam Han, Hyo-Tae Jeong, Dong Nyung Lee: The evolution of the {110}⟨110⟩ texture in silver sheets. Proceedings of The Asia-Pacific Conference on Engineering Plasticity and Its Applications, Wuhan, China, November 15-17, 2010, Wuhan, China, M0371. (S. J. Kim, H. N. Han, H. T. Jeong and D. N. Lee, Materials Research Innovations, 15, Supplement 1, s390-s394, Feb. 2011). *JA336

172. Dong Nyung Lee, Heung Nam Han: Orientation relationships between directionally grown precipitates and their parent phases in steels, International Conference on Processing and Manufacturing

of Advanced Materials, August 1-5, 2011, Quebec City, Canada (THERMEC 2011) (keynote speaker) (Published in Materials Science Forum, 706-709, 61-68, 2012). *JA342

173. Yang Mo Koo, Kyu Hwan Oh (POSTECH), Dong Nyung Lee: Thermomechanical treatment for enhancing deep drawability of copper-bearing bake hardening steel, International Conference on Processing and Manufacturing of Advanced Materials, August 1-5, 2011, Quebec City, Canada (THERMEC 2011) (Published in Materials Science Forum, 706-709, 2634-2639, 2012). *JA343

174. Jin Kyung Sung, Dong Nyung Lee: Evolution of crystallographic texture in pure iron and commercial steels by γ to α transformation, International Conference on Processing and Manufacturing of Advanced Materials, August 1-5, 2011, Quebec City, Canada (THERMEC 2011) (Published in Materials Science Forum, 706-709, 2657-2662, 2012). *JA344

175. Dong Nyung Lee, Heung Nam Han: Texture control of aluminum, iron, and magnesium alloy sheets to increase their plastic strain ratios, The 8th International Conference and Workshop on Numerical Simulation of 3D Sheet Metal Forming Processes, Walkerhill, Seoul, Korea, 21-26 August 2011 (NUMISHEET 2011). AIP Conf. Proc. 1383, 283-290 (2011); DOI: 10.1063/1.3623622, © 2011 American Institute of Physics 978-0-7354-0949-1/$30.00, Editors Kwansoo Chung, Heung Nam Han, Hoon Huh, Frédéric Barlat, Myoung-Gyu Lee. (Invited speach)

176. Dong Nyung Lee, Heung Nam Han, Hyun-Sik Choi: Recrystallization textures of cross-rolled 3.3% Si electrical steel and 99.99% copper sheets, 16th International Conference on Textures of materials (ICOTOM 16), 12-17 December, 2011, Mumbai, India; Textures of

Materials, edited by Asim Tewari, Satyam Suwas, Dinesh Srivastava, Indradev Samajdar, Arunansu Haldar, Trans Tech Publications (Published in Materials Science Forum, 702–703, 722–725, 2012).*JA341

177. Dong Nyung Lee, Heung Nam Han, Hyun–Sik Choi, Deformation and recrystallization textures of surface layers of aluminum and copper sheets cold–rolled under unlubricated condition, 11th Asia–Pacific Conference on Engineering Plasticity and Its Applications (AEPA2012), 5–7 December 2012, Singapore; Advances in Engineering Plasticity XI, edited by Guoxing Lu and Qingming Zhang, Trans Tech Publications (Published in Key Engineering Materials, 535–536, 211–214 (2013). DOI: 10.4028/www.scientific.net/KEM.535–536.211). *JA349

178. Dong Nyung Lee, Heung Nam Han, The cube recrystallization–texture related component in the beta–fiber rolling–texture of fcc metals, International Conference on Processing & Manufacturing of Advanced Materials (Processing, Fabrication, Properties, Application) (THERMEC' 2013) December 2–6, 2013, Rio Hotel, Las Vegas, USA (Published in Materials Science Forum, 783–786, 51–56 (2014). DOI:10.4028/www.scientific.net/MSF.783–786.51). (Keynote speaker). *JA355

179. Dong Nyung Lee, Heung Nam Han: Texture related unusual phenomena in electro–deposition and vapor deposition, The 17th International Conference on Textures of Materials (ICOTOM 17), August 24–29, 2014, Dresden Germany., IOP Conf. Series: Materials Science and Engineering 82 (2015) 012082 DOI:10.1088/1757–899X/82/1/012082. *JA361

180. Hyun–Sik Choi, Heung Nam Han, Dong Nyung Lee: Evolution

of Recrystallization Textures in Plane-Strain Compressed (001) [110] Aluminum Single Crystals, 12th Asia-Pacific Conference on Engineering Plasticity and Its Applications (AEPA 2014) September 1-5, 2014, National SunYat-Sen University, Kaohsiung, Taiwan (Published in Key Engineering Materials Vol. 626 (2015) pp 489-494 © (2015) Trans Tech Publications, Switzerland. *JA359, DOI:10.4028/www.scientific.net/KEM.626.489). (Keynote paper).

181. Dong Nyung Lee: Evolution of recrystallization textures in cold-rolled commercially pure aluminum, THERMEC'2016, (International Conference on PROCESSING & MANUFACTURING OF ADVANCED MATERIALS Processing, Fabrication, Properties, Applications, May 29 - June 3, 2016, GRAZ, AUSTRIA, International Advisory Committee member, Invited presentation, K4 May-31, 16:10-16:30. Published in Materials Science Forum, Vol. 879, pp. 2365-2370, ISSN: 1662-9760, DOI: 10.4028/www. Scientific. Net/MSF.879.2365@ 2017 Trans Tech Publications, Switzerland. *JA. 369.

182. Dong Nyung Lee: The evolution of the $\{110\}\langle001\rangle$ and $\{236\}\langle385\rangle$ recrystallization textures in Cu alloys and High Mn austenitic steels with the brass rolling texture, AEPA2016 (13th Asia-Pacific Symposium on Engineering Plasticity and Its Applications, December 4-8, 2016, Higashi Hiroshima Arts & Culture Hall Kurara Higashi Hiroshima, Japan Supported by Hiroshima University, Hiroshima Japan). Published in Key Engineering Materials 725, 177-182 (2017). DOI: 10.4028/www. Scientific.net/KEM.725.177 2017 *JA. 366

Note: * JANo. indicate that the paper presented at the conference is the same as Journal Article No.

   * 이동녕, Factors Determining Dendritic Growth Direction During

SolidificationThe birth of the strain-energy-release-maximization theory for The recrystallization texture evolution, 2016 년도 대한금속 재료학회 춘계학술대회, 2016.4.27 - 29, 경주화백컨벤션센터, 집합조직 2-3, 11:00.

* 이동녕, The birth of the strain-energy-release-maximization theory for The recrystallization texture evolution, 2016 년도 대한금속 재료학회 추계학술대회, 2016.10.26 - 28, BEXCO, 철강 2-5, 12:10 - 25.

국내학술회의 논문집(Korean Conference Proceedings)

1. 이동녕, 오규환; 판재의 집합조직을 이용한 소성변형비의 계산, 제9차 국내외 한국과학기술자 종합학술대회 논문집 II, pp.570-575, 1984. 7

2. 이동녕; 구리와 니켈 전착층의 집합조직, 단면조직, 표면형상 및 기계적 성질, 1985 국내외 한국과학기술자 학술회의 추계 워크샵 논문집(반도체, 조선기술, 금속표면처리기술), 한국과학기술총연합회, pp.231-236, 1985.10

3. 이동녕; 고탄소 강선의 세멘타이트 구상화의 촉진법, 제10차 국내외 한국과학기술자 종합학술대회 논문집, 재료공학분야, 한국과학기술단체총연합회, pp.14-20, 1987.7

4. 정현규, 이동녕; 황동의 탄소성파괴 시 음향방출법에 의한 파괴특성 연구, 제1회 재료강도심포지엄 논문집, 대한금속학회, 대한용접학회, pp.105-112, 1987.10

5. 이동녕; 금속판재의 소성변형비와 디프드로잉에서의 한계드로잉비와의 관계, 제1회 재료강도심포지엄 논문집, 대한금속학회, 대한용접학회, pp.89-95, 1987.10

6. 이동녕, 김인수, 오규환; FCC 및 BCC 금속판재의 집합조직과 소성변형비, 소성변형 및 가공, 김동원 이동녕 편, 반도출판사, pp.23 - 35, 1988

7. 이동녕, 김윤근; 샌드위치형 복합판재의 인장성질, 소성변형 및 가공, 김동원

이동녕 편, 반도출판사, pp.36 - 48, 1988

8. 이화영, 이동녕; 동분말 압연판재의 제조, 소성변형 및 가공, 김동원, 이동녕 편, 반도출판사, pp.177 - 188, 1988

9. 이동녕; 금속판재의 소성변형비와 한계드로잉비의 관계, 소성변형 및 가공, 김동원 이동녕 편, 반도출판사, pp.197 - 204, 1988

10. 윤우석, 이동녕; 알루미늄봉의 수냉 시 잔류응력발생, 소성변형 및 가공, 김동원 이동녕 편, 반도출판사, pp.285 - 295, 1988

11. 이동녕, 김윤근; 샌드위치형 복합판재의 유동응력에 대한 혼합법칙에 대하여, 제1회 재료강도 심포지엄 논문집, 대한금속학회, pp.93-97, 1988.10

12. 주승기, 이헌, 김대영, 박동환, 유한일, 김문규, 신동숙, 안상복, 백승철, 이동녕; YBa2Cu3O7-Ω 초전도체의 고온특성, 박막 및 선재 제조, Proc. 10th. Workshop on High Temperature Superconductivity, June 23-24, 1989, Korea Standard Research Institute, Taedok Science Town, pp.128-133, 1989.6

13. 이동녕, 이성근; 3% NaCl 용액과 수소 가스 중에서 SAE51100 강의 피로균열 성장속도에 미치는 응력파형의 영향, 제3회 재료 강도 심포지엄 논문집, KIST, 1989.10.21, 맹선재 편집, 대한금속학회, pp.147-152

14. 남승의, 이동녕; 가공열처리에 의한 탄화물의 구상화, 제2회 상변태 심포지엄, 대한금속학회, 1990.8.24, 서울, pp.64-73

15. 이동녕, 정재한, 허강헌; 무전해 Ni-P 도금층의 열처리에 따른 상변화(Effect of heat treatment on phase transformation of electroless Ni-P deposits), 제2회 상변태 심포지엄, 대한금속학회, 1990.8.24, 서울, pp.171-180

16. 이동녕, 김재홍, 오규환, 이호인; 탄화규소 단섬유 강화 알루미늄복합재료의 판재의 피로균열 성장거동(Fatigue crack propagation of SiC whisker reinforced Al alloy composites), 재료강도 심포지엄 90, 대한금속학회, 대한기계학회, 1990.8.25, 대전, pp.63-67

17. 김형섭, 이동녕; 쾌삭황동의 연속주조 시 열전달과 응고조직, 제1회 응고기술 심포지엄, 대한금속학회, 한국주조공학회, 1990.10.26, 서울, pp 208-213

18. 이동녕, 정성규, 최준환, 홍순형, 이혁모, 홍성석, 이종수; Al계 초소성판재 성형성(Formability of superplastic Al alloy sheets), 초소성성형 Conference 논문집, 국방과학연구소, 1991.6.11, 대전

19. 김형섭, 이동녕; 분말압축 공정의 탄소성 유한요소해석(Elasto-plastic finite element analysis for powder compaction process), 제3회 분말야금 심포지엄, 대한금속학회, 1991.6.21-22, 서울, pp.17-35

20. 이동녕, 이병주; YBa2Cu3O6+요의 비화학양론성에 미치는 온도와 산소 분압의 영향(Effects of temperature and oxygen partial pressure on nonstoichiometry of YBa2Cu3O6+요), 제5회 재료-물성 심포지엄 논문집, 대한금속학회, 1991.8.9-11, 서울, pp. 201-206

21. 유병길, 이상현, 이동녕, 윤우석, 신영길; 연속주조 시 공기틈 형성에 의한 열전달과 응고층 변형거동의 연결해석, 제2회 응고기술 심포지엄 논문집, 한국주조공학회 및 대한금속학회, 1991.8.21, 한국과학기술연구소, pp.155-165

22. 김형섭, 이동녕; 분말단조의 유한요소해석, 단조심포지엄 91 논문집, 한국소성가공학회, 한국단조협동조합, 1991.11.22, 서울대학교, 신소재공동연구소 (구인회, 허무영, 박종진 편집), 반도출판사, pp.7-13

23. 이동녕, 정재한, 최창희; 전해 capacitor용 고순도 AL 양극박의 제조에 관한 연구, 신소재 박막가공 및 결정성장연구센터 학술발표회 논문집, 1992.2.18, 서울대학교 신소재 공동연구소, pp. 96-107

24. 김형섭, 이동녕; 다공질 금속의 항복거동, 한국소성가공학회 상우 김동원 교수 정년기념 겸 춘계학술대회 논문집 92, 1992.3.27, 서울대학교, 반도출판사, pp.59-70, 1992

25. 김형섭, 이동녕; 다공질 금속의 항복거동, 대한금속학회, 제4호 분말야금심포지엄, 1992.5, 포항산기연, pp.67-77

26. 이동녕; 금속판재의 디프드로잉 성형성, 기술부회 (포항제철 주식회사), 제4권 (1992. 8) pp. 29-34

27. 이동녕, 이병주, 오창석; 컴퓨터를 이용한 상태도의 예측, 제4회 상변태 심포지엄 논문집, 대한금속학회, 1992. 9. 25

28. 김형섭, 이상현, 이동녕; 동복 Fe-Ni 합금선의 인발시 변형거동, 추계학술대회 및 심포지엄 논문집 '92, 한국소성가공학회, 1992, pp.9-13

29. 오관영, 이동녕; 가공경화를 고려한 초소성 성형압력의 계산, 추계학술대회 및 심포지엄 논문집 '92, 한국소성가공학회, 1992, pp.53-58

30. 이동녕, 동심원 복합선재의 인발, 위 논문집, pp. 129-133

31. 이동녕, 백승철, 김성철, 최창희; 새도마스크용 Fe-Ni 인바의 집합조직과 기계적 성질, 신소재박막가공 및 결정성장연구센터 학술발표회 논문집, 1993.2.23, 서울대 신소재 공동연구소 pp.19-30

32. 김형섭, 한흥남, 이동녕 ; 분말소결금속 압흔의 유한요소해석, 한국소성가공학회 93년도 춘계학술대회 논문집, 1993.4.10, 부산대학교 기계기술연구소, pp. 20-23.

33. 한흥남, 김형섭, 오규환, 이동녕; 다공성 금속 소결체의 소성변형거동, 제5회 분말야금 심포지엄 논문집, 대한금속학회, 1993. 6. 4-5, 서울대, pp.5-15.

34. 이세형, 이동녕 ; 압연접합에 의한 은피복인청동판재 제조 시 변형거동해석, 압연기술의 진보, 이동녕, 허무영 편, 반도출판사, 1993, pp.265-284(압연심포지엄, 1993. 10. 15, 서울대 신소재연구소)

35. 정효태, 이동녕, 오규환; 입방정 구조를 가진 등방성금속에서 Schmid 법칙에 기초한 항복곡선의 계산, 한국소성가공학회 추계학술대회 논문집'93, 서울대학교 신소재공동연구소, 1993.10.16, pp.70-77

36. 이용기, 한흥남, 오규환, 이동녕; 열전달과 열탄소성변형의 연결해석, 한국소성가공학회 94 춘계학술대회 논문집, 한국과학기술원, 1994.6.4, pp.47-54

37. 권재욱, 이동녕, 김인수; 아연도금강판의 성형한계도, 한국소성가공학회 94 춘계학술대회 논문집, 한국과학기술원, 1994.6.4, pp.92-100

38. 백승철, 이동녕, 오규환; 천공판재의 항복거동, 한국소성가공학회 춘계학술대회 논문집, 한국과학기술원, 1994.6.4, pp.101-108

39. 백승철, 이세형, 김성철, 이동녕; 인바 새도마스크 일축인장 변형거동의 해석, 신소재 박막가공 및 결정성장 연구센터 학술발표회 논문집, 서울대학교 신소재 공동연구소, 1994.2.18, pp.95-109

40. 백승철, 이동녕; 인바 섀도마스크의 변형특성, 섀도마스크가공기술(섀도마스크 가공기술 워크샵 발표자료집), 신소재박막가공 및 결정성장연구센터, 1994.8.19, 서울대학교, pp35-77

41. 백승철, 한홍남, 오규환, 이동녕; 섀도마스크용 천공판의 신장성형 해석, 한국소성가공학회 94 추계학술대회 논문집, 서울산업대학교, 1994.10.21, pp.25-32

42. 한홍남, 이용기, 오규환, 이동녕; 유한요소법을 이용한 다공성금속의 고온변형해석, 한국소성가공학회 94 추계학술대회 논문집, 서울산업대학교, 1994.10.21, pp.149-156

43. 양동열, 허훈, 김용환, 이동녕; 금속판재의 성형성, 박판성형기술의 진보, 양동열, 허훈, 김용환 편, 한국소성가공학회, 대한금속학회, 1994, pp.11-23

44. 최창희, 오창석, 오규환, 이동녕; 99.999% Al의 상온재결정과 고온연화기구, 제5회 상변태심포지엄 논문집, 황선근, 박중근, 이재성 편집, 대한금속학회, 1994, pp.177-184

45. 백승철, 한홍남, 오규환, 이동녕; 섀도마스크용 천공판의 신장성형해석, 신소재박막가공 및 결정성장연구센터 학술발표회 논문집, 서울대학교, 신소재박막가공 및 결정성장연구센터, 1995.2.17, pp.117-128.

46. 한홍남, 오규환, 이동녕; 다공성 소결금속의 단조한계해석, 단조기술의 진보, 이동녕, 박종진 편, 한국소성가공학회, 부산대 정밀정형 및 금형가공연구센터, 한국단조공업협동조합,1995, pp.64-73.

47. 김경현, 한홍남, 여태정, 이용기, 오규환, 이동녕; 빔블랭크 연속주조 시 공기틈 형성에 의한 열전달과 응고층 변형거동의 연결해석, 제8회 금속제련학술회의(김연식 교수 정년퇴임기념) 논문집, 대한금속학회, 1995. 8.11-12, pp.147-155

48. 최시훈, 김근환, 오규환, 이동녕; 스테인레스강 클래드 알루미늄판재의 일축인장 시 변형거동, 95 추계학술대회논문집, 한국소성가공학회, pp.69-75 (1995. 10. 20)

49. 엄경근, 오규환, 이동녕; 인발방법에 따른 황동관의 변형해석, 95추계학술대

회논문집, 한국소성가공학회, pp.76-85

50. 이동녕, 전착층의 집합조직 및 관련현상; 대한금속학회회보 8(4), pp.351-357, 1995

51. 이동녕; 일차재결정집합조직의 최대에너지방출이론, 제9회 재료 물성 심포지엄, 대한금속학회, 1996. 5. 23, pp.291-302

52. 김근환, 최창희, 이동녕, 알루미늄 판재의 집합조직 제어, 압연기술의 현재와 미래(제2회 압연심포지엄 논문집, 1996.9.12-13일, 대한금속학회, 한국소성가공학회 주최, 포항산업과학연구원), 황상무, 이준정 편, pp.11-24.

53. 박성준, 한홍남, 오규환, 이동녕; 금속분말의 항복조건에 관한 연구, 한국소성가공학회 '96 추계학술대회논문집, pp.131-138.

54. 김경현, 오규환, 이동녕; 연속주조 시 고액공존영역의 미소편석해석, 고액공존금속의 성형기술심포지엄, 1996. 11. 8., 서울대학교 신소재공동연구소, pp.51-63

55. 이병주, 이동녕, 주석휘스커의 자발적 성장 기구, 신소재박막가공 및 결정성장 연구센터 학술발표회 논문집, 1997. 2. 20, 신소재공동연구소, pp. 184-194

56. 엄경근, 안중규, 정효태, 이동녕, 타이어코드용 고탄소강선의 원형 집합조직, 소성가공학회 97추계학술대회논문집, pp.194-197

57. 김근환, 강형구, 최창희, 이동녕, 알루미늄합금판재의 집합조직 제어, 소성가공학회 97추계학술대회논문집, pp.198-201

58. 정효태, 엄경근, 이동녕, FCC 금속의 불균질 압연 집합조직해석, 한국소성가공학회 98춘계학술대회논문집, pp.80-83

59. 엄경근, 정효태, 이성보, 이동녕, 알루미늄과 니켈봉재의 압축집합조직 해석, 한국소성가공학회 98춘계학술대회논문집, pp.84-87

60. 김근환, 최창희, 이동녕, 비대칭압연에 의한 알루미늄합금판재의 성형성 향상, 대한금속학회 회보 11권 3호(서정 박평주 선생 팔순기념 비철금속 심포지엄 특집), pp. 284-290, 1998

61. 정세영, 서종현, 정재한, 이동녕, 알루미늄의 교류전해에칭기구, 199년도 신소재박막가공 및 결정성장연구센터 학술발표회 논문집, 1999. 2. 5 , 신소재공동

연구소 pp. 239-245

62. 신형준, 안중규, 이동녕, 박수호, 김용득, 결정소성유한요소법을 이용한 페라이트계 스테인레스강의 이랑형성 모사, Rolling 2001(제4회 압연심포지엄 논문집, 2001년 6월 7일-9일, 제주도 풍림콘도, 한국소성가공학회, 대한금속학회 주최), 황상무, 이준정 편, pp. 463-472.

63. 변정수, 이동녕 서진유, 심재혁, 조영환, 침상페라이트를 이용한 복합조직강, Rolling 2001(제4회 압연심포지엄 논문집, 2001년 6월 7일-9일, 제주도 풍림콘도, 한국소성가공학회, 대한금속학회 주최), 황상무, 이준정 편, pp. 473-481.

64. 박수호, 이용득, 안중규, 신형준, 이동녕, 페라이트계 스테인레스강의 두께부위별 유효변형률에 미치는 압연 변형 형상 인자의 영향, Rolling 2001(제4회 압연심포지엄 논문집, 2001년 6월 7일-9일, 제주도 풍림콘도, 한국소성가공학회, 대한금속학회 주최), 황상무, 이준정 편, pp. 492-496.

65. Dong Nyung Lee, The orientations of dendritic growth during solidification, Proc. The Symposium on Metal, Casting and Welding in commemoration of the retirement of Professor Choon Sik Kang, Seoul National University, Korea, August 21, 2002, The Korean Institute of Metals and Materials, The Korea Foundarymen's Society, The Korean Welding Society, and Korea/Japan Core Program, pp. 32-39. (금속 주조 용접 기술 심포지엄[강춘식 교수 정년퇴임기념])

66. D. N. Lee and H. J. Shin, Recrystallization textures in cold rolled Cu-Mn alloys(이동녕, 신형준, 냉연 Cu-Mn 합금의 재결정 집합조직), 한국소성가공학회 2002년도 추계학술대회 논문집(전북 무주리조트, 2002. 10. 10-12) pp.114-117.

67. 이종국, 이동녕, 비대칭압연에 의한 알루미늄합금판의 전단집합조직 형성 및 결정립 미세화(J. K. Lee and D. N. Lee, The shear texture development and the grain refinement in aluminum alloy sheets by asymmetric rolling), 한국소성가공학회 2003년도 춘계학술대회 논문집(포항공대, 2003.

5. 15-16) pp.92-95.

68. 이종국, 이동녕, 비대칭압연한 알루미늄합금판재의 전단집합조직발달과 결정립 미세화: 전단변형 조합의 영향(Jong Kook Lee and Dong Nyung Lee, Shear texture development and grain refinement in asymmetrically rolled aluminum alloy sheets: Effects of Shear combinations), 한국소성가공학회 2003년도 추계학술대회 논문집(강원도 평창 용평리조트 타워콘도, 2003. 10. 9-10) pp. 132-135.

69. 이동녕, 집합조직, 결정립미세화, 이랑형표면결함 제어용으로서의 비대칭압연 (D. N. Lee, Asymmetric rolling as means of texture and ridging control and grain refinement), 신 시장 개척을 위한 압연기술(Rolling Technologies for Exploiting New Markets) (제5회 압연심포지엄[2004.8.20-21, 강원도 평창 휘닉스파크] 돈문집) 이준정 편, 한국소성가공학회, pp. 11-18.

70. Dong Nyung Lee, Hyo Jong Lee; Annealing texture of copper damascene interconnects for ultra large scale integration, 재료물성 심포지엄(이재영 교수 정년기념, 2004. 9. 11, 대전 유성 아드리아 호텔) 논문집, 대한금속. 재료학회, pp. 127-141.

특허(Patents)

1. 이동녕, 윤용구; 고체 탄탈축전기의 제조방법, 공고 제73-34호, 대한민국 특허 제3953호, 한국과학기술연구소, 1973. 3 (Korean Patent No. 3953, Fabrication of solid tantalum capacitors)

2. 이동녕, 이진형; 붕불화동 욕을 이용한 구리의 전착방법, 공고 제 74-81, 대한민국 특허 제4209호, 한국과학기술연구소, 1974. 4 (Korean Patent No. 4209, Electrodeposition of copper in copper fluoborate baths)

3. 김윤근, 이동녕; 압연에 의한 판재의 접합방법, 공고 제1892호, 대한민국 특허 제25126호, 주식회사 일진, 1988. 3 (Korean Patent No. 25126, Roll bonding of sheets)

4. 이동녕, 박석완, 김윤근, 이만종, 김시범, 황인수; 압출에 의한 복합선재의 제조방법, 대한민국 특허 제30762호, 주식회사 일진, 1989. 12. 15 (Korean Patent No. 30762, Fabrication of composite wires by extrusion)

5. 양점식, 이동녕 ; 다층인쇄회로기판용전해동박의 제조방법, 대한민국 특허 제116253호, 일진소재산업주식회사, 1997. 6. 11 (Korean Patent No. 116253, Manufacturing of electrodeposited copper foils for multilayer printed circuit boards)

6. 양점식, 이동녕, 강수영 ; 극박의 전해동박 및 그 제조방법, 대한민국 특허 제140156호, 일진소재산업주식회사, 1998. 3. 10 (Korean Patent No. 140156, Manufacturing of ultrathin electrodeposited copper foils)

7. 이동녕, 최창희, 김근환 ; 알루미늄 및 알루미늄 합금의 성형성 향상을 위한 압연방법, 대한민국 특허 제0232732호, 서울대학교, 1999. 9. 8. (Korean Patents No. 0232732, Rolling method for improving deep drawability of aluminum and aluminum alloy sheets)

8. 김수현, 남호연, 이동녕; 구리-알루미늄 합금판재를 이용한 알루미나 분산 동 판재의 재조방법, 대한민국 특허 제10-0259910호, 한국원자력연구소, 2000. 3. 29. (Korean Patent No. 10-0259910, Fabrication of alumina dispersed copper sheets using copper- aluminum alloy sheets)

9. 정희원, 이동녕, 박영준, 김동삼, 오규환, 심인충; 금속의 염욕 질화방법 및 그 방법으로 제조된 금속, 대한민국 특허 제10-0812971호, 일진경금속주식회사, 2008. 3. 13. (Korean Patent No. 10-0812971, Method for nitriding steel in salt bath and steel manufactured by its method)

10. 이동녕, 김상범, 강규식; 전기도금용 Sn-B 도금액 및 이를 이용한 Sn-B 전기 도금 방법, 대한민국 특허 제10-1016415호, 일진머티리얼즈주식회사, 2011. 2. 14

11. 이동녕, 김인수, 남수권, 이진혁, 대한민국 특허 제1013156530000호, 2013

연구보고서(Research Reports)

1. 고체탄탈축전기의 개발에 관한 연구; 한국과학기술연구소 (1972.1)

2. 탄탈박막 전해축전기의 개발에 관한 연구; 한국과학기술연구소 (1973.1)

3. 동복강선의 제조에 관한 연구; 한국과학기술연구소 (1974.7)

4. 은-카드뮴 합금의 내부산화에 대한 연구; 과학기술처 (1975.12)

5. 국산 철도레일의 성능조사에 관한 연구; 강원산업(주) (1979.5)

6. 전착층의 물리적 성질에 관한 연구; 일진금속공업(주) (1979.9)

7. 알루미늄의 재결정 및 결정성장에 관한 표면효과에 관한 연구; 산학재단 (1980.6)

8. 3원계의 상태도 계산에 대한 연구; 문교부 (1981.9)

9. 알루미늄청동의 Anneal Hardening; 문교부 (1982.5)

10. 3원계 상태도의 컴퓨터 계산; 과학재단 (1983.11)

11. 444스테인레스 강판의 성형성에 관한 연구; 한국기계연구소 (1983.12)

12. 가스터빈 블레이드의 파괴해석에 대한 연구; 한국전력(주) (1983.12)

13. 연속주조의 기계적 응력해석 컴퓨터 모델의 개발; 포항종합제철(주) (1984.3)

14. 연속주조의 기계적 응력해석 컴퓨터 모델의 개발; 포항종합제철(주) (1985.3)

15. 복합알루미늄 선재의 제조에 관한 연구; (주)일진 (1986.2)

16. 연속주조의 기계적 응력해석 컴퓨터 모델의 개발; 포항종합제철(주) (1986.3)

17. 다원계 상평형의 컴퓨터 계산; 과학재단 (1986.3)

18. 알루미늄 피복강선의 제조에 관한 연구; (주) 일진 (1987)

19. 휘스커 강화 알루미늄 제조의 기초연구; 한국과학기술원 (1987.4)

20. 연주불룸의 결함발생과 그 제어에 관한 연구; 인천제철(주) (1987.5)

21. 60 Cu – 40 Zn 황동의 소성 가공조건이 제품의 특성에 미치는 영향; 대창공업(주) (1987.5)

22. 금속판재의 집합조직과의 3차원적 분포상황과 기계적 성질의 이방성; 포항종합제철(주) (1987.5), 1년

23. 항공기용 고력 알루미늄 소재의 파괴인성 향상 연구; 삼선공업 (1988)

24. 탄화규소 휘스커 강화 알루미늄 복합재료의 강화기구에 관한 연구; (1988.3)

25. 중간상을 포함한 상태도의 컴퓨터 계산; 과학재단 (1988.4)

26. 고전이온도 초전도재료의 제조 및 특성에 관한 연구; 과학기술처 (1988.5)

27. 메모리디스크 도금기술 개발에 관한 연구; 상공부 (1988.6)

28. 분말압연법에 의한 금속판재의 제조; 학술진흥재단 (1988.7)

29. 적층접점재의 제조; 한국비철분말(주) (1988.9)

30. 상태도의 계산 및 응용에 관한 연구; 문교부 (1988.12)

31. 합금강 중 탄화물 거동에 관한 열역학적 고찰; 국방과학연구소 (1989.1)

32. 초고압 발생장치의 응력해석; 한국과학기술연구원 (1989.2)

33. 각종 냉연강판의 성형성에 관한 연구; 기아산업(주) (1989.4)

34. 전자기 성형 연구 (I); 국방과학연구소 (1989.6)

35. 초소성 성형기술 개발에 대한 연구; 국방과학연구소 (1989.6)

36. 알루미늄합금의 파괴인성; 삼선공업(주) (1989.6)

37. 고온 초전도 박막 및 선재 제조를 위한 기초연구; 과학기술처 (1989.8)

38. 메모리디스크 도금기술 개발에 관한 연구; 상공부 (1989.8)

39. 상태도의 계산 및 응용에 관한 연구; 문교부 (1990.7), 1989.8 - 1990.7

40. 상태도의 계산 및 응용에 관한 연구; 문교부 (1989.11)

41. 적층 접점재의 제조법 개발에 대한 연구; 한국비철분말(주) (1989.12)

42. 초소성 성형 연구 (I); 국방과학연구소 (1990.3)

43. SiC휘스커 강화 알루미늄 합금의 피로파괴 특성; 국방과학연구소 (1990.4)

44. 고온초전도 박막 및 선재 제조를 위한 기초연구; 과학기술처 (1990.8)

45. 크롬동의 합금성분이 조직과 기계적 성질에 미치는 영향; 금강전원(주) (1990.10)

46. 초소성 성형 연구 (II); 국방과학연구소 (1991.3)

47. 슬래브 연주 주형 내에서의 주편의 열탄소성 해석; 산업과학기술연구소 (1991.6)

48. 다층박막 구조 안정성에 대한 연구; 한국과학기술연구원 (1991.7)

49. 고온초전도 박막 및 선재 제조를 위한 기초연구; 과학기술처 (1991.10)

50. 신소재 기술의 동향 및 예측; 서울대학교 신소재연구소, 과기처 (1991.12)

51. 점용접용 전극봉의 물성과 수명과의 관계; 금강전원금속(주) (1992.1.)

52. 전해축전기용 고순도 Al 양극박의 제조에 관한 연구; 한국과학재단 (1992.2)

53. 판재의 성형성에 대한 이론 및 실험적 연구; 한국과학재단 (1992.2)

54. 분산강화구리합금제조 및 특성연구, 금강전원금속주식회사, (1992.4)

55. 정보전자에너지 첨단소재개발 연구기획보고서, 과학기술처 (1992.4)

56. 정보전자에너지 첨단소재, 과학기술처(1992.5)

57. 각종 도금강판의 마찰거동 및 성형성; 포항종합제철(주), (1992.5)

58. PCB 관련제조기술(에폭시 유리섬유기판용 전해동박의 개발) ; 상공부, 덕산금속(1992.8)

59. 항공기용 Al합금의 Damage Tolerance 시험평가기술개발, 삼선공업(주) (1992.8)

60. 초고압 발생장치의 열 및 응력해석, 이세형, 한흥남, 일진 다이아몬드공업사 (1993.2)

61. 금속공학과 교육프로그램 개발연구, 한국대학교육협의회 (1993.2)

62. 아연도금강판의 마찰거동 및 성형한계도, 권재욱, 포항종합제철주식회사 (1993. 5)

63. (서울대학교) 공과대학 연구지원소의 현황과 개선방안, 한송엽, 이동녕, 이석호, 권옥현, 조원호, 정인석, 서울대학교 공과대학(1993. 5)

64. Pb-Sn합금도금 및 Ni/Sn-Pb 이층도금 기술개발과 도금층의 전기 및 부식특성연구, 오창석, 김근환, 여태정, 한국통신선로기술연구소(1993.5.15-12.14)

65. 꽹과리의 음량 및 음색 조절에 관한 연구, 성굉모, 차명환, 권범준, 한국국악원 (1993.7.1-11.13)

66. 전극재료용 Ag코팅기초실험, 남효승, 전자부품종합기술연구소 (1993. 7. 31)

67. 60Cu-40Zn 황동의 가공열처리 조건이 조직과 기계적 성질에 미치는 영향, 원영목, 대창공업주식회사 (1993. 8.30)

68. 저항 점용점 전극재료의 개발, 김재홍, 금강전원금속주식회사 (1993. 9)

69. Cu-Cr합금에 제3의 원소 첨가가 아연도강판의 제용접성에 미치는 영향, 이용기, 이상헌, 금강전원주식회사 (1992.5-1993.10)

70. PCB 관련제조기술(에폭시 기판용 HTE동박의 개발), 양점식, 덕산금속공업

(주), 상공부 (1993.10)

71. Copper scrap을 이용한 cast bar 제조 시 불순물이 주조성 및 기계적 성질에 미치는 영향, 윤종규, 나형용, 오규환, 이동녕, 이정중, 김상남, 원영목, 이인행, 원용철, 선진금속(주) (1993.8-1994.8)

72. 상태도의 계산과 열역학자료의 최적화, 오창석, 이병주, 교육부 (1993.4.1-1994.3.31)

73. PCB관련제조기술(에폭시기판용 HTE동박의 개발)개발에 관한 연구, 김윤근, 양점식, 강수영, 이용기, 김상범 (1994.11.1-1994.10.31) 덕산금속, 상공부

74. 강원산업연주기 해석용 유동-열-응력 프로그램개발, 윤종규, 이동녕, 오규환, 김경현, 이중의, 여태정, 강원산업 (1994.12.15)

75. 디프드로잉 강에서 집합조직의 발달, 박용범 (1993.5.1-1995.4.30)

76. 고주파유도가열에 의한 고장력강 파이프의 열처리조건 설정, 이용기, (주)영신 (1994.7-.11-1995.7.10)

77. 액체금속로 냉각재기술개발 (1차년도), 남호윤, 이동녕 등, 한국원자력연구소,(1994.7-1995.7) (전자펌프용 고온전자석 코일개발, 이용기, 김수현, 한국원자력연구소)

78. Fe-Ni 인바합금의 집합조직과 기계적 성질, 백승철, 한국과학재단 (1993.3-1994.2)

79. 항공기용 Al합금의 Damage Tolerance 시험평가기술 개발 (II), 한흥남, 주)삼선알루미늄 (1992.12-1993.11)

80. 쾌삭황동의 가공성 향상에 관한 연구, 차명환, 원영목, 박현, 주)대창금속 (1993.10-1995.9)

81. 스테인리스강-알루미늄 복합판재의 성형성에 관한 연구, 최시훈, 김근환, 주)우성 (1994.1-1995.12)

82. Invar 합금의 성형성, 백승철, 한국과학재단 (1994.3-1995.2)

83. 상태도의 계산과 열역학 자료의 최적화, 이병주, 심재혁, 교육부 (1994.3-1995.2)

84. Pb free solder 재료 개발을 위한 2, 3원 합금계의 열역학 수식화에 관한 연구,

오창석, 심재혁, 주)삼성전기 (1994.8-1995.8)

85. 고응답 고기능 유압밸브 개발, 홍승현, 주)동명중공업 (1994.8-1995.7)

86. 주석전착층의 물성, 이병주, 한국과학재단 (1995.3-1996.2)

87. 고탄소강 선재의 신선 시 집합조직에 미치는 가공조건의 영향, 엄경근, 안중규, 주)포항종합제철 (1995.3-1996.2)

88. 상평형의 계산과 열역학 자료의 최적화, 심재혁, 교육부 (1995.4-1996.3)

89. IF강의 불균일 집합조직과 소성이방성, 박용범, 한국과학재단 (1995.7-1997.6)

90. 꽹과리 성형 및 음색조절에 관한 연구, 성굉모, 권오연, 한홍남, 방희석, 박경수, 국립국악원 (1995.12.26)

91. 430스테인레스강 클래드 Al판재의 성형성에 관한 연구, 최시훈, 김근환, (주)우성(1995.1-1996.1)

92. 유도무기 관성항법장치용 자이로 연구, 이장규, 이장무, 정현교, 강태삼, 자동제어특화연구센터(1994.12.1-1995.12.31)

93. 고탄소강의 선재의 신선 시 집합조직에 미치는 가공조건의 영향에 관한 연구, 엄경근, 안중규, 포항종합제철(주) (1995.3.1-1996.2.28)

94. 정밀스위치용 Ag overlay 적층접점재 개발에 관한 연구, 여인기, 박성용, 김선일(이상 창성신소재연구소), 이동녕, 이세형, 남효승, (주)창성, 통상산업부 (1993.8.1.-1995.1.31)

95. 알루미늄 전해콘덴서용 고순도 알루미늄포일 제조기술 개발, 김종희, 이동녕, 윤의박 등, 대한알루미늄공업(주) 경금속기술연구소, 삼영전자공업(주), 통상사업부 (1993.8.1-1996.10.31)

96. IF 강의 재결정집합조직 제어에 관한 연구, 이동녕, 이상헌, 마티스, 포항종합제철(주) (1996.3.1-1997.2.28)

97. 압연온도가 극저탄소강의 압연 및 재결정집합조직에 미치는 영향, 이동녕, 정효태, 신형준, 포항종합제철(주) (1996.6.1-1997.3.30)

98. 신선된 펄라이트강선의 비틀림변형특성(2), 이동녕, 엄경근, 안중규, 포항종합제철(주) (1996.6-1997.5.31)

99. 전자펌프용 고온 전자석 코일 개발, 이동녕, 김수현, 변정수, 원자력연구소(기초전력공학 공동연구소) (1996.7-1997.7)

100. 강의 집합조직 해석 신기술 개발, 이동녕, S. Matthies, 정효태, 최창희, 조재형, 포항제철(신소재 공동연구소) (1996.8.1-1997.7.31)

101. IF강의 불균질 집합조직과 소성이방성, 이동녕, 박용범, 한국과학재단(신소재 공동연구소) (1996.8.1-1997.7.31)

102. 은전착층의 우선방위와 재결정거동, 이동녕, 남효승, 서울공대교육연구재단 (1996.7.1-1997.6.30)

103. 전해커패시터용 알루미늄 박의 교류전해에칭기술개발, 이동녕, 정세영, 서종현, 삼영전자공업(주) (서울대 RETCAM) (1997.3.1-1998.2.28)

104. 고강도/고전도형 커넥터용 동합금 및 박판개발, 최준환, 변정수, 한국전자재료연구조합, (1996.12 - 1998.9)

105. 강의 집합조직해석 신기술개발(2), 이동녕, 정효태, 엄경근, 안중규, 신형준, 포항종합제철(주) (1997.10.1 - 1998.9.31)

106. 꽹과리 합금조성의 변화와 제작의 기계화에 대한 연구 Ⅱ, 성광모, 이동녕, 최철민, 김현수, 이효종, 이종호, 서울대학교 부설 뉴미디어통신공동연구소 (1998 - 1998.11.30)

107. 금속 타악기 연구: 징, 꽹과리 (국악기 제작의 과학화 연구 사업 관련 종합 보고서, 1991-1998), 성쾡모, 국립국악원 (1999)

108. 전해커패시터용 알루미늄박의 교류전해에칭기술개발, 이동녕, 정세영, 서종현, 삼영전자공업(주), (1998.3.1-1998.12.31)

109. 고장력 강판의 변태집합조직 분석, 이상헌, 안중규, 신형준, 포항종합제철(주), (1998.12.1-1999. 11.30)

110. IF 극저탄소강에 있어서 석출물 및 texture에 미치는 S의 영향, 홍승현, 김수현, 류종호,포항종합제철(주), (1999.2.15 -1999.12.14)

111. 알루미나 분산동 판재의 고온 어닐링 거동 해석, 김수현, 재단법인 덕천장학회, (1999.2.1-1999.7.30)

112. 인발된 관의 변형 및 재결정집합조직해석(Analysis of deformation and

recrystallization textures of drawn tubes), 학술진흥재단, 오규환, 조재형,
박성준, 박현, (1998.-2000.5.30)

113. 페라이트계 스테인리스강의 압연조건에 따른 두께별 집합조직 예측 및
ridging (이랑발생) 발생 기구 조사, 포항종합제철(주), 안중규, 신형준
(2000.2.1.-2001.1.31)

학위논문 지도

〈박사 55명〉

(성명/수여연도/논문제목)

1. 예길촌/1980.2/ Ni전착층의 전해조건에 따른 우선배향과 현미경조직
2. 유연철/1981.8/ Ni-Fe 합금판재의 성형성에 관한 연구
3. 남승의/1984.2/ 고온 드로잉에 의한 경강선재의 cementite의 구상화에 관한 연구
4. 김윤근/1984.8/ 스텐레스강-알루미늄-스텐레스강 복합재료의 1축인장 거동
   및 성형성
5. 이홍로/1984.8/ 니켈전착층의 물성에 미치는 전해조건의 영향
6. 정은/1985.8/ WC계 및 TiC계 초경합금의 경도와 인성
7. 오규환/1986.2/ 입방정 판재의 집합조직에 따른 항복응력과 소성변형비의 변화
8. 이세광/1986.2/ 공액선 변화법에 의한 열역학 자료의 도출 및 상태도 계산
9. 이성근/1986.2/ 1%Zr-1%Cr 합금강의 부식피로 거동
10. 박수훈/1986.8/ 무전해 니켈도금층의 미세조직과 상변태에 미치는 열처리의
    영향
11. 김인수/1988.2/ 입방정금속의 방위분포함수와 기계적 성질과의 관계
12. 윤우석/1988.2/ 유한요소법에 의한 강의 빔 블랭크 연주 주형 내에서의 응고
    와 주편의 열 탄소성 해석
13. 정인범/1988.8/ SiC 단섬유 강화 알루미늄합금 복합재료의 인장거동에 대한
    미소역학적 해석
14. 이병주/1989.8/ Ni-Cr-Mo-V 합금강의 상평형 계산 및 탄화물 석출경향의

예측

15. 허강헌/1990.2/ 무전해 니켈합금 도금층의 미세조직과 상변태

16. 이성호/1990.8/ 전자기 확관 성형의 유한요소해석

17. 정재환/1991.2/ 변형경로가 저탄소강판과 황동판의 인장성질 및 성형성에 미치는 영향

18. 김형섭/1992.2/ 다공성 금속의 소성변형 해석

19. 정재한/1993.2/ 고순도 알루미늄박의 전해에칭

20. 오창석/1993.8/ IIIB(Al,Ga,In,Tl)-Te와 Co-Pt 이원계의 상평형 계산

21. 김동훈/1994.2/ 49Fe-49Co-2V합금의 가공열처리가 기계적 자기적 성질과 집합조직에 미치는 영향

22. 김재홍/1994.8/ 내부산화법을 이용한 알루미나 분상강화 구리합금의 제조

23. 강수영/1994.8/ 구리전착층의 도금집합조직과 재결정집합조직의 관계

24. 양점식/1995.2/ 구리전착층의 상온과 상온상태에서의 인장거동

25. 이상현/1995.2/ 열량제어 및 강제유동이 고순도알루미늄 제조에 미치는 효과

26. 권재욱/1995.2/ 금속판재의 변형집합조직 및 성형한계도 해석

27. 백승철/1995.2/ 인바 새도마스크 원판의 집합조직과 새도마스크용 천공판재의 성형성해석

28. 이세형/1995.2/ 유한요소법에 의한 초고압 발생장치의 응력 및 열전달 해석

29. 한흥남/1995.8/ 다공성 소결금속의 변형과 금속분말의 성형해석

30. 민우식/1995.8/ 저온 화학 증착에 의해 제조된 TiN의 우선방위와 접착력

31. 최창희/1996.2/ 알루미늄 판재의 불균질변형집합조직 및 재결정집합조직 해석

32. 김경현/1996.2/ 빔블랭크 연속주조 시 열전달과 응고층 변형거동의 연결해석

33. 이용기/1996.2/ 강의 냉각 시 상변화를 고려한 열전달과 열탄소성변형 해석

34. 이병주/1997.2/ 주석 전착층의 잔류응력과 주석위스커의 자발적 성장기구

35. 정효태/1997.8/ 입방정금속의 집합조직의 해석과 집합조직에 따른 항복곡선, 소성변형비의 계산

36. 남효승/1998.8/ 은 전착층의 우선방위와 재결정거동

37. 엄경근/1998.8/ 신선 및 압연변형에 의한 불균질 변형과 집합조직 해석

〈석사 85명〉

1. 이진형/1976.2/ (한국과학원) 알루미늄재료의 양극산화피막구조 및 합금원소가 교류전해 발생에 미치는 영향

2. 박정렬/1976.2/ (한국과학원) 크롬전착층의 우선배향과 현미경조직

3. 안상호/1977.2/ 텅스텐의 니켈활성화 소결

4. 박인규/1978.2/ 동피복 강봉의 제조에 관한 연구

5. 김홍식/1978.2/ 력알루미늄합금의 잔류응력 제거

6. 남승의/1979.2/ 온간상태에서의 비틀림변형에 의한 cementite의 구상화

7. 정은/1979.2/ 중합금의 기계적 성질 및 입자성질에 관한 연구

8. 김정수/1978.8/ Al과 2024 Al합금에서 우선방위가 피로균열 성장속도에 미치는 영향

9. 이홍로/1979.8/ 황동층을 삽입한 고탄소 강봉−동판간의 Brazing에 관한 연구

10. 권해욱/1980.2/ 구리전착층의 소성평면등방성에 관한 연구

11. 김윤근/1980.2/ 전해동박의 우선배향과 표면형태 및 기계적 성질에 관한 연구

12. 김영효/1980.2/ 알루미늄의 재결정 및 결정립성장에 관한 표면효과의 연구

13. 이종수/1981.2/ 피라텅스텐산 암모늄의 열분해에 의한 산화텅스텐 입자의 생성 및 성장에 관한 연구

14. 김영민/1981.2/ 내부산화시켜 얻은 Ag−CdO 복합재의 산화물형성에 관한 연구

15. 박수훈/1981.2/ 알루미늄 합금의 일축인장 불안정변형에 미치는 두께의 영향

16. 이경종/1981.2/ 2원계 열역학자료를 이용한 3원계 상태도의 컴퓨터 계산

17. 오영국/1982.2/ 칼로라이징처리한 강의 확산층에 관한 연구

18. 이성근/1982.2/ Al청동의 Anneal Hardening에 관한 연구

19. 장세기/1982.2/ 5056 Al합금에서 냉간가공도가 피로균열성장속도에 미치는 영향

20. 이세광/1983.2/ 3원계 상태도의 컴퓨터 계산

21. 김동길/1983.2/ Stainless Steel−Cu−Stainless Steel 복합판재의 제조와 일

축인장거동에 관한 연구

22. 오규환/1983.2/ 소성변형비의 이론적 계산

23. 임윤순/1983.2/ 열간 비틀림시험에 의한 2014 합금의 회복 및 재결정에 관한 연구

24. 장평우/1983.2/ 알루미늄 자연발색에 관한 연구

25. 이재봉/1983.2/ Al 및 Al 합금의 피로균열 성장속도에 관한 연구

26. 윤우석/1984.2/ 스테인레스강−알루미늄−스테인레스강 복합판의 제조와 일축인장거동

27. 신택중/1984.2/ 주물용 Al−Si 합금 중 공정 Si의 열처리에 의한 구상화

28. 이혁모/1984.2/ 3원계 열역학자료의 Optimization

29. 정병기/1984.2/ 유한요소법에 의한 연속주편의 Bulging현상의 응력 및 변형 해석

30. 정재환/1984.2/ 444 스테인레스 강판의 성형성에 관한 연구

31. 김인수/1985.2/ 70−30 황동의 Portevin LeChatelier 효과와 어닐링 경화

32. 이대우/1985.2/ 무전해 니켈도금층의 열처리에 따른 물성변화

33. 정인범/1985.2/ 유한요소법에 의한 연주주편의 벌징현상에 대한 열 탄소성 크립해석

34. 박석완/1986.2/ 6253 알루미늄 합금피복 5056 알루미늄 합금선 표면층의 잔류응력

35. 이병주/1986.2/ Fe−Si 2원계의 열화학 분석 및 상태도 계산

36. 이상현/1986.2/ 연속주조에서 굽힘영역의 기하학적 변형에 따른 응력해석

37. 허강헌/1987.2/ X−선 회절법에 의한 집합조직을 갖는 60−40 황동 상 부피분율 측정

38. 이성호/1987.2/ 연속주조 빔블랭크의 응고층 형성에 관한 수치해석

39. 정현규/1987.8/ 황동의 탄소성 파괴 시험 시 음향방출법에 의한 파괴특성 연구

40. 이화영/1988.2/ 분말압연에 의한 금속판재의 제조

41. 김형섭/1988.2/ 황동의 연속주조 시 열전달과 응고조직

42. 정성규/1988.2/ 평면변형 압출 시 응력분포에 영향을 미치는 인자들과 내부결

뜨거운 애국심과 남다른 뚝심으로
기술강국 대한민국의 발전을 견인해 온
이 시대의 진정한 공학자 이야기

– 권선복
도서출판 행복에너지 대표이사
영상고등학교 운영위원장

6·25전쟁 극복 이후 대한민국의 발전상은 놀라울 정도이다. 세계 최빈국이었던 아시아의 변방국가에서 세계 12위권의 경제대국으로 성장한 데에는 많은 사람들의 피와 땀, 노력이 뒷받침되었다고 생각한다. 텔레비전조차 귀하던 그 시절, 오직 '잘사는 나라'를 만들겠다는 의지 하나로 희생을 마다하지 않았던 분들이 있다. 그들 중 빼놓을 수 없는 분들이 공학기술 분야에서 연구에 매진하며 땀 흘렸던 분들이다.

책 『나는 행복한 공학자』는 평생을 한눈 한 번 팔지 않고 연구에만 매진하여 그 결과 학계에서 주목받는 연구 성과를 쌓아올린, 이동녕 서울대학교 명예교수의 올곧은 삶의 이야기를 담고 있다.

노벨물리학상 수상자 알버트 아인슈타인은 "성공한 사람이 되려고 하기보다 가치 있는 사람이 되려고 노력하라."고 말했다.

이 책의 저자이자 자칭 '공부밖에 모르는 바보'로 산, 이동녕 서울대학교 재료공학부 명예교수를 만나 뵐 때면 자연스럽게 아인슈타인의 말이 떠오른다.

그의 겸손하면서도 천진한 미소 속에는 일생을 한눈 한 번 팔지 않고 연구에만 매진하여, 국가경제 발전의 근간을 이룬 진정한 공학자로서의 면모가 녹아들어 있다.

이동녕 교수는 어떤 일을 선택할 때 항상 자신과 사회, 한 걸음 더 나아가 국가를 위해 가치 있는 일이 무엇인지, 먼저 그것부터 고민하고 결정해 왔다. 즉 성공만을 향해 맹목적으로 달려온 것이 아니라, 보다 가치 있는 일을 하기 위해 자신이 할 수 있는 최선의 노력을 다하자 성공이 따라온 것이다.

"내게 있어 진정한 성공이란 내가 어려웠던 시절을 극복하고 후학들의 어려움을 도울 수 있는 위치에 섰다는 것과, 내 연구가 우리나라 경제발전에 미약하나마 도움이 됐다는 자긍심을 갖게 된 것이다."라는 그의 말 속에서 학자로서의 강건한 삶의 철학을 엿볼 수 있다.

그는 가난한 학창시절에도 좌절하는 대신 긍정적 마음가짐으로 삶을 바라보았고, 실패란 다름 아닌 성공의 진로를 알려주는 나침반임을 가슴속에 새겨두었다.

'유학'이란 단어조차 생소했던 1960년대 중반 달랑 32달러만 들고 미국으로 떠났던 그가, 가난한 조국에 기여하기 위해 다시 이 땅으로 돌아와 이루어낸 업적은 실로 눈부시다.

40여 년간 서울대 교수로 재임하며 후학 양성에 힘씀은 물론이고, 산학협동의 롤 모델을 만들어냄과 동시에, 오롯이 연구에만 골몰한 결과 대한금속학회학술상·서울대학교 공대기술상·한국표면공학회 학술상·한국소성가공학회 상우학술상·호암상(공학상)·대한민국 근정포장·한국과학기술 한림원상 등을 수상했다.

'인장지덕人長之德'이라 했던가. 덕이 많은 훌륭한 사람 아래서는 덕을 볼 수 있듯이, 좋은 인연은 우리의 삶을 윤택하게 한다.

이동녕 교수와 함께 우리나라 산학협동의 롤 모델을 만들어내고 이 책의 추천사를 흔쾌히 수락해준 허진규 일진그룹 회장 역시 "누구도 시도하지 않았고 꺼려 하지만, 반드시 누군가는 해야 하는 일을 찾아서 해보자"라는 소명의식을 갖고 항상 새로운 영역을 개척하고 도전을 거듭한 분이다.

이동녕 교수와 허진규 회장은 참 닮아 있다. 시골 출신이면서도 누구에게도 지지 않는 애국심과 뚝심으로, 오직 연구와 기술개발이라는 한 길만 걸어왔기 때문이다. 두 분에게는 과학기술 분야가 강해야 진정한 강국이고 일류 기술을 개발하는 것이 진정한 애국이라는 공통분모가 있었고, 일단 도전한 일에 한해서는 하늘이 두 쪽 나도 포기하지 않는 뚝심이 있었다.

이동녕 교수 주변에는 허진규 회장을 비롯하여 대한민국 산업발전에 일익을 담당한 김윤근, 양점식, 신택중 등 수많은 제자들이 포진해 있다. 그는 제자의 성공을 지켜보는 것처럼 스승으로서 보람과 기쁨을 느낄 때가 없다고 한다. 그들 모두 제자인 동시에 자신을 끝없는 학문의 세계로 밀어 넣는 스승이라는 것이다.

"절박한 순간마다 나는 주위의 도움으로 어려움을 극복할 수 있었다. 누구든 쉽게 좌절하거나 포기해서는 안 되며, 지나친 욕심을 부리지도 말고, 무엇보다 누구도 앗아갈 수 없는 지식을 쌓는 일이 중요하다고 생각한다. 만사를 부정적 시각보다는 긍정적 시각으로 보는 것이 좋다.

세상이 아무리 복잡해지더라도 내 할 일 외의 것에는 한눈팔지 못하는 것이 이 촌놈의 고질이 아니겠는가."

어느 위대한 인물의 성공신화보다 그의 소박한 말이 가슴에 더 닿는 이유는 그 속에서 느껴지는 진정성 때문이다.

그는 정년퇴임 이후에도 거의 매일같이 서울대학교 신소재연구소로 출근하여 스승으로서의 본분을 잊지 않으며 연구에 매진하고 있다.

열악한 환경 속에서도 '촌놈은 촌놈 방식대로 살아간다'는 뚝심으로, 실패를 두려워하지 않고 한 걸음씩 전진하여, 대한민국의 국가 경제를 일군 진정한 공학자 이동녕 교수. 그의 반듯한 학자로서의 철학을 세상에 알릴 수 있어 무척 영광이다. 자신의 자리에서 언제나 묵묵히 책임을 다하고 있는 분들이 있기에, 지금 여기 우리가 존재할 수 있음을 잊지 말자.

더불어 이동녕 교수님과 함께해 온 든든한 파트너 일진그룹의 허진규 회장님께 힘찬 박수를 보낸다. 그의 도움으로 서울대학교에 신소재공동연구소가 설립될 수 있었으며, 대한민국의 산업 발전에 중추적인 역할로 초석이 되었다. 허진규 회장님의 노력과 결단이 선구자 역할을 하여 다른 기업들에서도 이와 같이 우리나라 산업발전을 이끌어갈 수 있는 산학연 토대 마련에 기폭제가 된 것에 무한한 감사를 드린다.

모쪼록 책『나는 행복한 공학자』가 지금 이 순간에도 기술강국 대한민국의 발전을 위해 도전과 창조의 노력을 게을리 하지 않는 많은 공학자들에게 큰 힘이 되어주길 소망하며, 이 책을 통해 공학자뿐 아니라 시련 속에서도 포기하지 않고 자신의 꿈을 이루고 싶어 하는 모든 독자 분께 행복과 긍정에너지가 팡팡팡 샘솟길 기원드린다.

프로필

저자 이 동 녕

학 력

1957~1961   서울대학교 공과대학 금속공학과(공학사)
1961~1966   서울대학교 대학원 금속공학과(공학석사)(1961.6.2~64.3.28 군복무)
1966~1967   University of Washington 금속공학과 (공학석사. MS)
1968~1971   Vanderbilt University 재료과학 및 공학 (공학박사. Ph.D)

경 력

1966~1968   University of Washington, Research Assistant
1968~1970   Vanderbilt University, Research Fellow
1970~1974   한국과학기술연구소(현 한국과학기술연구원) 연구원
1984~2003   서울대학교 재료공학부 교수
1988~1994   서울대학교 신소재공동연구소 소장
1990~1999   서울대학교 신소재 박막가공 및 결정성장 연구센터(한국과학재단
            ERC) 소장
1994~1996   한국소성가공학회 회장
1995~현재   한국과학기술한림원 종신회원(Fellow, Fellow Emeritus since 2009)
1997~현재   The Asia-Pacific Academy of Materials(APAM), member
1999~1999   대한금속학회 회장
1999~2003   서울대학교 집합조직제어연구실(科技部 國家指定研究室) 연구책임자
2003~현재   서울대학교 재료공학부 명예교수
2004~현재   한국공학한림원 명예회원
2010~현재   서울대학교 신소재공동연구소 책임연구원

상 벌

1979, 1985 대한금속학회 논문상
1979   한국과학기술연구소 연구개발 장려상(銅覆鋼線의 제조 및 시험공장생산에 관한 연구)
1986   대한금속학회 서정상
1988   대한금속학회 학술상
1992   한국과학기술단체 총연합회 1991 과학기술 우수논문상
1993   서울대학교 공대기술상
1994   서울대학교 20년근속 공로 표창
1996   한국표면공학회 학술상
1997   한국과학기술단체 총연합회 1996 과학기술 우수논문상
1998   일진그룹창립30주년 특별상
1998   한국소성가공학회 상우학술상
2001   서울대 재료공학부 2000학년도 우수연구상
2001   호암재단 호암상(湖巖賞) 공학상
2001   한국소성가공학회 공로상
2002   대한민국 근정포장
2003   THERMEC'2003 Distinguished Award, International Conference on Processing & Manufacturing of Advanced Materials, July 7-11, 2003, Leganes, Madrid, Spain (THERMEC'2003).
2009   한국과학기술한림원상
2010   자랑스러운 금속동문상(서울대학교 재료공학부 금속동창회)

출 판

저서: 22권
국내학술지 논문: 110편
국제학술지 논문: 224편
특허: 10건 발명
국내학술회의 논문집: 71편
국제학술회의 발표논문: 178편
기타: 14편
연구보고서: 115편

Everyone, Everytime, Everywhere
Total Solution Provider, ILJIN

1968년 설립한 일진은 끊임없는 기술개발을 통해 기술입국의 험난한 길을 개척해 오며 생산품목의 90% 이상을 자체 생산하는 기술 중심의 기업으로 성장했습니다.

공업용 다이아몬드에서부터 2차전지용 일렉포일, 스마트폰 터치패널, 심리스 강관, 중전기기, 초고압케이블 그리고 인천공항을 비추는 전력시스템까지….

일진의 기술은 우리 생활 속에서 언제, 어디서나 만날 수 있습니다.

일진은 오늘도 보이지 않는 곳에서 가지 않은 길을 찾아 묵묵히 한걸음을 내딛습니다.

Total Solution Provider인 일진은 최고의 기술력을 바탕으로 세계로 전진하겠습니다.

Total Solution Provider

일진은 고객의 편리하고 행복한 미래를 위해 끊임없이 도전하고 있습니다.

일진은 지난 49년간 '어제보다 더 나은 한 걸음'을 걷겠다는 일념으로 끊임없이 새로운 기술을 개발해왔습니다. 산업 발전의 기술적 토양이 마련되지 않았던 1960년대, 1970년대에는 이러한 일진의 도전 하나하나가 새로운 역사로 기록되었습니다.

이후 80~90년대를 지나 오늘에 이르기까지 모든 산업의 필수 핵심 부품·소재부터 완제품까지 사업 영역을 넓히며 첨단기술의 발전을 능동적으로 이끌어 왔고, 이러한 기술과 융합된 서비스를 제공하는 기업으로 거듭나고 있습니다.

특히 일진은 글로벌 경영을 가속화해 미국, 중국, 일본, 유럽 법인을 필두로 중동, 아프리카 등 세계 각국에 거점을 마련했고, 인류가 더 나은 기술을 누릴 수 있도록 R&D분야에 지속적으로 투자를 확대하며 미래를 선도할 자체 기술개발에 박차를 가하고 있습니다.

이제 일진은 인류의 더 나은 삶을 위한 Total Solution Provider로서 고객과 시장으로부터 존경받는 기술기업으로 거듭나기 위해 임직원 모두가 '오늘보다 더 나은 내일'을 준비하고 있습니다.
일진은 세계 최고 수준의 기술을 더 많이 확보하고 나아가 미래유망기술을 선도하기 위한 도전을 멈추지 않을 것입니다.

감사합니다.

일진그룹 회장 **허 진 규**

許 鎭 奎

Total Solution Provider for You
삶의 매 순간마다 일진이 함께합니다.

일진의 역사는 도전과 혁신의 시간이었습니다.
49년간 '최초'와 '최고'라는 타이틀을 달고 기술로 세상을 움직여 온 기업
앞으로도 일진그룹은 세계 최고 수준의 기술과 고객 지향적 서비스로
지속성장하며 여러분의 생활 속에서 미래를 열어가는 기업이 되겠습니다.

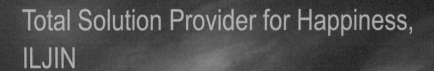

Total Solution Provider for Happiness, ILJIN

최고의 기술로 고객의 행복한 미래를 열어드립니다.

부품·소재에서 완제품까지, 제조업에서 서비스 영역까지,

일진은 고객의 행복한 미래를 위해 오늘도 신기술 개발에 매진하고 있습니다.

중전기

일진전기
www.iljinelectric.co.kr

소재

일진Materials
www.iljinm.co.kr

일진다이아몬드
www.iljindiamond.co.kr

부품

일진디스플레이
www.iljindisplay.co.kr

일진제강
www.iljinsteel.co.kr

일진복합소재
www.composite.co.kr

기타

일진유니스코
www.iljin-unisco.co.kr

삼영글로벌
www.samyoungglobal.co.kr

알피니언
메디칼시스템
www.alpinion.co.kr

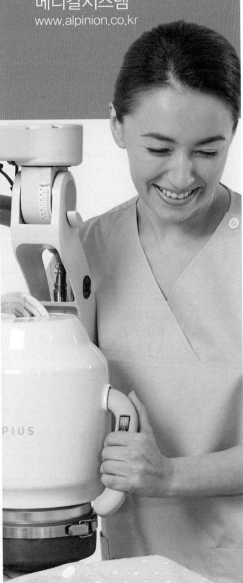

우리는 기적이라 말하지 않는다

서두칠 · 최성율 지음 | 값 20,000원

이 책은 '한국전기초자'의 경영 혁신 3년사(史)를 기록한 책으로, 당시 대우그룹에 소속되어 있던 서두칠 사장이 전문경영인으로 온 후 한국전기초자에 어떤 변화가 일어났는지 세세하게 담아내고 있다. 뿐만 아니라 증보판으로 다시 펴내면서, 한국전기초자에서 서두칠 사장과 함께했던 최성율 팀장의 '성공혁신 사례'도 싣고 있어 당시 어떤 식으로 혁신 운동이 전개되었는지 더욱 생생하게 알 수 있도록 하였다.

내 아이의 미래 일자리

안택호 지음 | 값 15,000원

책 『4차 산업혁명 시대의 부모가 알아야 할 내 아이의 미래 일자리』는 앞으로 4차 산업혁명 시대를 직접적으로 향유하게 될 우리 아이들을 위해, 부모가 어떻게 자녀를 교육해야 하며 어떻게 미래를 대비하게 할 것인지를 알려준다. 학문적으로 어렵게 접근하지 않아도 충분히 미래를 읽을 수 있으며, 그를 통해 아이들을 어떻게 교육해야 할지 알기 쉽게 설명해주어 독자들의 흥미를 자극한다. 자녀를 둔 부모들뿐만 아니라 미래 일자리에 대해 알고 싶은 학생들도 충분히 쉽게 읽을 수 있다

굿모닝 소울메이트

이주희 지음 | 값 15,000원

책 『굿모닝 소울메이트』는 저자가 80년대 초반 출간해 베스트셀러에 오른 캠퍼스 소설 F학점의 천재들①②에 이어 나온 제3편으로 전작의 재미와 반전을 완전하게 재현했다. 주인공 두 사람의 꿈과 현실, 사랑과 배반, 가정과 사회에서 발생하는 사건들을 저자의 남다른 시각과 필력으로 재미있고 에로틱하면서도 속도감 있게 그려내고 있어서 소설이 주는 본래의 묘미를 느끼게 한다. 등장인물들의 감정 변화와 그에 따른 행동들 또한 하나의 매력 포인트다.

기적의 웃음법

김영민 지음 | 값 15,000원

책 『기적의 웃음법』에서는 온갖 질병으로부터 고통을 받았던 저자가 창안한 영혼의 웃음운동을 다루고 있다. 온갖 질병으로부터 고통 받는 환자들에게 적극적으로 추천하는 웃음법으로, 웃음연구자 중 선구자로 꼽히는 노먼 커즌스, 무라카미 가즈오 등의 임상실험법을 연구하고, 웃음이 일으키는 신비한 현상을 구체적인 신체 변화로 밝혀내었다. 아주 단순하고 쉬운 원리를 지닌 이 '웃음법'은 질병 속에서 고통 받는 이들이 하나라도 줄기 바라는 마음을 담은 저자의 진심이 만들어낸 산물이다.

오월이 오는 길

위재천 | 값 15,000원

시집 『오월이 오는 길』은 평범한 일상이 놀라운 깨달음으로 다가오는 기쁨을 독자에게 선사한다. 자신의 작품은 물론 함께 동고동락하는 직원들, 유관단체 임원들, 시문화를 창출하는 지역민들의 시를 함께 모아 엮은 이 시집은 시종일관 따스하고 아련한 서정시들의 향연을 이루고 있다. '스르르 잠기는 두 눈 사이로 오는 오월'처럼, 이 시집에 담긴 온기가 독자들의 마음속으로 스며들기를 기대해 본다.

울지 마! 제이

김재원 지음 | 값 15,000원

책 『울지 마! 제이』는 방황하며 힘겨워하는 모든 '제이'들을 위로하며 삶의 지혜를 담은 메시지를 전해주는 책이다. 때로는 위로하고 때로는 채찍질을 하듯 따끔한 충고를 던지면서도 격려를 아끼지 않는 저자의 따뜻한 마음이 책 곳곳에서 느껴진다. 가장 강력한 힘을 가진 친구이자 인생의 멘토가 되는 나의 자아 '제이'에게 들려주는 황금메시지가 인생의 길을 친절하게 안내할 잠언이 되어 줄 것이다.

공무원 33년의 이야기

구본수 지음 | 값 15,000원

책 『공무원 33년의 이야기』는 한 세대, 즉 30년이 넘는 시간 동안 공무원이라는 길을 걸어 온 한 전직 공무원의 삶과 일선 행정에 대한 내용을 담고 있다. 그저 평범한 일상으로, 또는 늘 되풀이되는 하루하루라고 쉽게 넘겨버릴 수도 있었던 일들을 활자화함으로써 삶에 숨과 생기를 불어넣고 의미를 부여하고자 했다. 33년이라는 시간을 공직자로 살아 온 저자의 생생한 이야기는 공무원을 준비하는 이들뿐만 아니라 이처럼 사회 일원으로서 열심히 살아가고 있는 모든 사람들에게 깊은 울림을 준다.

땅의 유혹

조광 지음 | 값 18,000원

풍수지리가 비과학적인 미신이 아님을 사례로 풀어본 책 『땅의 유혹』은 풍수학의 대가인 저자 조광 미르지리연구소 소장이 30여 년 동안 쌓은 풍수지리 경험담과 더불어 우리나라 각 지역별 풍수 특색 및 역대 대통령 선영을 풍수학적으로 분석한 결과를 담아 일반인들이 흥미롭게 풍수를 접할 수 있도록 꾸며졌다. 실생활에 적용할 수 있는 풍수지리 지식을 통해 대한민국 국민 모두 명당의 기운을 누리기를 바라는 마음이 담겨 있다.

청춘들을 사랑한 장군

임관빈 지음 | 값 14,000원

책 『청춘들을 사랑한 장군』은 공부하는 장교 '오피던트'로서 살아온 임관빈 저자가 본인의 40여 년 군 생활을 하며 쌓아온 경험을 함께 모아 만든 성공과 사랑의 조언 서이다. 저자가 생각하는 인생에 꼭 필요한 10가지 조언을 집약하여 '당당한 삶의 주인'이 될 수 있는 방법과 젊은 시절에는 미처 알지 못할 수 있는 지혜와 용기를 얻을 수 있도록 부드럽고 따뜻한 메시지를 전한다.

인생 네 멋대로 그려라

이원종 지음 | 값 15,000원

이원종 대통령직속 지역발전위원장이 밝히는 성공의 삶, 그 노하우!
전 서울특별시장, 충청북도지사가 말하는 『인생 네 멋대로 그려라』. 내 인생은 남이 그려 주지 못한다. 내가 그려야 한다. 내가 하고 싶고 나만이 할 수 있는, 독특한 내 멋대로의 인생을 그려 가야 한다. 이왕이면 대작, 천하를 호령하는 걸작을 그려 가야 하지 않겠는가? 자신이 느끼고 체험했던 사실들이 인생의 초행길을 가는 젊은이들에게 자그마한 등불이 되길 바라는 저자의 마음을 느껴보자.

인생 르네상스 행복한 100세

김현곤 지음 | 값 15,000원

미래디자이너이자 사회디자이너 저자가 고령화혁명으로 발생될 장수시대를 안내한다. "내 일이 없으면 내일도 없다"라는 키워드를 중심으로 평균연령 100세, 장수연령 120세 시대에 겪어야 할 인생의 후반전을 '내 일'을 가지고 살아야만 진정 행복한 100세 인생을 누릴 수 있음을 역설한다. 그림을 통해 알기 쉽게 100세 시대를 안내함으로써 행복한 황혼기를 개척하는 사람들의 환한 길잡이가 되어 줄 것이다.

시가 있는 아침

홍기오 외 40인 | 값 15,000원

책 『시가 있는 아침』은 지난 2016년 11월에 이은 2집으로, 이전보다 더 풍성해진 시편들과 이야기가 공존하는 시집이다. 전문 작가도, 시에 대한 전문적인 교육을 받은 것도 아닌 우리와 비슷한 평범한 사람들이 자신의 이야기를 진솔하게 전하고 있다. 작가 개개인마다의 특색과 향기를 고스란히 담은 문장들이 때로는 가슴을 울리기도 하고 때로는 미소를 짓게 만들기도 하며 시를 읽는 즐거움을 선사한다.

행복을 부르는 주문

– 도서출판 행복에너지 대표 권선복

이 땅에 내가 태어난 것도
당신을 만나게 된 것도
참으로 귀한 인연입니다

우리의 삶 모든 것은
마법보다 신기합니다
주문을 외워보세요

나는 행복하다고
정말로 행복하다고
스스로에게 마법을 걸어보세요

정말로 행복해질 것입니다
아름다운 우리 인생에
행복에너지 전파하는 삶 만들어나가요

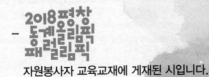

자원봉사자 교육교재에 게재된 시입니다.

하루 5분 나를 바꾸는 긍정훈련
행복에너지

**'긍정훈련' 당신의 삶을
행복으로 인도할
최고의, 최후의 '멘토'**

'행복에너지
권선복 대표이사'가 전하는
행복과 긍정의 에너지,
그 삶의 이야기!

'긍정훈련' 당신의 삶을 행복으로 인도로 최고로, 최후의 '행복'
하루 5분, 나를 바꾸는 긍정훈련
행복에너지
권선복 지음

인터파크
자기계발 분야 주간
베스트 1위

권선복 지음 | 15,000원

권선복
도서출판 행복에너지 대표
영상고등학교 운영위원장
대통령직속 지역발전위원회
문화복지 전문위원
새마을문고 서울시 강서구 회장
전) 팔팔컴퓨터 전산학원장
전) 강서구의회(도시건설위원장)
아주대학교 공공정책대학원 졸업
충남 논산 출생

책 『하루 5분, 나를 바꾸는 긍정훈련 - 행복에너지』는 '긍정훈련' 과정을 통해 삶을 업
그레이드하고 행복을 찾아 나설 것을 독자에게 독려한다.
긍정훈련 과정은 [예행연습] [워밍업] [실전] [강화] [숨고르기] [마무리] 등 총
6단계로 나뉘어 각 단계별 사례를 바탕으로 독자 스스로가 느끼고 배운 것을 직접
실천할 수 있게 하는 데 그 목적을 두고 있다.
그동안 우리가 숱하게 '긍정하는 방법'에 대해 배워왔으면서도 정작 삶에 적용시키
지 못했던 것은, 머리로만 이해하고 실천으로는 옮기지 않았기 때문이다. 이제
삶을 행복하고 아름답게 가꿀 긍정과의 여정, 그 시작을 책과 함께해 보자.

『하루 5분, 나를 바꾸는 긍정훈련 - 행복에너지』